AF472525

PIECES CONCERNANT LE BREF DE N. S. PERE LE PAPE CLEMENT XII.

QUI ETABLIT ET DELEGUE L'ARCHEVESQUE DE PARIS
VISITEUR ET COMMISSAIRE APOSTOLIQUE
DES MONASTERES DES RELIGIEUSES DE LA CONGREGATION
DU CALVAIRE, ETABLIS A PARIS.

M. DCC. XXXIX.

TRES-HUMBLES
ET TRES-RESPECTUEUSES
REMONTRANCES
DU PARLEMENT
PRESENTÉES
AU ROI

A l'occasion, tant du Bref du Calvaire, que des Arrêts du Conseil du 24. Décembre 1738. & du 16. Mars 1739. au sujet de l'Université de Paris.

SIRE,

VOTRE Parlement a vû avec douleur exécuter sous ses yeux un Bref du Pape, sans Lettres-Patentes de V. M. enrégistrées en la maniere accoutumée.

Une tentative faite dans le même-tems par quelques particuliers pour soustraire à sa Jurisdiction la Faculté des Arts, ne l'a pas touché moins sensiblement.

Mais à la vûe d'un nouvel Arrêt de votre Conseil, qui prononce provisoirement sur une contestation importante sur laquelle il est si dangéreux de rien préjuger, il a cru ne pouvoir trop promptement mettre sous les yeux de V. M. toutes les conséquences de ces différentes démarches, dont le concours annonce un dessein formé d'éviter l'inspection d'une Compagnie qui n'eut jamais d'autre intérêt que celui de V. M. qui n'employe l'autorité qui lui est confiée qu'à maintenir les droits de votre Couronne & à conserver les maximes de votre Royaume ; & dont la vigilance, le zèle & la fermeté tant de fois utiles à votre Etat, ne peuvent déplaire qu'à ceux qui voudroient y introduire des maximes étrangeres.

Les Emissaires de la Cour de Rome ne perdent aucune occasion d'y répandre ces maximes si contraires à nos Libertés : un faux zèle de Religion est le voile dont ils couvrent les motifs qui les font agir, & c'est ce qui rend leurs démarches plus dangéreuses.

Que ne seroient ils pas en état d'entreprendre s'ils parvenoient à enlever la visite & l'examen des Décrets de la Cour de Rome à une Compagnie dans laquelle seule se trouvent réunies toutes les parties nécessaires pour former un obstacle que leurs efforts ne puissent surmonter? Ce ne sont point les talens, les connoissances, la supériorité de chaque Particulier qu'ils craignent ; ils redoutent un Corps composé de Magistrats, qui par état font une étude particuliere de ces matieres, parmi lesquels la tradition des maximes de votre Royaume a toujours été soigneusement conservée & transmise, pour ainsi dire, de main en main ; & qui enfin par leur nombre, leur intégrité & leurs lumieres, sont à l'abri des surprises de l'intérêt, de l'ambition & de l'ignorance.

Jusqu'à quel point les ennemis de nos maximes ne porteroient-ils pas la séduction, si l'Université de Paris & en particulier la Faculté des Arts, à qui l'éducation de la Jeunesse de votre Royaume est confiée, étoit soustraite à l'inspection de votre Parlement, à laquelle elle a été soumise dans tous les tems?

Les Rois vos Prédécesseurs ont voulu, Sire, que les Règlemens qui gouvernent la Faculté des Arts, fussent concertés dans votre Parlement : c'est lui qui a réformé les abus de cette Faculté : c'est lui qui a règlé ses différens : c'est lui dont la vigilance y soutient les études dans cet état florissant qui la rend si utile aux Sujets de V. M. & si fameuse dans toute l'Europe.

C'est votre Parlement qui y a maintenu cet amour pour les maximes fondamentalles de votre Etat, pour l'independance de votre Couronne, pour la fidélité inviolable qui attache les Sujets à leur Souverain, dont nulle autorité sur la terre ne les peut dispenser ; ce respect, cet obéissance pour les Canons de l'Eglise Universelle, pour les saints Conciles Généraux à qui toute puissance dans l'Eglise doit céder & être soumise.

La connoissance de ces maximes s'étoit presque effacée des esprits pendant les tems malheureux de nos divisions intestines, & celles qu'on s'efforçoit d'établir sur leurs ruines ont causés ces maux, dont aucun bon François ne peut se rappeller le souvenir sans horreur.

La fermeté de votre Parlement, son application continuelle ont pû seules détruire les pernicieuses impressions qui s'étoient formées pendant ces tems & rétablir les Ecoles dans l'état où elles se trouvent aujourd'hui.

Les Maîtres qui enseignent sous nos yeux nous sont comptables de leur conduite : instruits de nos maximes, ils les transmettent à leurs Disciples, ils les prémunissent dès l'enfance contre les impressions étrangeres ; en formant leur esprit & leur raison ils forment des cœurs françois, & en leur inspirant ce qu'ils doivent à Dieu, ils leur inspirent des sentimens de respect & d'obéissance pour celui qui est son image vivante sur la terre. Ainsi se forme dans cet âge tendre les liens de cette fidélité inviolable qui fait le plus solide fondement de la puissance des Rois, du bonheur & de la félicité des Peuples.

Que pouvons-nous attendre de ces Suppots de l'Université, que nous voyons y signaler leur entrée par leur soulévement contre ceux qui les y ont reçus? Enflés des avantages que le nouvel Arrêt leur donne & de ceux qu'il leur permet despérer, ils croiront à la faveur de leur nombre pouvoir tout entreprendre.

Admis à donner leurs Sufrages dans les affaires les plus importantes d'une Compagnie dont-ils ne connoissent ni les usages ni les Loix, que n'y a-t-il pas à redouter de leurs préventions contre ceux que leur âge rend leurs adversaires, & dont le merite excite leur jalousie?

Nous n'avons que de trop justes sujets d'appréhender qu'ils n'inspirent un jour à la Jeunesse qui se trouve confiée à leurs soins, & leur esprit d'indépendance, & les sentimens dont les propositions soutenues par plusieurs d'entr'eux nous ont fait connoître qu'ils étoient prévenus.

Ils n'ont pas, il est vrai, donné au Pape cette infaillibilité qui n'appartient qu'à l'Eglise seule, mais ils ont affecté dans leurs Thêses, d'effacer tous les monumens, de rendre suspects tous les faits, d'exténuer toutes les preuves, qui démontrent que cette infaillibilité ne peut être prétendue. Ils n'ont pas nettement donné aux Papes le pouvoir sur le temporel des Rois, mais ils ont osé avancer que leurs Bulles deviennent Loix de l'Etat sans l'approbation & sans l'intervention de V. M.

S'ils étoient bien persuadés qu'il n'est aucune occasion, aucune circonstance qui puisse donner aux Papes l'autorité de rompre les liens de la fidélité qui attachent les Sujets à leurs Souverains; que la crainte de l'excommunication ne doit point empêcher de rendre aux Princes l'obéissance qui leur est dûe; ils craindroient, par une acceptation pure & simple de la Constitution *Unigenitus*, de donner atteinte aux sages modifications, que votre Parlement à apposées à l'enregîtrement de ce Décret, sous les yeux du feu Roi votre Bisayeul; ils sentiroient que l'acceptation qu'ils feroient, contrediroit des précautions dont ce grand Prince a senti la necessité, & dont V. M. a reconnu toute l'importance & l'utilité, pour prévenir les conséquences pernicieuses d'une doctrine, qui, pour le maintien de l'autorité, pour la sûreté même de nos Rois, doit être à jamais bannie de votre Royaume.

Les efforts qui se font de toutes parts pour donner à ce Décret un caractere de régle de Foi que tous les Théologiens instruits lui refusent, augmentent nos allarmes, & nous donnent de justes sujets de craindre, qu'on ne veuille profiter des troubles de l'Eglise pour faire revivre dans votre Royaume ces maximes Ultramontaines que les troubles de l'Etat y avoient autrefois introduit.

Si ces sentimens, si contraires au repos & à la tranquillité de votre Etat, trouvent des partisans dans l'Université, parmi ceux qui sont chargés d'élever la Jeunesse de votre Royaume, que n'avons nous pas à redouter?

Les préventions de l'éducation, jettent de profondes racines dans l'ame, & s'effacent difficilement; imbus dès leurs plus tendres années d'une doctrine Ultramontaine, que des Maîtres séduits, ou mal-intentionnés, presenteront comme des Dogmes de Religion, les Enfans s'éloigneront bientôt de la doctrine de leurs Peres; placés dans le Clergé ou dans la Magistrature, ils croiront rendre gloire à Dieu, en combattant, comme des Erreurs nos maximes les plus constantes; ils traiteront d'abus ces usages précieux qui sont le fondement de nos saintes Libertés; & dans les démêlés qui pourront arriver avec la Cour de Rome, on ne trouvera plus cette union & ce concert que votre Auguste Bisayeul éprouva entre tous les Ordres de son Royaume, pour soutenir la dignité de sa Couronne, & défendre l'Etat contre les entreprises Ultramontaines.

Au lieu de ces hommes savans dont le Clergé étoit composé, & qui, instruits dans des Ecoles pures, furent, sans s'éloigner du respect dû au Souverain Pontife, renfermer son pouvoir dans les bornes légitimes que les Saints Canons lui prescrivent, il ne s'en trouvera plus que de semblables à ceux que l'Histoire nous apprend avoir avancé & soutenu ces maximes pernicieuses, dignes des Maîtres ignorans & séduits qui composoient alors l'Université, dans laquelle ils avoient été nourris & élevés; maximes tant de fois proscrites, mais que les démarches dont nous nous plaignons ne nous permettent pas de regarder comme entiérement effacées des esprits.

En vous exposant, Sire, nos justes craintes, & les conséquences de ce qui fait l'objet de nos Remontrances, nous ne soupçonnons pas que l'on ose nous accuser d'entrer dans le fond des Dogmes, & de nous établir Juges de la Doctrine sur la Religion. Soumis comme le reste des Fidèles à l'autorité de l'Eglise, nous apprendrons toujours d'elle ce que nous devons croire dans les matieres de la Foi ; nous ne sommes occupés que de ce qui peut blesser les droits de votre Couronne & les maximes de votre Etat.

C'est pour les transmettre dans toute leur pureté & les faire durer autant que la Monarchie, que les Rois vos Prédécesseurs ont renvoyé à votre Parlement la visite & l'examen des Bulles & autres Rescrits de la Cour de Rome, & qu'ils ont voulu qu'il eût une inspection directe sur ceux qui sont chargés d'instruire la Jeunesse dans votre Royaume. Vous ne permettrez pas, Sire, qu'un usage aussi utile, aussi ancien reçoive aucune atteinte ; Vous ne souffrirez pas que l'Etranger & le François, comme de concert, évitent l'inspection, méconnoissent l'autorité d'un Tribunal également nécessaire, pour réprimer les entreprises des uns & empêcher la séduction des autres.

Ce sont-là, Sire, les très-humbles & très-respectueuses Remontrances, qu'ont crû devoir présenter à Votre Majesté.

Vos très-humbles, très-obéissans, très-fidèles & tres-affectionnés Sujets & Serviteurs.

Les Gens tenant votre Cour de Parlement.

Fait en Parlement le 11. Avril 1739.

Signé, LE PELLETIER.

REPONSE DU ROI AUX REMONTRANCES.

LE ROI a fait examiner en son Conseil les dernieres Remontrances que son Parlement lui a présentées, & S. M. m'ordonne d'y répondre.

Qu'elle n'a point souffert & qu'elle ne souffrira jamais que des Brefs ou des Décrets émanés de la Cour de Rome soient exécutés dans son Royaume, sans être revêtus de son autorité.

L'intention du Roi n'a pas été non plus de diminuer en rien le pouvoir qu'il confie à son Parlement pour affermir le bon ordre & la tranquilité dans l'Université de Paris, & s'il est à propos d'y faire un nouveau Règlement dans cet esprit, le Parlement aura lieu de reconnoître que S. M. l'honore toujours de la même confiance.

Au surplus le Roi sent parfaitement combien il est important de perpétuer dans l'Université cette tradition constante des Maximes du Royaume, qui s'y conserve depuis tant de siécles. S. M. ne peut douter que le même esprit n'y subsiste toujours ; & rien ne lui sera plus agréable que de voir tous les Ordres de l'Etat concourir à maintenir des Maximes qui lui sont plus précieuses qu'à aucun de ses Sujets.

Arrêté du Parlement du Mardi 9. *Juin* 1739. *sur* la Réponse du Roi.

LA COUR a arrêté qu'il sera fait regître de la Réponse du Roi auxdites Remontrances, & que conformément à icelle, Elle continuera de veiller à ce qu'il ne soit exécuté dans le Royaume aucune Bulle, Rescrit ou Décret émané de la Cour de Rome sans être revêtu de Lettres-Patentes dûment registrées en la Cour ; qu'Elle continuera pareillement à maintenir l'ordre & la discipline dans l'Université, à entretenir l'union qui doit régner entre tous les membres qui la composent, & à conserver les Maximes du Royaume dans toute leur pureté.

LETTRES D'ATTACHE SUR LE BREF

ADRESSÉ A L'ARCHEVESQUE DE PARIS.

LOUIS par la grace de Dieu Roi de France & de Navarre, à notre cher & bien aimé Cousin l'Archevêque de Paris, Pair de France, Commandeur de nos Ordres, SALUT. Notre Saint Pere le Pape Clement XII. ayant été informé, suivant nos ordres, par notre Ambassadeur auprès du Saint Siége, de la nécessité de prendre des mesures efficaces pour maintenir, ou pour rétablir le bon ordre, la paix & la tranquilité dans la Congrégation du Calvaire établie dans notre Royaume, & soumise immédiatement au S. Siége, Sa Sainteté auroit jugé à propos, sur les instances qui lui en ont été faites de notre part, de donner un Bref en date du premier Août mil sept-cent trente-huit, par lequel voulant pourvoir au bien commun de ladite Congrégation, Sa Sainteté vous auroit établi & délegué Visiteur Apostolique, pendant le tems & espace de quatre années, pour faire la Visite des Monasteres de cette Congrégation qui sont établis dans notre bonne Ville de Paris, vous en faire représenter les Constitutions, examiner de quelle maniere elles y sont observées, statuer & ordonner ce que vous jugerez nécessaire pour réformer les abus, s'il s'y en étoit glissé quelques-uns, & en éloigner tout ce qui pourroit y troubler la paix & la tranquilité, Notre Saint Pere le Pape ayant fait expédier en même-tems d'autres Brefs adressés aux Evêques de notre Royaume, dans les Diocèses desquels il y a des Monasteres de la même Congrégation, par lesquels Sa Sainteté les établit aussi Visiteurs Apostoliques desdits Monasteres pendant le tems de deux années, pour y remplir les fonctions cy-dessus marquées ; voulant que durant le cours de la Commission à vous adressée toute Supériorité, autorité & administration des Supérieurs majeurs & du Visiteur general de ladite Congrégation soient & demeurent suspendues, comme étant incompatibles avec l'exercice du pouvoir accordé ausdits Visiteurs Apostoliques ; à quoi Sa Sainteté auroit ajoûté par le même Bref, que les Evêques qui pendant le tems de deux années auroient fait les Visites particulieres des Monasteres de leurs Diocèses, vous envoieroient leurs Actes de Visite, en vous faisant part de tout ce qu'ils auroient fait, ou qu'ils estimeroient qu'il y auroit lieu de régler à l'avenir pour le bien de ladite Congrégation, après quoi vous vous associerez tels Evêques & tels Supérieurs Réguliers que vous jugeriez à propos, & que vous sçauriez Nous être agréables, avec faculté d'en subroger d'autres à la place de ceux qui pourroient venir à décéder pendant le cours de la Commission, pour être réglé & statué par vous conjointement avec eux tout ce qui vous paroîtroit pouvoir contribuer à l'utilité commune de ladite Congrégation pour l'observation de la discipline réguliere, avec pouvoir même de destituer les Supérieurs Majeurs & le Visiteur general en cas qu'il y eût lieu de le faire, & d'en établir d'autres à leur place, comme aussi de choisir & nommer tant la Supérieure generale de ladite Congrégation, que les Supérieures des Monasteres particuliers, & de régler le tems, la forme & la maniere d'y pourvoir à l'avenir, le tout ainsi qu'il est porté plus au long par ledit Bref: & ayant reconnu par l'examen que nous en avons fait faire en notre Conseil, qu'il ne contient rien de contraire aux droits de notre Couronne, aux maximes de la France & aux libertés de l'Eglise Gallicane, toute la connoissance de cause étant reservée aux Evêques de notre Royaume, & la suspension provisoire du pouvoir des Supérieurs majeurs & du Visiteur general ne devant avoir lieu qu'à cause de l'impossibilité de concilier l'usage de leur autorité avec l'exercice du pouvoir attribué aux Commissaires Apostoliques pendant qu'il subsistera, Nous avons cru devoir revêtir ledit Bref de notre autorité, pour concourir avec le S. Siége à rétablir ou à affermir le bon ordre & la paix dans ladite Congrégation.

A CES CAUSES & autres à ce Nous mouvans, Nous avons par ces présentes signées de notre main, ordonné & ordonnons, voulons & nous plaît que ledit Bref du premier Août dernier cy-attaché sous le contre-scel de notre Chancellerie, soit exécuté selon sa forme & teneur, & en conséquence qu'en appellant avec vous telles personnes Ecclesiastiques séculieres & régulieres que vous jugerez à propos, vous puissiez procéder à la Visite des deux Monasteres de la Congrégation du Calvaire établis dans notre bonne Ville de Paris, & à l'exécution des autres dispositions contenues dans ledit Bref. Enjoignons à la Supérieure generale & aux Supérieures particulieres, Officieres & autres Religieuses desd. Monasteres de vous recevoir en qualité de Commissaire & Visiteur Apostolique, avec le respect, obéissance qu'elles doivent, d'observer exactement les Ordres, Ordonnances & Reglemens particuliers que vous estimerez devoir leur donner pendant le cours de votre Commission. Enjoignons pareillement à toutes les Supérieures & Religieuses de la Congregation du Calvaire de se conformer entierement aux Reglemens generaux que vous pourrez faire dans la suite avec les Prelats Séculiers & Réguliers que vous aurez jugé à propos de vous associer suivant la disposition dudit Bref. Voulant que toutes les Ordonnances ou Reglemens generaux & particuliers qui interviendront à l'occasion des Visites des Monasteres, ou en exécution desdits Brefs soient exécutés par provision comme donnés en matiere de correction & de discipline, & ce nonobstant toutes oppositions quelconques, même comme d'abus, lesquelles si aucunes interviennent ne pourront être portées que pardevant les Commissaires de notre Conseil nommés par notre Arrêt & Lettres Patentes de ce jour, lesquelles seront exécutées selon leur forme & teneur; CAR tel est notre plaisir. DONNÉ à Fontainebleau le dixiéme jour de Novembre l'an de grace mil sept-cent trente-huit, & de notre Regne le vingt-quatriéme. *Signé* LOUIS. Par le Roi, PHILIPPEAUX.

Collationné sur l'original par nous Secretaire en cette partie, & delivré à Paris le onziéme jour de Décembre mil sept-cent trente-huit. Signé ARTAUD.

DECLARATION

PRESENTE'E A M. L'ARCHEVESQUE DE PARIS,

Les 11 & 12 Décembre 1738, par les Religieuses du Calvaire des deux Maisons, du Marais & du Fauxbourg Saint Germain.

NOus Supérieure générale, Assistantes de la Congrégation des Religieuses dite du Calvaire, Prieure & Religieuse de la Maison du Calvaire du Marais, formant la Communauté. Quelque pénétrées que nous soyons d'un très-profond respect pour Monseigneur l'Archevêque de Paris, & quoique disposées à lui rendre tout ce que nos Constitutions nous prescrivent de rendre à l'Evêque Diocésain, déclarons que sans préjudicier en rien à la plus parfaite vénération & au plus profond respect dont nous sommes remplis pour notre S. Pere le Pape, & pour Sa Majesté, nous ne pouvons recevoir mondit Seigneur l'Archevêque de Paris en la qualité qu'il entend prendre de Commissaire délegué du S. Siége.

Le Bref qui lui donne cette qualité n'est point revêtu de la forme qui seule peut en autoriser la publication & l'exécution dans le Royaume; il n'est point accompagné de Lettres Patentes enregistrées au Parlement; ce qui est néanmoins absolument nécessaire pour qu'un Bref de Rome puisse être exécuté en France.

De plus ladite qualité de Commissaire Apostolique va à nous donner un Supérieur différent de ceux, qui seuls sont établis suivant nos Constitutions & nos Regles. Ces Constitutions & ces Regles sont autorisées par les deux Puissances; elles sont confirmées par des Bulles revêtues de Lettres Patentes enregistrées au Parlement: elles sont notre Loi: nous avons fait vœu de les observer; & c'est aussi sous la foi de ces Constitutions & de ces Regles que nous nous sommes engagées à la Religion.

C'est pourquoi & pour autres motifs à déduire en tems & lieu, nous déclarons à Monseigneur l'Archevêque de Paris, que nous nous proposons de faire à S. M. nos très-humbles & très-respectueuses Remontrances sur le contenu en ses ordres à nous signifiés le jour d'hier, & lui exposer l'impuissance où nous sommes de reconnoître mondit Seigneur l'Archevêque de Paris en ladite qualité de Commissaire délegué du S. Siége; & au cas, ce que nous ne présumons pas, que mondit Seigneur l'Archevêque de Paris passât outre au préjudice desdites Remontrances, nous protestons contre tout ce qu'il pourroit faire en la susdite qualité, nous réservant expressément de nous pourvoir, où & en la maniere qu'il conviendra, même d'interjetter appel comme d'abus dudit Bref, relever ledit appel, & en poursuivre le jugement définitif, & faire tous actes, oppositions, protestations que de droit. Fait en notre Maison du Calvaire du Marais le onziéme jour de Décembre mil sept cent trente-huit.

(*Signé pour la Maison du Marais*)

Sœur MARGUERITE-FRANÇOISE DE S. AUGUSTIN DE COUESQUEN, Supérieur general.

Sr SUZANNE DE S. JOSEPH CHENAIS, Prieure & Assistante.

Sr ELISABETH DE Ste MONIQUE DE GRENEDAN, Soûprieur.

Sr LOUISE MADELAINE DE Ste ADELAIDE DE BEAUVEAU, Assistante.

Sr THERESE DE S. AUGUSTIN BAUDRAN.

Sr MADELAINE DE Ste CHRISTINE LE GRAND.

Sr CATHERINE-ANGELIQUE DE Ste MADELAINE LE GRAND, Doyenne.

Sr CHARLOTTE DE Ste THAIS DU TILLET.

Sr MARIE-MADELAINE DE Ste FELICITE' LE ROY.

Sr MARIE-CECILE DE LA TOURNELLE.

Sr ANNE DE Ste MARIE DE LA BLINIERE.

Sr HYACINTE DE Ste DARIE LE FEVRE, Doyenne.

Sr MARIE-MADELAINE DE Ste PRAXEDE BLONDEAU.

Sr CLAUDE-MARGUERITE DE Ste EULALIE LE ROY, Doyene.

Sr ANDRE'-MARGUERITE DE S. BENOIT DE BREVIANDE.

Sr MARIANNE DE Ste THECLE LE ROY.

Sr ANNE DE S. JACQUES JACQUIN.

Sr MARIE-ELIZABETH DE S. PAULIN LE PARFAIT.

Sr MARIE SUZANNE DE Ste LEOCADIE LE ROY.

Sr RENE'E DE Ste ELISABETH.

Sr THERESE DE Ste ATHENODORE DU SCONVEL.

Sr MARIE-LOUISE-MARGUERITE DE Ste EMELIE DU VIVIER.

Sr MARGUERITE-FRANÇOISE DE Ste FEBRONIE DU VIVIER.

Sr MARIE-ANNE DE Ste OLYMPIADE DE S. TANIAL.

Sr ANNE DE S. JOSEPH DE PERTUIS.

Sr MARIE DE S. ANTOINE NERZIE.

Sr ANNE DE Ste AGLAI DE SIMIANE.

Sr CHARLOTTE DE S. CYPRIEN DE MONTAIGU.

Sr ELEONOR DE S. AUGUSTIN DE GRENEDAN.

Sr MARIE DE S. DAUB BAUDIN

Sr ANTOINETTE DE S. PIERRE POUCHAUT.

S. ELEONOR DE S. PROSPER DE GRENEDAN.

Sr MA-

Sr MADELAINE DE S. BERNARD DE JOUVANCOURT.

Sr FRANÇOISE DE S. LEON DE MAILLEBOIS.

Sr LOUISE DE S. IRENE'E DE MAILLEBOIS.

(*Signé pour la Maison du Fauxbourg S. Germain*)

Sœur MONIQUE DE S. BERNARD DE NOGENT, Prieure.

Sr RENE'E DE Ste THERESE DE LA BLANCHARDIERE, Soûprieure,

Sr MADELAINE DE S. MAURICE GUY.

Sr AGNE'S DE S. ALEXIS GUY, Doyenne,

Sr MARGUERITE-ELEONOR DE S. PAUL BAUDIN.

Sr MARIE DE Ste FLAVIE HUGUOT.

Sr MARGUERITE DE Ste MELANIE DESBOIS.

Sr DENISE DE Ste JULIE DOUCET.

Sr FRANÇOISE DE S. DONATIEN ROBINET.

Sr MARIE-AIME'E DE S. JEROME LE MAITRE.

Sr MARIE-MADELAINE DE Ste AGATHE DE MONTENAY.

Sr FRANÇOISE DE Ste CANDIDE COLLIN.

Sr CECILE-CATHERINE DE S. ROCH FAGART.

Sr FRANÇOISE-AUGUSTE DE S. JEROME DE FLAHAUT DE LA BILLARDRIE, Doyenne.

Sr MARGUERITE DE Ste CLOTILDE LOYSEL.

Sr ANGELIQUE DE S. ARMAND GARNIER.

Sr MARIE-ANNE DE Ste EULALIE LANGLOIS.

Sr MARIE DE S. THEOPHORE SAGE'E.

TRÉS HUMBLES

ET TRE'S-RESPECTUEUSES

REPRESENTATIONS

QUE FONT AU ROY

LES SUPERIEURE GENERALE, ASSISTANTES de la Congrégation des Religieuses du Calvaire en leur nom & au nom de toute la Congrégation, Prieures, Religieuses & Communautés des deux Maisons de ladite Congrégation établies à Paris.

AU ROY.

SIRE,

Des Religieuses, vos plus plus fideles Sujettes, se prosternent aux pieds de votre Trône, & implorent la justice de VOTRE MAJESTÉ, au sujet d'ordres surpris à sa Religion, qui tendent à la ruine entiere & à la destruction totale d'une Congrégation honorée jusqu'à présent de la protection de V. M. & des Rois vos augustes Prédecesseurs. Cette ruine & cette destruction sont inévitables, si le Bref de Notre Saint Pere le Pape en date du premier Août 1738 est exécuté. Votre autorité, SIRE peut arrêter ce malheur, & essuyer nos justes larmes. Ne devons-nous pas être remplies de confiance, que vous l'emploierez en faveur de Vierges consacrées à Dieu, dont la vie presque entiere se passe à offrir les prieres les plus ardentes pour V. M.

La circonſtance violente dans laquelle nous avons le malheur de nous trouver, ne nous permet pas d'expoſer avec étendue à V. M. tous les abus dont le Bref de Rome eſt rempli. Nous n'en avons appris la nouvelle que par l'exécution qu'on a voulu commencer à lui donner, malgré la déclaration que nous avons faite d'en porter à V. M. nos juſtes plaintes. Et à peine nous laiſſe-t-on le tems de le lire avec la réflexion néceſſaire pour faire à V. M. nos très-reſpectueuſes Repréſentations, que nous nous trouvons ménacées de voir cette exécution ſe continuer, ſans que nous ayons pu nous faire entendre. Par le Bref dont nous nous plaignons, on anéantit des Bulles, des Conſtitutions, des Statuts, des uſages qui ſont le fondement de notre établiſſement, qui ſons devenus des loix publiques de votre Royaume, par l'autorité ſolemnelle dont vous les avez revêtus, qui ſont les conditions ſous la foi deſquelles nous nous ſommes engagées à la Religion, qui enfin ſont partie des Regles que nous avons publiquement fait vœu d'obſerver.

Ce Bref donné ſans nous avoir entendu, ſans nous accuſer même d'être coupables, nous punit dès-à-préſent des peines les plus ſéveres : il nous arrache à nos Supérieurs légitimes ; il nous enleve la liberté de nos élections ; il nous ſoumet à un pouvoir arbitraire ; il donne une faculté ſans bornes de changer toutes nos Conſtitutions & tous nos Statuts ; il nous livre pour la ſuite, par maniere de proviſion, à toutes les punitions qu'on voudra nous impoſer, ſans que le recours à aucune autorité, pas même à la vôtre, Sire ; puiſſe en ſuſpendre, ni en arrêter l'effet.

Eſt-il aucune de nous, Sire ; eſt-il une Religieuſe en France, qui ſe fût déterminée à quitter ſes eſpérances les plus permiſes, ſes biens, ſa famille, tout en un mot, ſi elle eût pu penſer qu'on violeroit, ſans aucun égard, ſans aucun ménagement, toutes les conditions ſous l'aſſurance deſquelles elle a fait le ſacrifice de ſes droits les plus légitimes & de toute ſa perſonne. On nous aura donc trompé ! C'eſt ſous la foi de la parole du Pape ; c'eſt, nous l'oſons dire ; ſous la foi de la parole ſolemnelle de V. M. même, que nous nous ſommes conſacrées à la Religion. Cette parole auguſte nous garantiſſoit la ſolidité de nos Conſtitutions & de nos Loix : elle nous aſſuroit notre gouvernement & notre état : elle nous empêchoit d'en pouvoir prévoir la ruine & l'anéantiſſement ; & notre confiance en des garands ſi ſacrés ſe trouveroit vaine & confondue !

Mais, Sire, quand nous conſentirions à voir notre eſpérance fruſtrée, & les conditions du terrible engagement que nous avons contracté foulées aux pieds, nous ſeroit-il permis de conſentir au violement des vœux ſolemnels que nous avons faits à la face des Autels ? Par ces vœux nous avons promis *l'obéiſſance ſelon les Statuts de la Congrégation.* Nous avons donc promis de reconnoître toute notre vie les Supérieurs & Supérieures que ces Statuts nous donnent ; nous ne pourions par conſéquent en reconnoître actuellement d'autres, ſans manquer à nos vœux, & ſans commettre un parjure.

Que nos ennemis ; car pouvons-nous dans le traitement rigoureux que nous éprouvons, nous diſſimuler que nous en avons ? qui même ont eu aſſez de crédit pour ſurprendre la religion de V. M. & celle de Notre Saint Pere le Pape, que nos ennemis, diſons-nous, ſe contentent d'exiger le ſacrifice de notre bien & de notre vie : nous ſommes toutes diſpoſées à le faire. Mais qu'ils ne nous expoſent pas à un malheur infiniment plus grand pour nos cœurs que ne le ſeroit la perte de l'un & de l'autre ; qu'ils ne nous mettent pas dans la cruelle néceſſité de paroître déſobéiſ désobéir aux ordres de celui qui, après Dieu, fait le premier objet de notre vénération & de notre amour sur la terre. Nous souffrirons, Sire, la plus affreuse pauvreté, l'exil, la prison ; oui, nous souffrirons tout, la mort même, avec le plus profond respect, avec la plus parfaite soumission. Nous marquerons par notre silence de quel principe partira la prétendue désobeissance dont nos ennemis ne manqueront pas de nous accuser : mais persuadées que nous ne pouvons mieux convaincre de notre fidelité envers V. M. que par celle que nous aurons pour notre Dieu, nous n'enfraindrons jamais volontairement des vœux que Dieu a reçus & que V. M. a autorisés par l'approbation qu'elle y a donnée, en établissant notre Congrégation dans son Royaume. Ces vœux nous astreignent à une obéissance conforme aux Statuts de notre Congrégation. Toute obéissance contraire à ces Statuts seroit une infraction de nos vœux ; puisque ce sont ces Statuts mêmes qui sont l'objet & la regle de notre obéissance. Nous pouvons mourir ; mais nous ne pouvons les enfreindre.

Nous sommes, il est vrai, exemtes de la Jurisdiction des Ordinaires & soumises à celle du S. Siége. Mais V. M. eût-elle souffert notre établissement dans son Royaume, l'eût-elle consacré par ses Lettres Patentes, si cette soumission n'eût pas été réglée, limitée & restrainte suivant des conditions & des loix approuvées en connoissance de cause par V. M.? Les Evêques Diocésains auroient-ils consenti à nous admettre dans leurs Diocèses, & à nous laisser soustraire à leur Jurisdiction, sans ces conditions, sans ces loix? Vos Parlemens, Sire, auroient-ils enregistré & les Bulles & les Lettres Patentes ausquelles nous devons notre existence, si cette soumission eût tendu à former dans le sein de votre Royaume une Congrégation arbitrairement dépendante du Pape? Nous-mêmes, Sire, Françoises avant que d'être Religieuses, nous serions-nous engagées à une soumission indéfinie & illimitée, aux risques de voir peut-être quelque jour exiger de nous, en vertu de cette soumission, une obéissance incompatible avec notre fidélité envers vous?

Nos Supérieurs majeurs ne sont pas des Supérieurs amovibles *ad nutum* : leur état est fixe & perpétuel ; ils ne peuvent être destitués arbitrairement, ni déposés que par les voies de droit ; leur caractere & leur titre sont fondés sur le concours solemnel des deux Puissances, qui a consacré aussi à perpétuité la forme de leur élection. Les deux Prélats actuellement nos Supérieurs n'abandonnent point ce titre & ce caractere, que nos Constitutions, nos Statuts & les loix les plus formelles leur assurent irrévocablement. Nous avons même tout sujet d'espérer qu'ils se joindront à nous pour la conservation de leurs droits & des nôtres, & pour se plaindre d'un Bref, qui prétend suspendre dès-à présent, sans aucune formalité, l'exercice des fonctions attachées à leur titre, & donner la faculté arbitraire de les destituer pour toujours.

Quant à nos Supérieures, ces mêmes Constitutions & ces Regles que V. M. a autentiquement munies du sceau de son autorité, les rendent électives : elles ne peuvent occuper canoniquement & légitimement la Supériorité, ni en exercer les fonctions, qu'y étant placées par les voies que ces Constitutions prescrivent. Nous soupirons toutes, & les Supérieures plus que les autres, depuis quatre ans après la levée des défenses qui nous ont été faites au nom de V. M. de tenir notre Chapitre general pour procéder à de nouvelles élections, ainsi qu'après la révocation des ordres qui empêchent nos deux Supérieurs majeurs de s'en aggréger un troisiéme, ſuivant le droit que leur en donnent leurs titres & les Statuts de notre Congrégation. Nous ne croyons pas, SIRE, porter trop loin notre confiance dans la bonté & la juſtice de V. M. en oſant nous flatter, qu'en même-tems qu'elle remédiera aux nouveaux malheurs que nous déplorons à ſes pieds, elle voudra bien auſſi nous rendre, & à nos Supérieurs majeurs la liberté des élections.

Des principes conſtitutifs de notre Etabliſſement que nous venons d'expoſer à V. M. il réſulte évidemment que la Juriſdiction qu'a ſur nous le Saint Siége n'eſt point une Juriſdiction arbitraire qui donne pouvoir au Pape de caſſer & d'annuller, ſous une ſimple allégation *de cauſes à lui connues*, notre Régime, nos Conſtitutions & nos Statuts, qui par le concours ſolemnel de votre autorité ſont aujourd'hui des loix publiques de votre Royaume.

Vos Etats, SIRE, ſont remplis de Communautés, de Corps, de Congrégations, de Chapitres, d'Univerſités, qui comme nous ſont exemtes de la Juriſdiction de l'Ordinaire, & ſoumiſes à celle du S. Siége. Comme nous elles ont un régime, un gouvernement, des Conſtitutions, des Statuts, qui fixent & limitent cette Juriſdiction, qui l'aſtreignent à ne pouvoir s'exécuter que ſous certaines loix, à ſuivre certaines regles, à dépendre de certaines formalités eſſentielles. V. M. toléreroit-elle qu'en vertu de quelques Brefs, les Statuts, les Conſtitutions, le gouvernement, l'état entier de tous ces Corps ſe changeaſſent, & que par là dans le ſein même du Royaume, la Cour de Rome, ſous prétexte de ſa Juriſdiction, levât l'armée la plus nombreuſe, à laquelle elle commanderoit arbitrairement? Ces ſuites ſont ſans doute horribles. Mais ce que nous éprouvons, SIRE, aujourd'hui, toutes les autres Communautés exemtes le peuvent éprouver demain. Rome commence par notre Congrégation. Plaiſe à Dieu que notre exemple ne lui ſerve point de voie pour ſubjuguer toutes les autres!

Il étoit bien difficile qu'un Bref ſi abuſif dans ſes diſpoſitions ne le fût pas auſſi dans ſa forme. Les défauts qu'il renferme à cet égard ſuffiroient ſeuls pour en rendre l'exécution impraticable ſuivant les loix du Royaume. En effet, SIRE, s'agiſſant de détruire une ſuite de Bulles ſolennelles revêtues de Lettres Patentes enregiſtrées dans votre Parlement, exécutées publiquement pendant l'eſpace de plus d'un ſiécle avec le conſentement exprès de tous les intéreſſés, étoit-ce donc par un Bref, adreſſé à la vérité à un Prélat reſpectable, mais toujours à un particulier de vos Sujets, par un Bref non revêtu de Lettres Patentes, non enregiſtré en votre Parlement, qu'on pouvoit anéantir ces ouvrages à jamais durables de l'autorité des Papes Prédéceſſeurs de Sa Sainteté, ces loix de votre Royaume? Cette adreſſe à un Prélat différent de ceux que les Conſtitutions de notre Congrégation nous ont donné pour Supérieurs, ne marque-t-elle pas même encore une affectation qui dégenere en un mépris & en une injure qualifiée contre les deux Evêques nos Supérieurs majeurs?

On s'eſt toujours élevé en France contre les clauſes de *propre mouvement* inſérées dans les Bulles & Brefs de Rome. On ne s'eſt point ſervi, nous en convenons, dans celui-ci des termes *proprio motu*; mais on y a ſubſtitué ceux-ci, *pour cauſes à nous connues*, *de cauſis nobis notis*, qui renferment un ſemblable abus.

Il eſt vrai que le Bref ajoute, & c'eſt ce qui met le comble à notre douleur, que le Pape a été auſſi excité à le donner par la demande que V. M. lui en a fait faire; mais par cette demande qui fait elle-même un des ſujets de nos larmes & de nos très-reſpectueuſes repréſentations, V. M. n'a certainement point entendu s'engager à autoriser tous les abus & du fond & de la forme que le Bref pourroit contenir. Ce seroit un crime de le supposer.

La Cour de Rome dira-t-elle par exemple, car notre situation présente ne nous permet pas de tout relever, que V. M. approuve le refus injuste, & cependant marqué, que cette Cour lui fait dans ce Bref du titre de Roi de Navarre?

Nous ne sommes, SIRE, que de simples filles, à qui leur état ne laisse d'autres armes à employer pour la défense de vos droits sacrés, que leurs prieres; mais il ne nous peut être permis d'être indifférentes & insensibles aux attaques qu'on leur livre. C'est d'ailleurs un moyen bien légitime contre un Bref qui nous dépouille de tous nos droits, que de montrer combien il respecte peu ceux même de V. M. Nous sçavons, SIRE, que la réclamation pour ces augustes droits seroit en de bien meilleures mains, étant en celles des Gens de V. M. près les Compagnies Souveraines, que les loix du Royaume ont chargé spécialement de veiller aux entreprises de la Cour de Rome. Et c'est ce qui nous donne occasion de représenter très-humblement & très-respectueusement à V. M. un nouvel abus, dans l'exécution du Bref dont il s'agit, que nous n'avons fait que toucher en passant.

Ce Bref n'est point revêtu de Lettres Patentes enregistrées au Parlement. Nos ennemis prétendront-ils, par l'observation que nous faisons ici, nous accuser de reconnoître dans votre Royaume une autorité différente de la vôtre? Non, SIRE, ils ne le pourroient faire qu'en nous chargeant de la plus fausse & de la plus calomnieuse accusation. Nous faisons profession publique de penser & de croire qu'il n'est point de puissance souveraine dans le Royaume que la vôtre, que c'est votre autorité seule qui s'exerce dans tous les Tribunaux, lesquels n'en ont aucune qui n'émane & qu'ils ne tiennent de V. M. Mais qu'il nous soit permis de le dire: votre sagesse & celle des Rois vos augustes Prédecesseurs ont dicté des loix, qui assujettissent tout ce qui vient de Rome à la nécessité de la vérification dans les Parlemens dépositaires de votre autorité, avant qu'il puisse s'en faire aucune exécution en France. Cette sagesse a convaincu nos Princes qu'accablés par la multitude des affaires qu'entraîne le gouvernement d'un grand Royaume, ils pouvoient être distraits sur des clauses adroittement glissées dans des Bulles ou Brefs par une Cour toujours attentive à faire valoir & à étendre ses prétentions; clauses néanmoins, qui quelquefois formeroient un préjudice à vos droits & à ceux de vos Sujets. De là ces loix qui ordonnant l'enregistrement des Bulles & Brefs de Rome dans les Parlemens, élevent une barriere sûre contre les entreprises de tout genre de la Cour Romaine. Ce sont ces loix qui sont un des plus fermes appuis de votre Couronne; loix saintes & précieuses, qui font la sureté de votre Personne sacrée, & ausquelles nous sommes en grande partie redevables de voir la Puissance Royale passée entre vos mains dans son intégrité. Car c'est-là l'idée, SIRE, que tous vos fideles Sujets se sont toujours formée des principes inviolables, qui exigent pour l'exécution des Décrets de Rome l'enregistrement préalable dans vos Cours. Nous croirions nous rendre dignes de toute l'indignation de V. M. si nous pensions autrement, puisqu'on ne le peut sans exposer les droits de votre Couronne.

La conservation de ces droits sacrés, SIRE, a donc exigé la loi salutaire de l'enregistrement. Mais votre amour pour vos Sujets, & votre attention pour leurs droits particuliers ne vous ont pas moins efficacement engagé à ordonner cette importante précaution: & ici, SIRE, combien notre exemple seul n'en montre-t-il pas l'indispensable nécessité? Les Bulles & les Lettres Patentes de V. M. fondemens de l'établissement de notre Congrégation, sont enregistrées au Parlement ; si le Bref dont il s'agit y eût été porté, votre Parlement, SIRE, conformément aux loix de V. M. qui font sa regle, auroit examiné ces Bulles ces Lettres Patentes qu'il avoit sous ses yeux, & que le Conseil de V. M. n'a pu avoir sous les siens. Nous n'aurions point été dans la nécessité d'importuner V. M. Les voies de droit ouvertes à tous vos Sujets, nous auroient procuré & à tous les intéressés les moyens de faire entendre nos plaintes contre le Bref ; & la justice qui se rend dans votre Parlement en votre nom & par votre autorité, nous auroit garanties par les routes communes & ordinaires des suites affreuses que son exécution entraîneroit infailliblement.

Il ne les aura pas cependant, nous en avons la confiance. V. M. attendrie par nos gémissemens & touchée de nos représentations respectueuses revoquera les ordres qui en sont l'objet. Son cœur paternel sera ému à la vue du déluge de maux prêt à inonder les plus affectionnées de ses Sujettes. Sa piété ne verra qu'avec douleur les mortelles allarmes que la crainte de l'exécution forcée du Bref de Rome, & plus encore l'appréhension de déplaire à V. M. répand dans une Congrégation de Vierges consacrées à Dieu. Votre justice ; oui, SIRE, nous osons le dire, votre justice reconnoîtra elle-même la surprise faite à V. M. Cette justice s'armera pour notre défense ; elle essuiera nos larmes, & nous enlevera à la ruine qui nous menace. C'est ce que nous allons demander aux pieds des autels à celui qui tient en sa main le cœur des Rois, en continuant de lui adresser les prieres & les vœux que nous ne cesserons jamais de faire de toute l'ardeur de nos cœurs pour la conservation & la prospérité de V. M.

Fait & arrêté ès Monasteres susd. le 16 Décembre 1738, & adressé à M. le Cardinal de Fleury par la Lettre suivante.

MONSEIGNEUR,

Nous prenons la liberté d'adresser à votre Eminence, les très-humbles & très-respectueuses représentations que notre Congrégation a l'honneur de faire au Roi. Nous osons vous supplier de les appuyer de votre puissante protection. Daignez nous l'accorder cette protection puissante, nous vous en conjurons MONSEIGNEUR ; & les nuages qu'on a repandus contre nous dans l'esprit de Sa Majesté se dissiperont ; sa bonté rappellera le calme que nous avons perdu depuis ses derniers ordres ; & ce calme nous mettra en état de continuer à offrir des prieres pures pour S. M. & pour son principal Ministre. Nous avons l'honneur d'être avec un très-profond respect,

MONSEIGNEUR,

DE VOTRE EMINENCE

Les très-humbles & très-obéissantes Servantes
COUESQUIN Supérieure generale, Premiere Assistante, Seconde Assistante.

En notre Monastère du Calvaire du Marais, à Paris ce 16 Décembre 1738.

LETTRE
DE MONSEIGNEUR
L'EVÊQUE D'AUXERRE
AUX RELIGIEUSES DU CALVAIRE.

A Regennes ce 23 Décembre 1738.

VOs peines & vos afflictions, mes Revérendes Meres, me sont communes avec vous. Les coups qu'on vous porte retombent à plomb sur moi, & je les sens plus vivement que je ne puis vous l'exprimer. Dans les épreuves personnelles que j'ai eues à supporter, & qui se sont bien multipliées depuis un certain tems, le Seigneur a eu égard à ma foiblesse, & il m'en a ôté presque toute l'amertume par la tranquillité que j'ai conservée. Mais toute ma sensibilité s'est renouvellée à la premiere nouvelle de ce qu'on entreprend contre vous, & je n'ai pu en envisager les suites qu'avec la plus vive douleur.

Vous réitérez toutes ensemble par la Lettre que vous m'avez écrite le voeu solemnel que vous avez fait à Dieu de vivre & de mourir dans les engagemens que vous avez contractés aux pieds des saints Autels, & de l'obéissance que vous m'avez promise, comme à votre Supérieur légitime, ainsi qu'à votre Revérende Mere Generale, & à votre Mere Prieure. Je bénis Dieu de ce qu'il vous a inspiré ces saintes dispositions, qui sont pour vous d'un devoir essentiel, & dont rien ne peut vous dispenser; & je ne cesserai de le prier qu'il vous y soutienne & vous y affermisse.

Par un engagement réciproque, je vous promets que rien ne pourra m'empêcher de vous regarder toute ma vie comme mes très-cheres Filles en Jesus-Christ; que je vous porterai toujours dans mon cœur, & que je ferai tout ce qui dépendra de moi pour vous maintenir dans vos droits, & empêcher qu'on ne donne aucune atteinte à la forme de votre gouvernement.

Mais que pourra mon foible secours dans les circonstances où nous nous trouvons vous & moi? C'est en Dieu, mes très-cheres Filles, c'est en Dieu seul qu'il faut mettre toute votre confiance, & ne rien attendre que de sa miséricorde & de sa puissance. Tant que vous demeurerez unies entre vous par les liens de la charité, & que vous vous tiendrez entre les bras de sa divine providence; vous n'avez rien à craindre.

Peut-être aussi n'avez-vous pas encore pratiqué votre saint Institut à la lettre & dans toute son étendue. Vous portez le nom de Religieuses du Calvaire, comme ayant pris naissance dans ce lieu sanctifié par les souffrances de Jesus-Christ, arrosé de son sang, & où il a consommé son Sacrifice sur une Croix. Vous êtes censées n'habiter que ce lieu saint, & n'avoir d'autres pensées & d'autres sentimens que ceux de la Victime qui s'y est immolée; & vous avez fait un voeu particulier de ce que S. Paul s'étoit imposé à lui-même comme Ministre de l'Evangile, d'accomplir dans sa chair ce qui reste à souffrir à Jesus-Christ.

Au milieu de vos plus grandes peines ne manquez jamais d'offrir vos plus ferventes prieres, pour les Puissances dont on a surpris la religion contre vous. Demandez à Dieu qu'il les éclaire de sa lumiere, qu'il dissipe les nuages que nos ennemis ont repandus ; & alors vous ne manquerez pas d'en obtenir justice.

Mais surtout que les chagrins qu'on vous suscite & ceux que vous devez envisager pour l'avenir ne soient pas une occasion ou un prétexte de dissipation. Occupez-vous de vos maux ; mais que ce soit devant Dieu. Gémissez-en ; parlez-en ; mais que ce soit à Jesus-Christ, aux pieds de sa Croix. Portez-y aussi les miens ; portez-y mes besoins, & ceux du Diocèse dont je me trouve chargé dans des conjonctures si fâcheuses. Que votre piété & votre ferveur se ranime dans ce saint tems où nous voyons un Dieu fait homme, naître dans une Crêche pour mourir sur une Croix. Je prie le Dieu de miséricorde qu'il soit votre paix & votre consolation ; & je vous assure, Mes Reverendes Meres, de toute la vénération avec laquelle je suis,

Votre très-humble & très-obéissant Serviteur
† Charles, Evêque d'Auxerre.

MEMOIRE
POUR LES RELIGIEUSES
DE LA
CONGREGATION DU CALVAIRE.

LES Religieuses du Calvaire vivoient tranquillement dans l'observation de leur Régle & de leurs Statuts, gouvernées, sous la protection des Loix, par des Supérieurs toujours choisis dans l'Ordre Episcopal. L'ardeur qui anima leur Congrégation dans sa naissance n'est point ralentie, elle en a fermé toutes les avenues au relâchement.

Au milieu de ce calme heureux, s'éleve la tempête qui les menace d'une destruction prochaine. Le Pape Clement XII. entreprend par un Bref de destituer arbitrairement leurs Supérieurs légitimes & perpétuels, pour les remplacer à son gré, de changer la face de leur gouvernement, ou plûtôt de l'anéantir en renversant leurs privileges, leurs usages, leurs coutumes, leurs Statuts, de quelque autorité qu'ils soient émanés, sous quelques sermens que l'on en ait juré l'observation. Le Pape prononce sans forme, comme sans cause, la peine de suspense contre des Prélats, que tout au moins leur Dignité devoit mettre à couvert.

Ce Decret porte-t'il donc de tels caracteres de sagesse & de justice, qu'on ne s'y puisse refuser sans crime? Sera-ce une temerité que de le considérer à la lumiere des régles? Ne reste-t'il que la triste alternative d'une soumission aveugle, ou de voir détruire une Congregation, où le Bref lui-même ne connoît pas d'abus à reformer?

Si quelqu'un croyoit les choses reduites à cette extrêmité, qu'il connoîtroit *Libertés*
mal les Loix qui régissent la France! Marchant sur les traces de l'antiquité, *art.* 2. &
elle reconnoît dans le Pape une puissance, ou absolue & indéfinie, mais bornée 79.
par le droit divin & naturel, par les SS. Canons, par les Statuts Monastiques, par les prérogatives même & les privileges légitimement établis. De là dépend le bon ordre dans l'Eglise, la tranquillité publique, la sureté des Rois.

Tout se décide donc ici par l'examen d'un point de fait. Le Bref de Clément XII. blesse-t'il les titres solemnels de la fondation du Calvaire & ses Statuts? Est-ce l'exercice d'un pouvoir arbitraire & infini? Si cela est, le refus d'y acquiescer n'est plus une désobéissance, un scandale, une révolte; mais une défense légitime, un devoir indispensable. On sera touché de ce que des filles consacrées à l'observation de leurs Statuts, inviolablement attachées aux Loix de l'Etat, ont déja souffert plûtôt que de s'en écarter. On leur accordera la protection qui ne pourroit leur être refusée sans abandonner l'interêt de tous les Ordres Religieux, celui de la discipline Ecclesiastique; celui du Royaume tout entier.

FAIT.

La Congrégation du Calvaire composée de vingt Maisons répandues en différens Diocèses, doit son origine à la piété d'Antoinette d'Orleans-Longueville; elle y établit & y embrassa elle-même la Régle de S. Benoît dans son ancienne rigueur.

Les premiers Monasteres en furent fondés à Poitiers, puis à Paris, à Angers & en Bretagne; l'exemple de leurs vertus excitant de tous côtés à les imiter, quantité de Villes demanderent & obtinrent de ces Religieuses pour établir de nouvelles Maisons qu'elles voyoient être des aziles pour l'innocence & des écoles de piété. La Reine Marie de Medicis voulut en avoir un Monastere à côté de son Palais, & s'en rendit la Fondatrice.

Ces Religieuses ont à leur tête des Prieures, une Génerale, soumises toutes ensemble à un Visiteur Géneral, comptable de son administration à trois Supérieurs majeurs. On verra dans un moment quelle est l'autorité de ces derniers.

Disons seulement qu'ils sont perpétuels & en droit, comme en possession de se nommer des successeurs. Les premiers choisis lors de l'érection, furent le Cardinal de Rets Evêque de Paris, & Jean du Perron Archevêque de Sens, ausquels fut associé le Géneral des Benedictins reformés. Celui-ci qui se démit presqu'aussi-tôt après sa nomination, & le célebre Pere Joseph Capucin qui fut aggregé à cet honneur par reconnoissance des soins qu'il avoit pris pour l'établissement du nouvel Institut, sont les seuls du second ordre qui ayent jamais été au nombre des Supérieurs majeurs, & jamais depuis il n'en a été choisi que dans l'Ordre Episcopal. Les Supérieurs sont à présent Messieurs les Evêques d'Auxerre & de Troyes, ausquels le Roy a défendu de remplacer Charles-Joachin Colbert Evêque de Montpellier qui étoit le troisiéme.

Telle est la Congrégation & le gouvernement que l'on tente de renverser par le Bref de Clement XII. dont on a déja rapporté plusieurs dispositions: on y en lit encore d'autres. Son exécution est commise sous le nom de Visiteurs Apostoliques pour deux ans à chaque Evêque, dans le Diocèse desquels sont situées les Maisons du Calvaire. Le Pape veut que chaque Evêque envoye à M. l'Archevêque de Paris tous les actes qu'il aura dressés, tous les projets qu'il aura faits. Et après l'expiration des deux ans, le Bref donne à M. l'Archevêque de Paris une seconde Commission pour deux autres années, avec pouvoir de s'associer d'autres Prélats séculiers ou réguliers, de quelqu'Ordre que ce soit; il donne pouvoir à ce Tribunal de faire des Réglemens, de destituer à perpétuité, s'il le veut, les Supérieurs Majeurs, de changer le tems, la maniere & la forme des élections, de déroger (comme le Pape le fait déja par son Bref) aux Constitutions & aux Statuts, quoique revêtus de Lettres Patentes enregistrées, quoique leur observation entre dans les vœux des Religieuses.

Un des motifs d'un bouleversement si effrayant, est d'exercer une puissance arbitraire & sans bornes, cela est déclaré par l'abusive clause: *pour causes à nous connues*. CAUSIS NOBIS NOTIS.

Ce qui s'est passé à l'arrivée du Bref & depuis, est très-connu. On ne rappellera point ici l'usage que M. l'Archevêque de Paris a essayé de faire de sa qualité de Commissaire Apostolique, la protestation des Communautés, leurs respectueuses représentations, la suspense de la Generale Madame de Coetquen, & comment cette vertueuse Mere, universellement respectée, s'est vû arracher à sa Congrégation, & exilée malgré son grand âge dans l'Abbaye de Jarcy, où il ne lui a été permis d'emmener aucune de ses Religieuses, ni de voir personne.

A peine s'est-il trouvé quelqu'un des Evêques Diocésains qui ait tenté d'exécuter en personne la Commission de Clement XII. Dom Boucher, Bénedictin, qui se dit Subdelegué de la plûpart de ces Prélats, parcourt differentes Maisons du Calvaire comme pour y faire la visite en leur nom.

Les abus renfermés dans le Bref peuvent être considérés sous deux differentes vûes, qui conduisent à diviser ce Memoire en deux Parties. Dans la premiere Partie on fera voir que la Congrégation du Calvaire n'est pas du genre de celles qui se disent immédiatement soumises au Saint Siége, d'où il résultera que le Bref est abusif en toutes ses dispositions, parce qu'elles sont autant d'Actes de pouvoir immédiat : dans la seconde Partie on prouvera que quand même le gouvernement du Calvaire seroit semblable à celui des Communautés qui se qualifient immédiatement soumises au Saint Siége, (ce qu'on est bien éloigné de penser) le Bref est encore abusif à tous égards.

PREMIERE PARTIE.

Le Bref est abusif en ce qu'il contrevient au titre de la fondation du Calvaire, selon lequel cette Congrégation n'est pas du genre de celles qui se disent immédiatement soumises au Saint Siége.

Pour prendre une juste idée de la forme du Gouvernement du Calvaire, il faudra distinguer les différens genres de Gouvernemens monastiques. *Plan de la premiere Partie.*

Ils posent tous sur deux maximes fondamentales : L'une, que toute Societé Religieuse considerée dans sa naissance, est entiérement soumise au pouvoir de l'Evêque dans le Diocèse duquel elle s'établit : L'autre, qu'une autorité légitime peut distraire les Monasteres du regime de l'Evêque diocésain, & les assujettir à d'autres Ministres de l'Eglise. C'est à cette distraction & à ce transport de superiorité que l'on donne aujourd'hui le nom d'Exemption.

On ne doit pas s'imaginer que toute Communauté exempte, ait le Pape pour Superieur à la place de l'Evêque Diocésain.

L'Eglise dès ses plus beaux siécles à pratiqué l'usage de transférer la superiorité des Monasteres de l'Evêque Diocésain à un autre. Mais le Superieur substitué à l'Evêque se choisissoit dans le même pays, dans la même nation, dans le même Etat politique. Pendant bien des siécles on ne s'est point avisé de conferer au Pape le gouvernement des Monasteres situés hors d'Italie; on croyoit qu'un Pasteur si éloigné ne peut veiller sur son troupeau, & l'expérience a montré combien il est dangereux que le premier Evêque de l'Eglise, qui est en même tems l'un des Princes temporels, joigne à tant de droits une inspection particuliere sur des Monasteres situés en d'autres Etats.

Le Calvaire a été formé sur ces modèles anciens. A le considerer dans les premiers momens de sa fondation, chacun de ses Monasteres obéissoit à l'Evêque du lieu où il étoit érigé. Ensuite, ils furent affranchis de l'obéissance de leurs

Evêques naturels ; & en même tems l'autorité dont ces Evêques se dépouilloient volontairement, fut confiée pour toûjours, non au Pape, mais à trois Superieurs, avec pouvoir d'en nommer d'autres à perpetuité en la place de celui d'entr'eux qui viendroit à déceder. Ils sont perpetuels : le Pape, ni les Evêques ne peuvent les troubler dans leurs fonctions. Telles sont les conditions sous lesquelles le Calvaire fut fondé. La Congrégation, dont le Roi voulut bien seconder les prieres, demanda cette forme de gouvernement. Gregoire XV. par une Bulle solemnelle de l'an 1621. l'approuva, & voulut, ainsi que les regles l'exigent, que ce fût du consentement des Evêques Diocésains. La Bulle leur fut présentée, ils y joignirent leur consentement par écrit. Des Lettres Patentes du Roi, registrées au Parlement, imprimerent à cet ouvrage le caractere de loi dans l'Etat. Si donc on veut connoître la nature du gouvernement du Calvaire, il ne la faut pas chercher ailleurs que dans les titres formés par le concours de tant de Puissances qui se sont engagées à rendre inébranlable cette forme de gouvernement, & à imposer aux Religieuses du Calvaire la loi de ne s'en jamais départir : chacune d'elles en contracte l'obligation en prononçant ses vœux aux pieds des autels.

S'il s'agissoit d'exposer les motifs de ces sortes d'affranchissemens, qui ne sçait qu'ils sont admis pour *de très-grandes & importantes considérations ?* Au jugement de l'antiquité, (*a*) ils ne blessent en rien l'autorité des Canons, parce qu'un tel régime procure à de pieux Solitaires la liberté d'observer leur Regle plus tranquillement. Les Conciles trouvoient l'exemption utile, lors mêmequ'elle s'accordoit à des Monasteres séparés & sans association entr'eux. Combien a-t'elle plus d'utilité quand elle s'accorde à des Monasteres qui composent, comme le Calvaire, un Corps de Congregation répandue en plusieurs Diocèses ?

On sent les inconveniens qu'il y auroit à laisser ces sortes de Congrégations sous l'autorité des Evêques Diocésains ; chacun de ces Evêques n'auroit pouvoir que sur la portion renfermée dans son Diocèse. Ce seroit, non un Corps, mais des membres épars. Les Superieurs, même Géneraux, seroient assujettis à suivre autant de conduites & de méthodes différentes, qu'ils auroient d'Evêques au-dessus d'eux : chacun de ceux-ci prescrivant la sienne selon ses vûes particulieres, sans être obligé de se rendre à l'avis de ses Collégues. De telles diversités ne tendent pas au bien, mais à la division & aux maux qu'elle entraine. On ne parviendroit jamais à l'uniformité de régime, il n'existeroit point de Congregation, si on ne lui donnoit des Superieurs qui ayent pouvoir sur le tout, & qui ne dépendent point des Evêques Diocésains. On en étoit bien convaincu dans le Concile de Constance, (*b*) où, en même tems que l'on montra une juste sévérité contre les exemptions formées sans la participation des Ordinaires, on récommanda la conservation de celles qui sont régulierement accordées à un Corps, ou à un Ordre entier.

Une autre raison d'exempter & de proteger l'Exemption, c'est la volonté des Fondateurs qui l'ont demandée.

Il est du droit de toutes les Nations policées de favoriser, seconder, exé-

(*a*) Nihil de Canonica Institutione convellitur, quicquid domesticis fidei, per tranquillitatis pacem conceditur. 1. Form. Marculf.

(*b*) Exceptis etiam exemptionibus quæ uni toti Ordini.... factæ fuerint aut concessæ, aut super quibus præsentibus & auditis (quorum intererat) autoritate competente ordinatum fuit. Martinus. V. in concil. Const. Decreto attendentes Sess. 43.

cuter les volontés de ceux qui faisant un établissement public, y attachent des conditions licites : l'Eglise a suivi ces regles d'équité naturelle. Les plus courageux Défenseurs (*a*) de la séverité de ces regles ont respecté les privileges canoniquement donnés, sur-tout lorsqu'ils le sont dès la fondation des Monasteres. Sans remonter plus haut, le même Concile (*b*) qu'on vient de citer, les a déclarées hors de censure, & pour ainsi dire sacrées. C'est un avantage qui ne manque pas au Calvaire, sa forme de superiorité a été expressément requise par ses Fondateurs, ainsi que par la Congregation naissante.

Si les Libertés de l'Eglise Gallicane mettent au rang des droits inviolables, les exemptions même de ceux qui se disent immédiatement soumis au Pape, combien moins est-il possible de toucher à une forme de gouvernement qui réunit tout ce qu'on peut desirer : validité, nécessité, vœu des Fondateurs, & par-dessus tout, la conformité à l'ancienne discipline, en ce que l'autorité est conferée à des Superieurs choisis entre les Sujets du Roi.

Mais il est surabondant de justifier cet établissement : Les deux Puissances, dont le Calvaire, ses titres, ses superiorités sont l'ouvrage, ont jugé cette forme de gouvernement légitime & canonique.

Or en comparant ces titres respectables, où le Pape même trouve bon que *la jurisdiction pleine, entiere & ordinaire*, (*c*) soit donnée à trois Superieurs François, avec le Bref où Clément XII. non seulement s'empare de cette autorité, mais où il en prend une sans bornes & sans regles, on commencera à sentir qu'en l'exécutant on renverseroit la Congregation, on violeroit les Libertés de l'Eglise de France.

On pouroit donc borner la défense des Religieuses du Calvaire à leurs titres constitutifs ; mais pour en mieux sentir la force, & combien le Bref est abusif, on montrera que ce genre de gouvernement n'a rien que de conforme aux regles de la Hierarchie, & aux modeles d'exemption que nous ont tracés les siecles les plus éclairés & les plus saints.

Dans cette vûe on produira les preuves de ce qui vient d'être montré en racourci, c'est-à-dire, on considerera à qui les Monasteres avant l'exemption doivent l'obéissance, à quelles personnes cette obéissance peut être transportée par l'exemption, & à qui les titres particuliers de l'exemption du Calvaire ont soumis cette Congregation. Ainsi trois propositions composeront la premiere Partie de ce Memoire.

La premiere proposition montrera, qu'avant l'exemption, tout pouvoir sur les Monasteres appartient à l'Evêque du Diocèse dans lequel ils sont enclavés ; ensorte que nul autre, pas même le Pape, ne peut troubler l'Evêque Diocesain, ni acquerir une portion de son droit, s'il ne la cede volontairement (*d*).

La seconde fera voir que l'Eglise approuve cette forme de gouvernement, dans laquelle l'autorité cédée par l'Evêque Diocésain est donnée à des Superieurs choisis dans le Royaume, sans soumission immédiate au Saint Siege.

Dans la troisiéme, on rapportera les Titres de la Congrégation du Calvaire, qui transportent irrévocablement aux trois Superieurs majeurs le droit des Evêques Diocésains.

(*a*) Bernard. Consid. *ad Eug. lib. 3. cap.* 4.
(*b*) Aut contemplatione novæ fundationis, *uti supra.*
(*c*) Bulle de Gregoire XV. 1621.
(*d*) Dupin. Preuves des Propositions de la Déclaration du Clergé de 1682.

PREMIERE PROPOSITION.

Le gouvernement de tout Monastere, avant l'exemption appartient à l'Evêque du lieu, qui ne peut être troublé par le Pape, dans l'exercice de son pouvoir.

Si le Bref dont il s'agit étoit dirigé contre une Communauté non exempte & soumise à l'Evêque Diocésain, infailliblement il seroit déclaré abusif en toutes ses dispositions, comme une entreprise sur le pouvoir des Evêques François; on se récrieroit que le Pape n'a pas l'autorité d'anticiper sur celle de ses Collegues, ni par conséquent de gouverner les Monasteres dont l'administration leur appartient.

Ce régime diocésain, que le Pape, quelque puissant qu'il soit, ne sçauroit entamer, est l'état primitif de toute Communauté Religieuse. Car dès-là que dans l'enceinte d'un lieu dont les Habitans obéissent au pouvoir spirituel d'un Evêque particulier, il vient à s'ériger un Monastere, il se trouve naturellement soumis à ce même Evêque, & demeure en cet état, tant qu'il n'en est pas distrait par l'exemption. Ce sont-là des maximes maintenues par les Evêques, défendues par les Juges, connues de tout le monde, pratiquées journellement sous nos yeux.

Quand on en demandera des preuves, il ne sera pas besoin d'une science bien fondée pour en rapporter. C'est une discipline presqu'aussi ancienne que la vie Monastique; l'Eglise l'a solemnellement confirmée dans le Concile de

Canon 4. Calcedoine, le quatriéme œcumenique. „ Il nous a semblé bon, disent les „ Peres de cette sainte Assemblée, que nul Monastere, nulle Maison de priere ne „ puisse être construite sans le consentement de l'Evêque du lieu, & que tous „ les Moines de chaque Canton & de chaque Ville soient soumis à l'Evêque.“

Canon 182. Ce Canon inséré dans le Code de l'Eglise universelle si respecté parmi nous, a été adopté & renouvellé dans une multitude de Conciles de France; dans ceux d'Orleans en 511. & 533. dans celui d'Arles en 534. de Vernon en 755. de Paris en 829. sous Louis le Debonnaire; d'Aix-la-Chapelle en 836. dans les Capitulaires de Charlemagne; dans les Pragmatiques de Saint Louis & de Charles VII.

S'est-il élevé quelque opinion contraire, elle a été sur le champ étouffée?

Memoires du Clergé, tom. 6. col. 1045. L'Evêque d'Evreux avoit avancé en 1655. dans un Factum contre son Chapitre „ Que le Pape a la charge des ames de tous les Fidéles par la plénitude „ de sa puissance; qu'il peut quand il lui plaît commettre leur conduite à son „ soin particulier, ou même la donner à un autre que l'Evêque du lieu.“ (C'est précisément ce que l'on fait exécuter à Clement XII. dans le Bref dont il s'agit, avec cette différence, qu'il le fait contre des Evêques subrogés aux Diocésains.) Mais à peine ce Factum vit-il le jour, que l'Abbé de Nesmond, depuis Evêque de Bayeux, dénonça ces propositions à l'Assemblée du Clergé de France. L'Evêque d'Evreux y entra le 23 May 1656. reconnut son erreur & supprima son Factum.

Plus les Papes ont été éminens en sainteté & en lumieres, plus ils ont rendu d'éclatans témoignages à ces Regles, non-seulement par les Textes sans nombre, où ils se déclarent obligés à garder les Canons, à ne point passer les bornes que les Peres ont posées; mais encore en reconnoissant spécialement qu'il ne leur est pas permis de toucher aux droits que chaque Evêque a sur les Monasteres, comme sur les Fidéles de son Diocèse.

Mes prérogatives ne consistent pas, dit Saint Grégoire le Grand, *à diminuer celles de mes freres, mais à les leur laisser dans toute leur force & dans toute leur étendue; je ne suis véritablement honoré qu'en ne blessant pas la liberté avec laquelle chacun d'eux jouit des honneurs qui lui sont dûs... Je me fais injure à moi-même si je trouble les droits de mes freres* (*a*).

Sylvestre écrivoit à un Evêque de Paris: *Quoique l'Eglise soit une, il a été prescrit à chaque Evêque des bornes qu'il ne doit point passer... Nous n'avons pas droit de mettre la faulx dans la moisson d'autrui* (*b*).

Les droits respectifs des Evêques & des Monasteres sont décrits tout au long par Honoré III. (*c*) Obéissance canonique, soumission, réverence, institution & destitution des Supérieurs, Censures Ecclesiastiques, Jugement des causes dont la connoissance est donnée à l'Eglise, imposition de la Pénitence, administration des Sacremens, droit de visite; en un mot, tous les droits d'institution Divine, Ecclesiastique & Civile, qu'ils exercent sur la portion du Troupeau qui leur est confiée.

Telle est la doctrine que tous les âges ont puisée dans l'Evangile. L'Episcopat est solidaire, chaque Evêque l'a reçu, non du Pape, mais de Jesus-Christ; chacun est donc en droit d'exercer sur son Troupeau particulier toutes les fonctions de son ministere. Et s'il devenoit libre à l'un d'entr'eux, sur-tout au premier, d'anticiper sur les fonctions d'autrui, l'Eglise ni l'Etat ne seroient plus une societé réglée, mais une confusion & un cahos énorme.

Il est donc bien certain que dans l'origine des Maisons du Calvaire lorsqu'elles étoient sous les Evêques Diocésains, ils étoient en droit de reclamer dans leur ministere sur elles cette liberté assurée par tant de Titres. De quel œil, si cet état duroit encore, verroient-ils arriver de Rome un Bref, où sans forme de procès & sans corps de délit, les Evêques Diocésains seroient suspendus de leur superiorité par le Pape; un Bref qui à leur exclusion nommeroit des Visiteurs, avec pouvoir de les destituer eux-mêmes pour toujours, de changer la forme des élections dans des Monasteres soumis à l'Ordinaire, d'en bouleverser le gouvernement & les Statuts? Comment un pareil Decret seroit-il accueilli? Il n'en faut pas douter, les deux Puissances de concert réformeroient un abus si criant. En cela elles seroient bien persuadées, & elles auroient toute la Tradition pour garand, qu'elles ne blessent point l'autorité du premier d'entre les Evêques, mais qu'elles ne font que la renfermer dans ses justes bornes.

On ne peut donc s'empêcher de reconnoître que le Pape n'avoit pas sur la Congregation du Calvaire avant l'exemption le pouvoir qu'il s'attribue par son Bref. Ainsi dès qu'on aura prouvé, comme on va le faire, qu'il ne

(*a*) Ego enim non verbis quæro prosperari, sed moribus; nec honorem esse deputo in quo fratres meos honorem suum perdere cognosco. Meus namque honor est honor universalis Ecclesiæ; meus namque honor est fratrum meorum solidus vigor. Tunc ego vere honoratus sum, cùm singulis quibusque honor debitus non negatur. S. Greg. Epist. tom. 2. pag. 919.

Absit à me, ut Statuta majorum consacerdotibus meis in qualibet Ecclesia infringam: quia mihi injuriam facio, si fratrum meorum jura perturbo. Id. t. 2. Epist. 37.

(*b*) Etsi omnis Ecclesia Catholica una atque eadem est, singulis tamen Sacerdotibus modus quidam prescriptus est, quo se extendere, ubi terminos debeant collocare... Non est nostri juris falcem in aliena messe ponere.

(*c*) Cap. 16. x. de Officiis judicis ordinarii.

l'a pas acquis par l'effet de l'exemption, il s'ensuivra qu'il ne lui appartient à aucun titre. Dès-là, tout ce qu'il y a jamais eu de Reglemens qui défendent à tout Pasteur, même au Pape, de troubler l'ordre, & d'anticiper sur les droits d'autrui, Décisions du Saint Siege, Canons des Conciles, Doctrine de l'Eglise, Loix des Souverains, tout se réunit pour justifier les respectueuses plaintes de cette Congregation désolée, & pour mettre ce Bref au rang de ceux que les Papes condamnent eux-mêmes, comme l'ouvrage des flatteurs dont leur Cour n'est que trop remplie.

SECONDE PROPOSITION.

L'Eglise approuve cette forme de gouvernement dans lequel le pouvoir cédé par l'Evêque Diocesain est transporté à des Superieurs particuliers, sans soumission immédiate au Saint Siege.

Un effet naturel & nécessaire de l'autorité des Evêques est, que nul Monastere ne puisse, s'ils n'y consentent, obtenir le privilege d'en être exempt, pour obéir à d'autres Superieurs. Les exemptions ou plûtôt ces transports d'autorité sont reçus, il est vrai, & approuvés dans toute l'Eglise; mais à une condition entr'autres, c'est qu'ils ne se fassent jamais sans le consentement des Evêques Diocésains. Leur autorité est un droit qui leur est acquis; & selon toutes les Loix divines & humaines, personne peut-être dépouillé de de son droit arbitrairement & malgré soi.

Comme ils ne peuvent être contraints à se démettre de leur pouvoir quand il plaît au Pape, il ne peut leur imposer l'obligation de le céder à qui il veut. Ainsi quand on exempte un Monastere, toute personne capable peut recevoir une participation à son gouvernement.

Ce seroit une erreur bien grossiere de s'imaginer, qu'il y ait necessité de donner le Pape pour Superieur immédiat à ceux que l'on exempte; & que quand un Evêque se dessaisit de son autorité, elle soit de plein droit dévolue au Saint Siege. Tout Evêque, tout Pasteur n'est-il donc pas capable de voir soumettre à l'autorité qu'il a reçue de Jesus-Christ une portion de Troupeau cedée canoniquement par un autre Pasteur? Des Superieurs choisis dans le sein du Royaume sont visiblement à portée de s'acquitter mieux d'une pareille fonction, qu'un Superieur si éloigné, si occupé d'affaires qu'il regarde comme plus importantes, si étranger à nos mœurs, à nos maximes, & souvent aux Statuts des Ordres réguliers.

Si l'on se figuroit une nécessité de donner au Pape le pouvoir dont les Evêques se dépouillent, ce seroit les dégrader & les réduire à une servitude jusqu'à présent inconnue; ce seroit une nouveauté aussi dangereuse dans la pratique, qu'elle est insoutenable du côté des principes. Pour s'en convaincre plus pleinement encore, que l'on considere ce qui est essentiel à la validité des exemptions. Outre le consentement de l'Evêque du lieu si souvent désigné par le terme de concession, il faut l'acquiescement de la Communauté qu'il s'agit de lui soustraire, & la permission du Roy. Or il est évident, que le Pape ne sçauroit imposer aux Monasteres de France, à leurs Evêques, à leur Souverain la loi de transporter à son Siege les droits que céde l'Evêque Diocésain, ni leur defendre de la donner à un autre Prélat. Arrêtons-nous donc

donc un peu ſur ce triple conſentement, dont il réſulte des conſéquences ſi déciſives pour l'exemption du Calvaire.

La néceſſité du conſentement des Evêques, qui a des fondemens immuables dans le Droit Naturel, dans le Droit des Gens, & dans le Droit Eccleſiaſtique, a été reconnue dans toute l'Egliſe, & ſingulierement à Rome par les Papes mêmes.

Le Pape Nicolas premier ayant appris que les Religieux de l'Abbaye de Saint Calais refuſoient de ſe ſoumettre à l'Evêque du Mans, écrivit aux Archevêques & Evêques de France, & au Roy Charles le Chauve, les exhortant à terminer ce différend dans un Concile. Depuis, le Pape ayant été *Conc. Gall. tom. 3. pag. 199. & 223.* informé, que ce Monaſtere avoit été exempté dès le jour de ſa fondation : *à prima ſuæ conditionis die*, il reconnut la validité de l'exemption, par cette raiſon qu'elle avoit été accordée par les Evêques & les Rois: *Libertatem & ab Epiſcopis & à Regibus Francorum conceſſam.* Et quoique ni lui, ni les Papes ſes prédeceſſeurs, n'euſſent point eu de part à la conceſſion de ce privilege, qui juſqu'à ce différend leur étoit demeuré inconnu ; il ſoûtint qu'il étoit juſte d'obéir aux Loix Civiles, qui ne permettent pas de retracter en aucune ſorte un privilege affermi par la durée de tant de ſiécles : *Tamen ſecundùm Leges ſæculi poſt tot jam ſæcula, & annorum ſpatia repeti nullatenus jure potuiſſet.*

Dans le Concile Romain, ſous Sylveſtre II. en l'an 1002. on vit l'Evêque *Conc. gen. t. 9. p. 742.* de Perouſe ſoutenir qu'un Monaſtere de ſa Ville étoit ſoumis à lui, & ne l'étoit à aucun autre quel qu'il fût. *(a)* Le Pape prétendoit au contraire en être devenu Superieur par l'exemption ; il alléguoit *(b)* ſa poſſeſſion & les privileges accordés par ſes Prédeceſſeurs. Mais l'Evêque fit ſentir l'inutilité de tous ſes titres, tant qu'on ne produiroit pas le conſentement *(c)* par écrit de l'Evêque du lieu. Le Clergé Romain reconnut la vérité de ce principe, & ne juſtifia l'exemption de l'Abbaye de Perouſe, qu'en montrant que l'Evêque Diocéſain y avoit acquieſcé par écrit *(d)*.

Ainſi à Rome dans le onziéme ſiecle, & dans un Concile préſidé par le Pape, on canoniſoit les mêmes maximes que ſoutenoient en France les plus grands défenſeurs du pouvoir épiſcopal. Ives de Chartres agiſſoit donc ſuivant les principes du Saint Siege, lorſque le Pape s'en étant écarté dans une occaſion particuliere, cet Evêque s'éleva courageuſement contre un tel déſordre. L'Abbé de Vendôme avoit obtenu ſans la participation de l'Evêque

(a) Monaſterium illud quod iſte Abbas tenet ad meum Epiſcopatum proprie, pertinet & nulli alteri juri ſubjacebit.

(b) Cui Reverendus Papa ſubjunxit, ego Monaſterium Eccleſiæ tuæ, neque ſubtraxi, neque ſubducere feci, ſed jure & dominio Eccleſiæ noſtræ, illud inveni ; & ita poſſeſſum uſque nunc tenui. Veniant privilegia noſtrorum anteceſſorum Paparum, & his perlectis cenſeant fratres co-Epiſcopi, quæ ſit æquitatis rectitudo.

(c) Ait Epiſcopus ſine conſenſu Anteceſſoris mei, cujus temporibus illud prius privilegium factum eſt, factum fuiſſe dico. Si ſolum viderem conſenſum, haberem inde æternum ſilentium.

(d) Cui è contra omnis Clerus ſanctæ Romanæ Eccleſiæ ait : vidimus omnes epiſtolam Anteceſſoris tui, in qua & conſenſus erat & precibus, ut hoc fieret, Epiſcopus obnixè poſtulabat, cujus rei teſtes ſumus & ſecundum canonicam ſanctionem verum fuiſſe comprobamus.

de Chartres, le privilege de relever du Pape. Ives de Chartres lui écrivit:
Epist. 195. „Vous alleguez (*a*) de vaines excuses, en disant que c'est par obéïssance „ pour l'Eglise Romaine que vous refusez à celle de Chartres le serment de „ soumission. L'Eglise Romaine n'a reçu de Dieu aucun pouvoir pour l'in- „ justice, pour violer la foi, pour ne pas rendre à chacun ce qui lui est dû. "

Cette vérité est si évidente, que même au milieu des tems d'obscurcissement elle a éclaté par des traits de lumiere jusques dans les Décretales des Papes. C'est ainsi qu'elles caractérisent souvent les exemptions légitimes du nom de liberté accordée par les Evêques : *Libertatem ab Episcopo concessam.* C'est ainsi qu'elles enseignent qu'il n'est pas permis de passer les bornes de l'exemption; que les réguliers restent soumis à l'Evêque dans tous les points pour lesquels ils ne sont pas exprêssément exemptez.

Cap. 14. x. de Privilegiis.

N'a-t'on pas vû Alexandre III. réprimer la licence des Freres Hospitaliers, qui franchissant, dit ce Pape, les limites de leurs exemptions, entreprenoient beaucoup sur l'autorité des Evêques.

Cap. 111, ibid.

Innocent III. fit encore plus, il déclara nulle l'exemption de Sainte Croix du Mont-Colybre, sur ce fondement qu'elle avoit été extorquée à l'Evêque par violence : *Libertatem ab Episcopo concessam per extorsionem irritam decernimus.* Tant il étoit convaincu de la nécessité du consentement de l'Evêque, & d'un consentement qui parte de la liberté.

Cap. 14. x. ibid.

En 1667. dans la cause de l'exemption prétendue par le Chapitre de Sens, il l'appuyoit d'une Bulle de Clement VII. où il étoit porté que le Pape peut s'assujettir quelques Eglises plus particulierement par une prérogative d'honneur, les exemptant de toutes les Puissances. *Si cette proposition étoit véritable*, dit alors le célebre Avocat Géneral Talon, *les Evêques ne seroient plus que des Vicaires du Pape amovibles à sa volonté; car s'il peut s'assujettir une Eglise particuliere, il peut faire la même chose à l'égard de tout le Diocèse, & peut après anéantir la fonction de l'Evêque, lui laissant le caractere sans jurisdiction, une autorité sans peuple, une supériorité sans territoire, comme sont les Evêques* IN PARTIBUS INFIDELIUM.

Mem. du Clergé tom. 6. p. 941.

On a dit que le consentement d'une Communauté Religieuse est nécessaire pour son exemption. Effectivement ni dans l'Ordre Civil ni dans l'Ordre Ecclésiastique, on ne contraint personne à renoncer au droit commun pour accepter un privilege. Un Corps Ecclésiastique qui veut demeurer sous l'Ordinaire y demeure tant qu'il lui plaît; on ne captive point sa liberté, pour le faire passer à titre d'exemption sous d'autres Supérieurs. Delà l'usage d'accorder les exemptions à la priere (*b*) des Fondateurs, qui comprend & manifeste le vœu de tous les membres de la Communauté. De-là le Pape Martin, dans le Concile de Constance, (*c*) prononce la nullité des exemptions, où n'auront pas été appellés tous les interessés; (& qui l'est davan-

(*a*) Noveris enim vanas esse excusationes quas obtendis, te propter obedientiam Romanæ Ecclesiæ Carnotensis Ecclesiæ refutasse professionem, cum Ecclesia Romana à Deo nullam injustam acceperit potestatem, fidem violandi scilicet, debita sua cuique non reddendi.

(*b*) Privilegium juxta votum Abbatis sociorumque ejus per omnia exaratum. Cistercienf. Historiæ seu exordii. cap. 10.

(*c*) Seff. 43. Concilior. tom. 12. pag. 254.

tage que la Communauté même ?) De-là M. Capel Avocat Géneral établissoit en 1588. „qu'une exemption qui n'est pas conforme aux intentions des „ Fondateurs qui ont fondé un Chapitre ou un Monastere, sous la direction „ & jurisdiction de l'Evêque du lieu, ne doit poit être aprouvée. (a)

Le grand principe en cette matiere est que toute exemption, tout gouvernement Ecclésiastique s'établit au nom de l'Eglise. Car dans l'Eglise, soit qu'il faille faire un nouveau réglement, ou dispenser de ceux qui sont déja faits, tout, quant au spirituel, s'execute par l'autorité du Corps qui y est interessé, & de son consentement, au moins tacite & présumé. C'est ce qui fait encore mieux sentir que le Pape n'est pas maître de s'attribuer la supériorité d'une Congregation, lorsque toutes les personnes interessées se réunissent à désirer qu'elle soit exercée par d'autres Ministres.

Enfin, nulle exemp tion ne peut être formée sans l'autorité du Roi. On n'entreprend pas ici de dire à combien d'égards elle est nécessaire. Tout ce que l'exemption opére de changement dans l'administration des biens temporels du Monastere, dans la distraction d'une partie du Diocèse, dans tout le reste du régime Ecclésiastique extérieur, tout cela intéresse évidemment le Roi, en qualité de Souverain, de Protecteur des Canons, d'Evêque extérieur. La possession aussi ancienne que la Monarchie de ne faire un tel changement, qu'en vertu de l'autorité Royale, & selon les Loix du Royaume, est constatée par une multitude de (b) monumens publics, dont on ne voit qu'un leger extrait dans l'Article 71. des Libertés, qui porte : *Que nul Monastére, Eglise, Collége, ou autre Corps Ecclésiastique, ne peut être exempté de l'Ordinaire pour se dire immédiatement dependant du Saint Siége, sans la licence & permission du Roi.*

L'obligation de prendre le consentement des Evêques & d'en observer les conditions, démontroit déja que le Pape ne peut lui seul accorder des exemptions. Combien la preuve est-elle fortifiée par la nécessité de réunir ces consentemens divers ?

Le pouvoir de gouverner les Monastéres étant exercé tout entier avant l'exemption par l'Evêque du lieu, il n'en peut rien passer au Pape, que par le concours volontaire de tous les interessez, & par la permission du Roi, que les plus respectables monumens nomment concession. De là vient la regle si souvent enseignée par les Papes & inculquée par les Canonistes, (c) que les Monastéres ne sont exempts que dans les points expressément marqués dans le Titre d'exemption, consenti par l'Ordinaire ; que dans tout le reste, ils demeurent soumis à l'Evêque Diocèsain. Ils n'acquierent le privilege de soumission au Pape qu'autant qu'il est porté en termes exprès dans le Titre. Si donc le Pape passe les bornes fixées par le Titre, il n'agit plus en Pasteur, il blesse toute justice, il attaque les fondemens de la police de l'Eglise & de l'Etat, enleve aux Monastéres leur liberté naturelle & Canonique, aux Evêques leur autorité, au Roi l'un des droits de sa Couronne.

(a) Memoires du Clergé tom. 6. pag. 934.
(b) Voir les preuves de l'article 71. des Libertés.
(c) Vide Van Espen de repagulo nimiæ exemptionum extensioni objecto. Regal. 2. quousque exemptio dubia est Episcopus Juridictionem suam exercere potest. Reg. 3. de exemptionibus judicandum ex tenore privilegiorum.

Lors que les Puissances approuvant les desirs d'une Congrégation Religieuse, jugent à propos dans l'exemption de transporter les droits de l'Ordinaire à des Prelats François, qu'y a-t'il en cela qui ne soit légitime & regulier? Le Pape a-t'il à se plaindre que l'on donne à d'autres ce qu'il n'a pas droit d'exiger? Y a-t'il un Canon dans l'Eglise ou une Loi dans l'Etat, qui défende d'accorder des exemptions, où l'on ne confere nulle supériorité immédiate au Pape, & où l'on mette d'autres que lui à la place des Ordinaires? Y a-t'il sur la terre une Puissance qui ait droit de gêner l'autorité du Roi qui ne dépend que de Dieu?

L'Eglise a fait usage de cette liberté; & de toutes les exemptions, il n'y en a point de plus approuvée que celles où la supériorité n'est nullement transportée hors du Royaume. Les exemples en sont en grand nombre, on se réduira à ceux qui ont un rapport plus particulier à l'exemption du Calvaire.

Il s'en offre d'abord de bien décisifs dans les démembremens de Diocèses, de Metropoles, de Patriarchats.

Ces démembremens consistent essentiellement, de même que l'exemption dans la cession volontaire que l'Evêque fait, (avec la permission du Roi & le consentement de tous les interessés,) d'une partie de son autorité, de son Diocèse, de ses droits, de ses prééminences, pour les transporter à un autre Prélat. Or soit que détachant une Paroisse de son Evêché naturel, on la range sous un Evêché voisin, soit qu'on ôte à un Metropolitain quelques uns de ses Suffragans, pour les soumettre à une autre Métropole, soit qu'on unisse deux Evêchés, dans toutes ces occassions & dans toutes les autres semblables, le droit cédé par l'Evêque, est uni & incorporé à tel autre qu'il plaît aux Puissances, & le Pape ne se trouve point lézé de ce que le transport ne se fait point à lui, & n'ajoute à son Siége aucun accroissement. Pourquoi n'auroit-on pas de même la liberté de transferer à d'autres qu'au Pape la supériorité des Monasteres?

Si la démission que fait un Evêque en faveur d'autres Ministres Ecclésiastiques du droit qu'il a sur les Monasteres, opéroit nécessairement dévolution de ce droit à Rome, contre la volonté expresse de l'Evêque, du Roi, & de tous les interessés, pareille dévolution se feroit donc nécessairement aussi dans toutes sortes de cessions de droits, faites par un Evêque; on ne pourroit plus agrandir un Evêché de quelque Paroisse ou de qulque Abbaye cédée par l'Evêque voisin, ni ériger un Archevêché en lui soumettant des Evêchés que leur ancien Métropolitain consent d'abandonner; ni enfin transporter aucun droit d'Eglise à Eglise dans le Royaume. Mais en tous ces cas les droits, les territoires, les honneurs abdiquez par un Evêque, iroient de toute nécessité s'unir & s'incorporer au Siége de Rome, contre l'intention marquée de tous les interessez; ou si des Pasteurs de l'Eglise de France depuis la dévolution exerçoient les droits ainsi dévolus au Pape, ce ne pourroit être qu'en qualité de Déleguez du Saint Siége. Ce seroit donc en vain qu'on auroit crû ériger Paris en Archevêché par la distraction des Evêchez de Chartres, Orleans & Meaux, auparavant Suffragans de Sens. Les droits du Siége de Sens, comme Metropolitain de ces trois Villes, ainsi que de Paris, seroient dévolus tacitement & malgré toute la France au Siége de Rome. Le Pape seroit le véritable Archevêque de Paris, ou tout au plus M. l'Archevêque de Paris ne tiendroit la qualité d'Archevêque que de la délégation du Pape.

Qui pourroit supporter une idée de dévolution si deraisonnable & si monstrueuse ? La France ou plûtôt l'Eglise entiere, qui a toujours ignoré cette chimere, ne sera pas accusée d'avoir méconnu les droits du Pape. Concluons que le Pape en qualité de Pape n'ayant pas un pareil droit dans les démembremens des Diocèses, il ne l'a pas non plus dans cette espéce de démembrement qui ôte un Monastere à l'Evêque du lieu, & qu'aucune Supériorité ne peut passer de l'Ordinaire à la personne du Pape que par un Titre particulier.

Il y a si peu d'obligation de soumettre immédiatement au Saint Siége la portion du troupeau cédée par un Evêque, que le Pape lui-même a souffert que de grandes Provinces soumises à son Siege en devinssent independantes, même à l'égard des appels.

L'Empereur Justinien voulant honorer la Ville d'Achride en Macedoine où il étoit né, changea son nom en celui de Justinianée premiere, la rendit Capitale de six Provinces d'Illirie; & afin que la police Ecclésiastique fût renfermée dans le même Territoire que la civile, il érigea son Siege avec le consentement du Pape en Primatie, (*a*) (ou selon le stile du tems, en Archevêché) détachant du Patriarchat Romain & du Vicariat de Thessalonique, les six métropoles de ces Provinces, avec les Evêchez subordonnez, & les soumettant a ce nouveau Primat. Il fut ordonné que ce nouveau district ne connoîtroit d'appel, (*b*) ni pour le civil, ni pour l'Ecclésiastique; que le Primat (*c*) y tiendroit lieu du Siege de Rome, & seroit lui-même ordonné par son propre Concile. Et pour instruire toute l'Eglise de ce changement, les Loix qui l'autorisent furent inscrites dans le recueil des Constitutions de l'Empire.

Ainsi cette contrée fut mise dans l'Etat d'indépendance qui formoit alors le droit commun. Car non seulement les grands Patriarchats, mais une multitude d'autres Patriarchats, (*d*) moins étendus, & même d'Archevêchez & Evêchez, terminoient eux-mêmes leurs affaires Ecclésiastiques sans appel à Rome.

(*a*) Volumus ut primæ Justinianæ patriæ nostræ pro tempore sacro-sanctus Antistes non solum Metropolitanus, sed etiam Archiepiscopus fiat, & cæteræ Provinciæ sub ejus sint autoritate, id est tam ipsa mediteranea Dacia quam Dacia ripensis : nec non Mysia secunda, Dardania & Prevalitana Provincia, secunda Macedoniæ & pars secunda etiam Pannoniæ quæ in Bacensi est civitate.

(*b*) Et ideo tua Beatitudo & omnis prefatæ primæ Justinianæ sacro-sancti Antistites, Archiepiscopi habeant prerogativam & omnem licentiam suam autoritatem iis impertiri & eos ordinare & in omnibus supra scriptis Provinciis, primam habere dignitatem, summum sacerdotium, summum fastigium, à tua Sede creantur, & solum Archiepiscopum habeant nulla communione ad eum Thessalonicensi Episcopo servanda, sed ea ipse & omnis primæ Justinianæ Antististi sint ejus judices & disceptatores, quidquid oriatur inter eos discriminis, ipsi hoc dirimant & finem eis imponant & eos ordinent & nec ad alium quemquam eatur. Novell. XI.

(*c*) Ipsum vero à proprio ordinari Concilio & in subjectis sibi Provinciis locum obtinere eum Sedis Apostolicæ Romæ, secundum ea quæ definita sunt à sanctissimo Papa Vigilio. Novell. CXXXI. cap. 2.

(*d*) Vide Aubert. Miræi notiti Episcopatuum, lib. 1. cap. 14.

Voilà un genre d'exemptions porté au plus haut période. On ne prétend pas ici comparer l'état des Supérieurs du Calvaire à celui de ce Primat : Mais puisque sans blesser la Hiérarchie & l'Ordre établi par J. C. dans l'Eglise, on a pû exempter de tout appel au Saint Siege, des Provinces qui y étoient auparavant sujettes, personne ne sera tenté de croire que le Pape acquiert nécessairement sur une Congrégation soustraite aux Ordinaires, l'autorité immédiate qu'il n'avoit pas auparavant.

Le célébre Monastere de Lerins, Ecole des vertus & de piété, d'où sortirent les plus grands Evêques des Gaules, jouissoit d'une telle exemption, que son Abbé ne relevoit pas de l'Evêque Diocèsain, & n'en étoit pas plus soumis au Pape.

Dès l'an 455. il s'éleva une grande contestation entre Théodore Evêque de Frejus, & Fauste Abbé de ce Monastere, pour sçavoir, si l'Evêque étoit en droit de gouverner les Moines Laïcs, ou si l'Abbé en auroit seul la conduite, sans que l'Evêque s'en mêlât aucunement. Ce différent porté devant le Concile d'Arles, fut jugé en faveur de l'Abbé ; le Concile marquant les bornes du pouvoir de l'un & de l'autre, déclara que les Clercs du Monastere seroient soumis à l'Evêque, quant à l'Ordination qui ne pourroit néanmoins (*a*) être conferée qu'aux sujets présentez par l'Abbé. Mais que l'Abbé, dont l'élection appartiendroit à sa Communauté, auroit lui seul le gouvernement libre & l'entiere administration des Moines Laïcs, sans que l'Evêque pût rien entreprendre sur le ministere de cet Abbé : ce partage, dit le Concile, & cette indépendance de l'Abbé, est fondée en raison & en religion : *Hoc enim & rationis & religionis plenum est, ut Clerici ad Ordinationem Episcopi, debita subjectione respiciant. Laïca vero omnis Monasterii Congregatio ad solam & liberam Abbatis proprii, quem sibi ipsa elegerit Ordinationem dispositionem que pertineat .... Neque ex ea sibi Episcopus quidquam vindicet,* Ce n'est pas arbitrairement que le Concile autorise cette forme de gouvernement ; mais afin, dit-il, que la regle établie par le Fondateur, soit suivie en tout : *Regulâ, quæ à Fundatore ipsius Monasterii dudum constituta est, in omnibus custodita.*

Conc. Gall. t. 1. p. 121.

Bien loin que la Supériorité de Lerins, ait été transferée au Pape, c'est le Concile & non le Pape, qui juge la contestation entre l'Evêque & l'Abbé. Les siecles suivans fournissent des exemples d'une exemption plus étendue

Dans l'Eglise d'Affrique dont celle de France a adopté les usages & (*) singulierement en matiere d'exemption, on voyoit quantité de Monasteres affranchis de l'Evêque Diocèsain, obéir à un autre Evêque, qui devenoit leur Evêque propre. Nous en avons des preuves invincibles dans les Actes du Concile de Carthage en 525. conservez dans la Bibliotheque du Vatican. A ce Concile assemblé de toute l'Affrique, l'Abbé Pierre & ses Moines, porterent leurs

Dacherii. Spicil. t. 1. p. 80. in fol.

(*a*) Hoc tamen tantum modo vindicaturus quod Decessor Leontius Episcopus vindicaverat, id est ut Clerici atque altaris ministri à nullo nisi ab ipso, vel cui ipse injunxerit, ordinentur, chrisma non nisi ab ipso speretur, Neophiti si fuerint ab eodem confirmentur, peregrini Clerici absque illius præcepto in communionem vel ministerium non admittantur. Monasterii vero omnis laïca multitudo ad curam Abbatis pertineat ; neque ex ea sibi Episcopus quicquam vindicet, aut aliquem ex illa Clericum nisi Abbate petente præsumat.

(*) Duchesne tom. 1. pag. 663. Conc. Gall. tom. 1. pag. 496.

plaintes contre Reparat, Evêque de la premiere Bizacene, qui par le fleau de l'excommunication, vouloit les contraindre à rentrer sous son obéissance, dont ils avoient été exemptez pour n'obéir qu'au seul Primat de Carthage; (a) Exemption canoniquement consentie (b) (c) par les Prédecesseurs de celui qui la vouloit détruire; car elle avoit été accordée dans un Concile, où cet Evêque du lieu avoit séance. Ils fondoient leurs défenses sur une partie des moyens qu'emploie aujourd'hui la Congregation du Calvaire. (d) „ La forme „ de notre Gouvernement, disoient-ils, n'a rien de contraire à la foi, ni „ aux bonnes mœurs; car si l'on consulte la raison, libres que nous étions, „ (par le consentement de l'Evêque Diocèsain,) il nous étoit permis de nous „ donner à qui nous avons voulu, si l'on considére l'autorité, nul Canon „ n'a interdit les Privileges dont nous jouissons. Si l'on cherche des exemples „ nous en rapportons un grand nombre où l'Eglise n'a rien trouvé de ré- „ préhensible. " Ils citoient en particulier, le Monastere de Precis, exempt de (e) l'Evêque de Leptime, quoique situé près de sa Ville Episcopale & soumis à l'Eveque d'un Bourg plus éloigné, un Monastere régi par le Primat de la premiere Bizacene, quoique hors l'enclave de son Diocèse; l'ancien Monastere d'Adrumet, (f) qui se choisissoit des Prêtres d'Outremer; & enfin le Concile d'Arles, qui 78. ans auparavant avoit confirmé l'exemption du Monastere de Lerins. L'Evesque Reparat, dans son Apologie qui fut lûe au Concile, opposoit les regles ordinaires, (g) qui soumettent les Moines à l'Evesque du lieu. Mais on fit sentir que c'étoit un devoir de justice de leur conserver un droit sur la foi duquel ils s'étoient rassemblés (h) de diverses contrées pour vivre en solitude dans un Monastere bâti aux depens de leurs (i) pa-

(a) Poscimus in nostrum Monasterium facias tuæ Beatitudinis regimini subjacere...

(b) Sanctum Episcopum primæ Sedis Provinciæ Bisacenæ petimus ut.... quandiu huic Sedi Ecclesiæ Carthaginensis Rectorem Dominus concesserit, nobisque divina ministeria celebrarent, ordinaret.

(c) Dolemus satis audientes quia Reverentiam Sanctæ huic Sedi debitam consacerdos Liberatus audit in aliquo denegare .... quod antiquitas predecessoribus tuis detulisse evidenter ostenditur.

(d) Nihil neque contra fidem, neque contra bonos mores admisimus, quia si discutiatur ratio, licet liberis quò cumque voluerint pertinere, si consideretur autoritas nulla adversum nos Antiquorum Patrum definitio profertur; si quærantur exempla, multos ante fecisse irreprehensibiliter docemus, quidquid modo fecisse culpamur.

(e) Nam docemus Monasterium de Præcisu, quod in medium plebium Leptimiensis Ecclesiæ ponitur, pretermisso eodem Episcopo, vicino vico Ateriensis Ecclesiæ Episcopi consolationem habere, qui in longinquo positus est, & Baccense Monasterium quod Maximianensi Ecclesiæ vicinum est, ad consolationem Primatis Bisacenæ se conferre.

(f) Qui prætermisso ejusdem civitatis Episcopo, de transmarinis partibus sibi semper Presbyteros ordinaverunt.

(g) Ut terminos paternis definitionibus constitutos non negligat servare posteritas.

(h) Ideoque humiles supplicamus, ut inanes querelas Beatitudo vestra, repellere dignetur, & currenti justitia in qua semper deget vestra Beatitudo, à jugo nos Clericorum quod neque nobis neque patribus nostris, quisquam supponere aliquando tentavit, eruere digneris.

(i) Dum constet nos de diversis locis Africanis vel Transmarinis ad hunc locum Congregatos fuisse.... Monasterium sumptis parentum nostrorum vel aliorum Religiosorum fundatum esse firmamus.

rens qu'il n'y auroit plus rien de certain, (*a*) ni dans les choses de la Religion, ni dans les conventions humaines, dès qu'on permettroit aux Evesques du tems de retoucher, après tant d'années, l'ouvrage de l'antiquité, &, comme s'ils étoient plus habiles, de s'en rendre les reformateurs; qu'enfin ils n'avoient pas un tel pouvoir. Le Concile persuadé par la force de ces raisons, touché de l'injustice qu'on faisoit aux Moines, & à l'Evesque de Carthage leur Supérieur, ordonna que tous les Monasteres jouiroient d'une pleine & entiere liberté, comme ils en avoient toujours joui. *Erunt igitur omnia omnino Monasteria sicut semper fuerunt à conditione Clericorum libera sibi tantum & Deo placentia.* De telles exemptions émanoient de l'autorité Diocèsaine, puisque c'étoit l'Assemblée génerale de tous les Evesques Diocèsains qui les autorisoit.

Quelque juste que fût la cause de l'Abbé Pierre & de ses Moines, celle de la Congregation du Calvaire & de ses Superieurs l'est bien d'avantage. L'Evêque Reparat faisoit valoir le droit qu'il avoit eu sur ce Monastere avant l'exemption. Mais on jugea qu'il ne pouvoit le retirer au préjudice de la liberté legitimement accordée & confirmée par la possession. Combien plus est insoutenable un Bref où le Pape s'attribue sur la Congregation du Calvaire un droit qu'il n'avoit pas avant qu'elle fût exempte, & qui de son consentement même a été donné dans l'exemption aux trois Superieurs majeurs?

Dix ans après dans un autre Concile tenu à Carthage sous l'Evêque Reparat, l'Evêque de Ruspe demanda un Reglement pour le Monastere de sa Ville fondé par S. Fulgence. La décision fut, que le Decret du Concile précedent subsisteroit, que tous les Monasteres jouiroient d'une liberté parfaite, *libertate plenissimâ*, avec cette seule restriction que l'Evêque ordonneroit les Clercs, & consacreroit les Chapelles sans pouvoir y faire aucune autre fonction. (*b*)

Une piéce qui fait partie des Actes de Carthage de l'an 526. prouve que la même discipline avoit lieu pour les Monasteres de Filles, & que c'étoit déja un usage ancien & general dans l'Affrique. Un Prêtre appellé par elles-mêmes d'où il leur plaisoit, remplissoit à leur égard le ministere (*c*) spirituel, & veilloit à l'observation de leur Regle; *ut quem velitis vobis corrogetis Presbiterum, qui vobis in Monasterio peragat sacro sancta, & illa quæ ad normam pertinent unitatis celebranda usque in perpetuum.*

Cependant les exemptions établies dans les Gaules dès le commencement du cinquiéme siecle, se soutinrent, se multiplierent, & toujours sans l'intervention du Siege de Rome. Marculfe, qui vivoit à la fin du septiéme siecle, nous en a conservé trois Formules; l'une, de la concession faite par l'Evêque du lieu; la seconde, de la confirmation du Roi, autorisant les Privileges ecclé-

(*a*) Neque enim poterimus statuta mutare, quæ per tot Sacerdotes instinctu divino servata noscuntur. Si enim admiserimus, ea quæ ante constituta sunt, in retractationem vocari nihil in sacris publicisque rebus, obtinere ullam, poterit firmitatem, dum post annorum spatia, tanquam in emendationem patrum, velut instructior, nostra videatur mutare posteritas.

(*b*) Nihil sibi in eis præter hanc ordinationem vindicans.

(*c*) Ut licentiam habeatis unde volueritis *spiritalem sumere cibum*, liberam in omnibus facultatem habentes hanc vobis attribuimus licentiam, *ut quem velitis vobis corrogetis Presbyterum qui vobis in Monasterio peragat sacro-sancta, & illa quæ ad normam pertinent unitatis celebranda usque in perpetuum.*

siastiques

siastiques données par l'Evêque ; la troisiéme, d'immunités purement temporelles accordées par le Prince.

Dans celle de l'Evêque on voit que les motifs de l'exemption étoient le plus grand bien des Monasteres, & de leur procurer un gouvernement plus paisible ; (*a*) on s'y autorise de l'exemple (*b*) des Monasteres de Lerins, de S. Maurice d'Agaune (dans la Gaule Narbonnoise,) de Luxeuil, & autres sans nombre, *innumerabilia*, répandus dans le Royaume qui jouissoient d'un pareil privilege. L'Eveque du lieu se reservoit seulement les fonctions attachées à son caractere, conférer les Ordres à ceux qui lui seroient présentés (*c*) par l'Abbé, bénir l'Autel, l'Abbé & le Chrême. A cela près, il ne pouvoit exercer aucune puissance dans le Monastere, ni pour la gestion des biens, ni pour la direction des personnes ; *nullam penitus aliam potestatem in Monasterio, neque in rebus, neque in ordinandis personis, nos successoresque nostri Episcopi, Archidiaconi sui, cæteri Ordinatores aut qualibet alia persona habere præsumat.* Tout le reste du sacré ministere étoit rempli par un Prêtre ordonné par l'Evêque sur la présentation de l'Abbé & de sa Communauté. La correction appartenoit à l'Abbé, (*d*) & en cas de négligence de sa part, elle étoit dévolue à l'Evêque, (comme il se pratique encore selon les plus récentes Ordonnances, à l'égard des Réguliers qui se disent immédiatement soumis au Saint Siege.) Tous ces privileges étoient accordés irrévocablement & à perpétuité, (*e*) & pour en affermir la durée, ils étoient souscrits d'un grand nombre d'Evêques.

La Formule de confirmation du Roi pose pour base la priere du Fondateur, ou de l'Abbé du Monastere, (*f*) & la concession de l'Evêque ; (*g*) & y ajoutant l'autorité souveraine, l'exemption devient parfaite. La Formule porte elle-même que l'autorité qui, selon les Canons, (*h*) appartient à l'Evêque Diocésain sur les Monasteres, & le droit des Monasteres de demeurer sous leurs Evêques, ne sont point blessés lorsque c'est l'Evêque qui par des vûes de charité, les en tire de leur consentement.

Une autre Formule de ces tems-là, mise en lumiere par le sçavant Baluze, donne bien plus d'étendue aux exemptions que celle de Marculfe.

(*a*) Competit nos affectio charitatis vestræ... Illa pro vestra quiete providere.

(*b*) Et ne nobis aliquis detrahendo estimet in id nova decernere carmina, dum ab antiquitùs juxta Constitutionem Pontificum, per Regalem sanctionem Monasteria sanctorum Lirinensis, Agaunensis, Luxoviensis, vel modo innumerabilia per omne regnum Francorum, sub libertatis privilegium videntur consistere.

(*c*) De vestra Congregatione qui in vestro Monasterio sancta debeant bajulare officia, quum Abbas cum omni Congregatione poposcerit à nobis vel successoribus nostris sacros percipiat gradus.

(*d*) Secundum eorum regulam ab eorum Abbate corrigantur.

(*e*) Perennem deinceps, propitiante Domino, obtineant firmitatem.

(*f*) Dum ille Episcopus aut Abbas, aut illuster vir... Monasterium noscitur ædificasse.... ad petitionem illius Clementia nostra, pro quiete ipsorum servorum Dei præceptionem vigoris nostri placuit propalare.

(*g*) Juxta quod ab illo Pontifice, vel cæteris Dominis Episcopis ad præfatum Monasterium juxta, quod eorum continet privilegium, quod nobis præfatus ille protulit recensendum, sancitum esse cognovimus.

(*h*) Quia nihil de Canonica Institutione convellitur quidquid domesticis fidei per tranquillitatis pacem conceditur.

On y exige encore les trois conditions essentielles, requisition du Monastere, consentement de l'Evêque, permission du Roi. Et par leur efficacité sans recourir à Rome, sans y transporter les droits cedés par l'Evêque, le Monastere est affranchi de l'autorité de l'Ordinaire, tant pour le spirituel que pour le temporel (*a*); il est permis aux Moines d'appeller quels Evêques ils voudront pour la Dédicace des Eglises, l'Ordination des Clercs, la bénediction des Autels; du reste ils seront gouvernés en tout par l'Abbé (*b*) qu'ils auront eux-mêmes choisi & installé.

Telles étoient les exemptions : On n'en connoissoit point d'autres. La Nation trouvoit en soi & dans son Eglise l'autorité de les former, & ne transportoit point hors de ses frontieres le droit de gouverner les Exempts. Il seroit surabondant après cela de descendre aux exemples particuliers, les monumens qui nous en restent, échappés aux ruines du tems, sont encore en grand nombre, on en indiquera seulement quelques-uns.

Clovis II. en 659. à la tête d'un Parlement composé de tous les Grands & de la plûpart des Evêques du Royaume, les invita à approuver le privilege dont lui & l'Evêque de Paris vouloient gratifier le Monastere de Saint Denis. Les effets de ce privilege, expliqués dans le discours de ce Prince, & dans la Charte de concession publiée avec de sçavantes Notes par M. Bignon, étoient que les Moines fussent libres de s'adresser dans le besoin à tel Evêque qu'ils voudroient, qu'au suplus ils fussent regis par leur Abbé qui étoit Prêtre, sans que le gouvernement dépendît d'aucun Evêque ni de personne au monde, excepté Dieu, ses Saints & le Roi; *ab omni solvamus dominio mortalium nulliusque præter Dei, ac Sanctorum ejus nostrumque etiam cui tota Natio Francorum paret fuerint perpessi dominatum.*

Le Monastere de Sainte Croix, aujourd'hui Saint Germain des Prés, ne fut-il pas soustrait (*c*) au pouvoir des Evêques de Paris (vers l'an 676.) par S. Germain qui en occupoit alors le Siege, & par le Roi Clotaire I? On ne prit alors ni Bulle ni confirmation du Pape, de l'aveu même de l'Historien Aimoin, que sa qualité de Moine de l'onziéme siecle ne rend pas suspect en cette matiere. Cette liberté subsista dans le Monastere de Sainte Croix pendant plusieurs siecles, sans que le Pape y eût aucun des droits cedés par l'Evêque.

L'exemption du Monastere de Sainte Marie au Diocèse de Chartres, dont le titre de l'an 696. a été donné au Public par le célebre Dom Mabillon, fournit un autre exemple bien avantageux & bien décisif. Les privileges déja vûs tant de fois s'y retrouvent encore, l'Evêque renonçant à faire ses fonctions Episcopales dans le Monastere, s'il n'y est invité, * le gouvernement de ce Monastere, & la conduite des ames confiée à perpetuité à l'Abbé tou-

(*a*) Cum fuerit oportunum, Ecclesiam dedicare, aut Sacros Ordines conferre, benedici, vel tabulas consecrare quemcumque de Religiosis Episcopis Abbas ipsæ vel Monachi sibi voluerint invocare, in eorum potestate maneat.

(*b*) Potestas illis maneat quemcumque sibi elegerint de proximis Monasteriis eligere.

(*c*) Præceptum Immunitatis edere decrevit in quo omnes Episcopos Sedis Parrhisiacæ alienos efficeret, occasione maxima illa, quæ in præcepto incliti Clotharii Regis invenitur. Aimoin, lib. 3. c. 2.

* Et si ab ipso Abbate Pontifex Carnotensis pro eorum utilitate invitatus fuerit accedat ad Ecclesias consecrandas, &c.... *Salvo eorum privilegio.*

jours électif; *ad gubernationem Monasterii & animas regendas.* Les abus reformés par l'Abbé premierement, puis s'il n'y réussit pas, par des Moines du même Diocèse choisis par la Communauté; & si ce n'est pas assez, par l'Evêque du lieu, qui ne pourra le faire sans en être prié: Tous ces droits accordés (*a*) par l'Evêque, parlant en son nom & au nom de son Clergé, affermis par la religion du serment, souscrits d'une grande quantité d'Evêques, tout cela sans le concours du Pape. Reconnoissons à tant de traits la liberté canonique, qui se perpetuant de siecle en siecle, montre qu'on étoit bien éloigné de croire qu'il y ait nécessité de donner au Pape l'autorité exercée par l'Evêque du lieu avant l'exemption.

Hincmar de Rheims, si jaloux de l'Ordre Hiérarchique, ne le trouvoit point blessé par ces sortes d'exemptions. Il approuva les anciennes, ne crut pas permis d'y donner atteinte, il en prit hautement la défense dans une occasion très-délicate. L'expulsion de l'Abbesse d'Origny, par ordre de la Reine Richilde, étoit contraire non seulement au droit en general, mais encore au privilege de son Monastere, d'avoir en qualité d'Exempt une Abbesse qui ne pût être deplacée que pour crime. Hincmar en porta ses respectueuses mais vives plaintes à Charles le Chauve, représentant combien ce coup d'éclat étoit opposé à la protection spéciale renfermée dans l'exemption que ce Monastere avoit obtenue du Roi, de l'Evêque de Laon & de plusieurs autres, & combien ces privileges solemnellement établis sont inviolables à tous égards, lui-même présidant en l'année 866. au Concile de Verberie *, (*b*) en accorda avec le Concile un des plus amples, selon les desirs de ce même Roi, pour le Monastere de Saint Vaast d'Arras.

* *Maison Royale sur l'Oyse.*

Pareillement en 994. le Roy Robert (*c*) les Grands & les Evêques doterent d'immunités civiles, & d'une entiere liberté pour le spirituel. La fondation que faisoit la Comtesse de Poitiers du Monastere des Religieuses de Bourgüeil.

Les exemptions ont donné lieu d'avoir des Evêques particuliers de Monasteres, discipline ancienne & très-étendue. Sozomene nous la montre dans le quatriéme siecle: Les Abbés Barses, Eulogius & Lazare (*d*) en récompense de services rendus, furent ordonnés Evêques, non d'une Ville, mais pour leurs Monasteres, & ils y en exerçoient les fonctions (*e*).

L'Espagne & la France adopterent cet usage, Hermengaud est appellé par Charlemagne (*f*) Abbé ou Evêque de Châtillon Diocèse de Verdun. Trois Evêques de Monasteres souscrivirent au Concile d'Attigny en 765.

(*a*) Sacro-sanctum hoc privilegium, una cum consensu fratrum nostrorum & consilio Seniorum indulsimus.

(*b*) Monasterium vero ipsum ejusque custodia atque omnis Ordinatio ad ipsos Monachos & ad Abbatem quem sibi eligerint pertineant: *La Charte en a été publiée par Aubert le Mire, puis par M. Baluze à la fin du troisiéme* de Concordia, &c.

(*c*) Cum consilio & assensu tam Episcoporum quam Optimatum nostrorum.

(*d*) Barses item & Eulogius.... ambo post modum Episcopi fuere, non alicujus urbis sed honoris duntaxat causa, tanquam ad repensanda præclara ipsorum facinora, in suis Monasteriis Ordinati, quo quidem modo etiam Lazarus Episcopus fuit. *Sozom. l. 3. c. 34.*

(*e*) Dignitatem cum Officio. *Mab de re diplom. lib. vj. pag. 629.*

(*f*) *Mabil. Analec. 2. pag.* 401. 403.

Episcopus de Monasterio. On en compte plusieurs dans le Monastere de S. Denis, dans celui d'Hohenove en Alsace, & ailleurs. „ Tantôt l'Abbé étoit en même „ tems Evêque du Monastere, tantôt c'étoient deux personnes différentes ; sou- „ vent ces Evêques étoient du genre de ceux qui se trouvent avoir été ordon- „ nés sans titre, ou après avoir quitté le leur, ils se retiroient dans ces Mona- „ steres & y faisoient les fonctions, comme en des lieux exempts de la Juris- „ diction des Evêques ordinaires. " M. Fleury dont cette derniere réflexion est empruntée, y touche la véritable cause de ce droit. C'est qu'il sçavoit que la plûpart des exemptions accordant aux Monasteres la faculté de choisir qui ils voudroient d'entre les Evêques pour exercer parmi eux les fonctions inséparables de l'ordre Episcopal ; ils pouvoient faire tomber leur choix sur un Evêque pour toute sa vie, & par là il devenoit leur Evêque particulier : après sa mort on lui en substituoit un autre de la même maniere.

Liv. 44. n. 2.

Ce genre d'exemption, qui ne confere rien au Pontife de Rome, n'est pas borné aux beaux siecles de l'Eglise. Le Pere Mabillon (*a*) & le Pere Thomassin, (*b*) quelque penchant qu'ils eussent, l'un à faire remonter bien haut la pratique de soumettre les exempts au Pape, l'autre à restraindre l'étendue des exemptions, n'ont pû s'empêcher de convenir que même en Italie elles devoient leur naissance à la concession des Evêques, qu'il s'y en est conservé jusques dans les bas siecles indépendamment de l'autorité du Pape : *Citrà Pontificiam autoritatem* ; & qu'il n'y est intervenu & n'a commencé à les confirmer qu'à la demande des Monasteres.

Au cœur de l'Italie dans le Diocése de Penna, un célébre Monastere fondé en 854. par l'Empereur Louis II. & dès-lors distrait de l'obéissance de l'Evêque Diocésain, vit confirmer son privilege en 951. par Aldebert Roy d'Italie, malgré les efforts de l'Evêque du lieu, qui revenoit injustement contre le consentement de ses Predecesseurs. Mais en 1049. pour la premiere fois, l'Abbé Dominique demanda à Leon IX. la confirmation de ce même privilege, qui jusques-là avoit subsisté sans lui, les précedens Abbés, dit l'Historien, (*c*) n'ayant pas pû obtenir la confirmation du Pape, ou la regardant comme fort peu nécessaire.

Sans chercher ailleurs, nous avons une preuve complette dans la Collection de Gregoire IX. Une Decretale d'Innocent III. (de l'an 1210.) (*d*) nous

(*a*) Diplomat. *liv. 1. ch. 3.*

(*b*) Discipline de l'Eglise, *1. lib. 3. ch. 36. nomb. 14. col. 1614.*

(*c*) Iste fuit primus Abbas Piscariensis, (vel Casauriensis) cœnobii qui impetravit privilegium à Romanis Pontificibus, quod antecessores sui vel habere non potuerunt vel duxerunt pro minimo. *Chron. Casaur. lib. 1. & 2. Specilegii tom. 11.*

(*d*) Episcopus Albanensis universas Ecclesias ad Monasterium vestrum pertinentes in Diœcesi ejus sitas, & quidquid juris tam in Monasterio vestro quam in eis habebat... Monasterio vestro concessit, ita videlicet, ut liceret Abbati & fratribus à quocumque vellent Episcopo, tam Ordinationem Clericorum quam consecrationem altarium in Monasterio ipso & prædictis Ecclesiis obtinere... Auditis propositis œconomum Monasterii vestri œconomo ejusdem Episcopi Ecclesiæ nomine in solutionem pensionis prædictæ juxta ratam, quæ contingit Ecclesiam prædictam, & restitutionem substractæ à quadraginta annis secundum ratam eandem, per definitivam sententiam condemnamus, & eundem œconomum vestrum ab impetitione œconomi ejusdem Episcopi super aliis, reddimus absolutum, perpetuum illi silentium imponentes. *Cap. 6. x. de Religiosis domibus.*

apprend que l'Evêque d'Albano avoit permis à l'Abbé & aux Religieux du Monastere de *Crypta Ferrata* dans son Diocèse, d'employer tels Evêques qu'ils voudroient pour la Consécration des Autels, & l'Ordination des Clercs dans leur Abbaye, & dans toutes les Eglises qui en dépendoient, & avoit cédé à l'Abbé tous ses autres droits sur le Monastere. Ce que le Pape Celestin avoit confirmé, & par conséquent jugé valable, avant que son Decret intervînt. Dans la suite un Evêque d'Albano, ayant attaqué ce privilege, Innocent III. lui imposa par son Jugement un éternel silence, approuvant, comme ses Prédecesseurs, l'état de ces Monasteres, qui n'avoient pour Evêques ni le Pape, ni le Diocesain. Cette Jurisprudence est consignée dans le Corps du Droit Canonique, encore aujourd'hui d'usage à Rome.

Recueillons les avantages que nous présente une discipline si ancienne & conduite jusqu'à nos jours.

1°. Pendant quatre ou cinq siecles dignes de servir de modéles, il y avoit une multitude d'exemptions, & l'on ne connoissoit point d'autre maniere de les former que le consentement des Evêques, celui de la Puissance souveraine, & l'acquiescement des Interessez, sans que le Pape y intervînt en aucune sorte. Quantité d'exemptions ont été accordées de la même maniere bien avant dans les bas siécles, & y ont perseveré long-tems. Ainsi à considerer la nature des exemptions, il n'en faut pas davantage pour leur validité.

Il est moins utile ici d'exposer pourquoi le ministere du Pape intervient présentement dans la formation des exemptions, que de sentir combien la solidité de celle du Calvaire est affermie par l'autorité d'un Siege si justement & si generalement respecté. S'il est vrai en géneral que le Titre canonique de l'établissement est inviolable, l'honneur du Saint Siege est singulierement interessé à maintenir un Titre qu'il a approuvé, confirmé, & qu'il a déclaré devoir être perpétuel & inébranlable. Mais quoiqu'on recoure au Saint Siege, cela n'empêche pas de dire avec M. Dupin (*a*), que tous ces privileges quels qu'ils soient, ont été accordez par les Evêques, ou de leur consentement, & par une concession volontaire qu'ils ont faite de leurs droits, avec la permission du Roy. Si l'on attribuoit au Pape l'injuste prérogative d'arracher les Monasteres malgré eux à leur Pasteur, & leur Pasteur aux Monasteres sur lesquels il veut conserver son autorité, on tomberoit dans une erreur condamnée de tout tems dans l'Eglise, & qui ne peut jamais cesser d'être erreur.

2°. En effet, on doit distinguer dans la discipline Ecclesiastique des choses qui peuvent changer, & d'autres qui sont invariables, parce qu'elles dérivent du Droit naturel. La soumission des Communautez à l'Evêque ordinaire est de Droit commun, mais il s'en faut bien qu'elle soit d'une absolue necessité. Le Droit commun en établissant cette regle generale, autorise les Puissances à en dispenser selon le besoin. Au contraire ce qui est immuable, c'est la maxime qui défend de dépouiller l'Evêque arbitrairement & malgré lui du pouvoir qu'il a sur les Monasteres, & pareillement de soustraire les Monasteres malgré eux à leur Evêque. De même après que du consen-

(*a*) Preuves des Propositions de la Déclaration du Clergé de 1682. pag. 651.

tement de l'Evêque, son autorité a été legitimement cedée à des Superieurs Exempts, le droit est acquis imperturbablement à ces Superieurs de gouverner les Monasteres qui leur deviennent assujettis, & aux Monasteres d'être régis par ces Superieurs particuliers. Tant que les uns & les autres veulent conserver ce droit, & n'ont pas merité de le perdre par des crimes, comment pourroit-il être juste de les en dépouiller? Faut-il rappeller ici ces principes d'équité gravez dans le cœur de tous les hommes, qu'il n'est pas permis de priver personne de son droit malgré lui; que cette regle est de tous les tems & de tous les lieux, le but des Loix & des Jugemens; que même les Souverains ne se croyent pas permis d'ôter les biens temporels à ceux qui les possedent legitimement, eux qui tiennent à honneur d'être établis de Dieu pour conserver à chacun ce qui lui appartient? Y auroit-il donc moins de justice dans l'Eglise? Seroit-ce une action innoncente de ravir des droits sacrez, pendant qu'il est criminel d'enlever des droits temporels? La Religion seroit-elle établie pour violer le Droit Naturel? On ne pourroit le dire sans blasphême. Qui oseroit donc soutenir que le Pape puisse enlever arbitrairement aux Monasteres & à ses Superieurs, les droits respectifs de conduite & de subordination, qui leur sont assurez par des Traitez solemnels? Comment le Pape auroit-il une telle puissance? Elle n'a pas même été donnée à l'Eglise, qui peut tout pour édifier & rien pour détruire.

Concluons qu'il a été libre d'ériger la Congregation du Calvaire sur le modele de l'une des formes d'exemptions dont on vient de rapporter des exemples, & quelque forme que l'on ait choisie, elle doit subsister inviolablement.

3°. On dit entre les differentes formes; car quoique celles qu'on a recueillies soient semblables en ce point, que nulle portion de la superiorité n'y a été transportée au Siege de Rome, elles different neanmoins entr'elles & peuvent se ranger sous trois classes.

La premiere classe contient les exemptions, où la superiorité est transportée de l'Evêque Diocesain, à un autre Evêque du même Pays, qui par cette translation devient le veritable Evêque des Monasteres qu'on lui soumet.

La seconde classe renferme les exemptions, où l'Evêque se reservant sur les Monasteres qu'il affranchit, les fonctions inseparables du ministere Episcopal, cede à des ~~Monasteres~~ ministres du second Ordre, ou à des Abbez le gouvernement Monastique. Cette autorité leur est donnée avec les mêmes prerogatives & la même liberté qu'elle avoit entre les mains de l'Evêque.

La troisiéme classe, est celle des exemptions par lesquelles l'Evêque se desiste non seulement, comme dans la précedente, du pouvoir de discipline; mais permet encore aux Monasteres de l'un & de l'autre sexe, de s'adresser pour les fonctions Episcopales à tel Evêque qu'ils jugeront à propos, d'où est née la faculté de se soumettre à un Evêque pour tout le tems de sa vie, sans que cette soumission passât au Successeur de son Siege (s'il en a un) étant libre après sa mort d'en choisir un autre de la même maniere.

Et qui doute que la fécondité de la discipline Ecclesiastique ne puisse tellement combiner & modifier ces trois genres d'exemptions, qu'elle en produise encore d'autres?

4°. Puisqu'il est demontré que l'on a pû accorder à la Congregation du Calvaire une de ces exemptions, où la Jurisdiction immédiate de l'Évêque Diocesain n'est nullement transportée au Pape, il ne reste plus qu'à prouver qu'on l'a fait.

C'est à quoi conduisoit la disposition des esprits, lorsque ce nouvel Institut s'est érigé. Depuis long-tems un cri géneral s'étoit élevé contre l'abus d'exempter sans la participation des Ordinaires, contre l'excessive autorité que le Pape s'attribuoit sur les exempts. On avoit éprouvé de terribles inconveniens à commettre cette inspection dans l'intérieur du Royaume, à un Evêque dont les projets démesurés sur l'Eglise & sur les Empires, tendent à tout concentrer en lui. Ces sortes d'exempts, sous prétexte de leurs privileges excessifs, troubloient tout dans l'Eglise, ils se portoient pour exempts même de la puissance civile. Rome usoit de son autorité sur eux pour l'accroissement de sa splendeur séculiere. De si grands maux déplorés des gens de bien, avoient profondement frappé tous les esprits : on le voit dans les Ouvrages composés à ce sujet par Jean de Salisbery Evêque de Chartres, Pierre de Blois, Saint Bernard, & surtout Guillaume Durand, dont les efforts passent la portée de son siecle. Les Conciles de Latran, de Vienne & de Trente avoient travaillé, non à détruire les exemptions, mais à les restreindre de maniere qu'elles ne fussent plus nuisibles. La Jurisprudence Civile s'étoit tracé le même plan. Sous Louis XIII. la mémoire étoit encore récente des ébranlemens de l'Etat, causés par cette aveugle obéissance dont la partie la moins saine des exempts faisoit profession envers la Cour Romaine.

La vûe de tant de troubles faisoit briller avec plus d'éclat la prudence de l'antiquité d'avoir admis des exemptions si pures, qui en donnant la supériorité à des Sujets du Roy, étoient infiniment éloignés de tous inconveniens. Les raisons qui avoient fait juger les exemptions utiles subsistoient toujours, sur-tout à l'égard d'une Congregation comme celle du Calvaire, composée de vingt Maisons, & répandue en presque autant de Diocèses. Elle est plus utilement & plus uniformement régie par un petit nombre de Supérieurs, que si elle étoit demeurée soumise à cette multitude d'Evêques Diocesains; & dès là que l'on veut établir une Congregation en plusieurs Diocèses, il faut lui donner des Supérieurs qui ayent pouvoir sur le corps entier. Que chacun se mette à la place de ceux qui ont formé cet heureux établissement; qu'il se demande à lui même ce qu'il auroit préferé, ou de donner le Pape pour Superieur à la Congregation naissante, ou de la soumettre à un petit nombre de Superieurs François. Y a-t'il quelqu'un qui pût balancer? Aussi le vaste & penetrant génie qui aidoit le Prince à porter le poids du Gouvernement, ne balança-t'il pas à suivre le modele des meilleures exemptions.

TROISIE'ME PROPOSITION.

Les Titres de l'exemption du Calvaire ne transportent point l'autorité au Pape, mais seulement aux Supérieurs majeurs.

Lorsque l'on exempta la Congregation du Calvaire, toutes les personnes interessées, toutes les Puissances y concoururent; Requête de la part des

Religieuses, Bulles des Papes, Concessions des Evêque Diocésains, Lettres Patentes enregistrées au Parlement, tout fut employé à rendre valide, solemnel & irrévocable le genre de gouvernement que l'on établissoit : Tous ces Titres nous apprennent ce qui est connu des Canonistes (a) de ce siecle les plus accréditez, entr'autres du célebre Gibert, que l'autorité qui appartenoit naturellement aux Evêques des lieux sur les Monasteres de la Congregation, & dont ils voulurent bien se dessaisir, fut confiée, non au Pape, mais à trois Superieurs perpetuels.

La Bulle d'érection fut donnée par Gregoire XV. le 22 Mars 1621. D'abord, ce qui mérite attention, elle rapporte la Supplique des Religieuses. Qu'exposerent-elles à Gregoire XV. & que lui demanderent-elles ? Lui-même le fait connoître : „ Notre (b) très-cher fils Louis Roy de France Très-„ Chrétien nous a remontré .... que les Religieuses desdits Monasteres .... „ désiroient se mettre sous le gouvernement, régime, jurisdiction & ad-„ ministration de notre très-cher fils Henry Cardinal de Rets (Evêque de „ Paris) de notre vénerable frere Jean Archevêque de Sens, & du Superieur „ des Moines réformez de l'Ordre de Saint Benoît ". Voilà ceux à qui elles désirent que tout le droit des Ordinaires soit remis, elles ne proposent d'en rien transporter au Saint Siege.

C'est sur ce pied de liberté que ces Evêques consultez s'ils accepteroient la superiorité, avoient consenti à s'en charger. *Curam vero & gubernium hujusmodi .... suscipere parati sint.* Aussi le Pape annonce qu'il va se conformer entierement au projet arrêté selon le vœu des Monasteres, par de grands Prélats & par la volonté du Roy : *Nobis propterea dictus Ludovicus Rex .... suplicari fecit ut super præmissis modo & forma infra scriptis providere dignaremur.*

En effet qu'est-il ordonné par la Bulle ? (c) „ Nous par la teneur des pré-„ sentes,

(a) *Gibert. in Corpor. Juris Can. tom.* 1. *Tractat. de privilegiis part.* 3. *pag.* 123. Exemptarum Monialium duplex fuisse genus, nempe alias quæ Sedi Apostolica immediata suberant; alias vera quæ nec Papæ nec Ordinario subjiciebantur, sed vel Archiepiscopo, vel regularibus ejusdem Ordinis. Posterioris Monialium generis plura præbet exempla Gallia, cum Carmelitanæ, *Calvarianæ*, Benedictinæ non nullæ, nec Papæ nec Ordinario, sed aliis superioribus tam secularibus quem regularibus, quos sibi eligunt, proxime subsint.

(b) Exponi siquidem nobis nuper fecit Carissimus in Christo filius noster Ludovicus Francorum Rex Christianissimus... cum autem trium primodictorum Monasteriorum Moniales Curæ Regimini Jurisdictioni & administrationi dilecti filii nostri Henrici S. R. E. Presbyteri Cardinalis de Rets, nuncupati, ac venerabilis Fratris Joannis Archiepiscopi Senonensis, nec non Superioris Monachorum reformatorum Ordinis Sancti Benedicti in Regno Franciæ sese summittere ac multæ aliæ simili studio accensæ illarum vestigia sequi desiderent. Nos, &c.

(c) Nos... ut prædicta & alia quæcumque Monalium Monasteria in regno, Franciæ pro tempore Canonice erigenda Ordinis Sancti Benedicti & primitiva instituta cum pristino illo rigore suscipere & observare & infra scriptorum Superiorum curæ & regimini sese subjacere *de consensu tamen Ordinariorum* libere & licite valeant... tenore præsentium *perpetuo* concedimus ac ex nunc primodicta quatuor prævia illorum... Monasteria cum omnibus bonis mobilibus & immobilibus... curæ, regimini, jurisdictioni & administrationi Henrici Cardinalis Joannis Archiepiscopi prædictarum... ac pro tempore existentis in dicto regno Superioris Monachorum reformatorum dicto ordinis Sancti Benedicti subjicimus supponimus & submittimus.

„ sentes, qui auront leur effet à perpetuité, concedons & accordons aux „ Monasteres susdits, & à tous autres qui seront ci-après Canoniquement „ érigez en France, la faculté de se soumettre librement & légitimement au „ gouvernement & à l'autorité desdits Superieurs, du consentement néan- „ moins desdits Ordinaires; & dès-à-présent assujettissons au gouvernement „ & à l'autorité, jurisdiction & administration desdits Henry Cardinal, & „ Jean Archevêque pendant qu'ils vivront, & du Superieur présent ou à venir „ des Moines réformez de l'Ordre de Saint Benoît, les Monasteres susdits, „ & tous les autres Monasteres de Filles qui viendront embrasser la Reglé „ primitive de Saint Benoît, avec tous leurs biens, meubles & immeubles".

A des termes si clairs il faut se rendre, & convenir qu'ils établissent Superieurs Ordinaires, immédiats & en titre, les trois Superieurs majeurs, & non le Pape.

La Bulle exige pour toute condition le consentement des Evêques Diocésains, *de consensu tamen Ordinariorum.* Ils peuvent, en le refusant, rendre inutile ce qui est fait sans eux. Par-là le Pape rend hommage aux Regles, sous cette condition unique il approuve la translation d'autorité, dans les mêmes termes qu'elle étoit proposée : Il ordonne, sans restriction ni modification, qu'aux trois Superieurs & à chacun d'eux, appartiendront sur la Congregation naissante, tous les droits qu'auroient eus & que céderont les Evêques des lieux. Pour marquer le pouvoir des nouveaux Superieurs, il accumule les plus fortes expressions, soin, régime, jurisdiction, administration, autorité de tout genre, *omnimoda;* c'est-à-dire, ajoute-t'il, l'autorité des Ordinaires dans son integrité : *Omnimoda seu Ordinaria autoritate in dictas Moniales polleat.* Et cette autorité pleine & parfaite leur est donnée à perpetuité.

Les Constitutions du Calvaire exposent l'un des motifs pour lesquels on ne l'a pas soumis à des Reguliers (voyez part. 12. ch. 78.) *Le choix de Superieurs majeurs & Visiteurs propres à la Congregation, est d'une telle importance, que tout le bien de la Congrégation en dépend. La Bulle de l'érection y a pourvû, en sorte qu'elle obvie à plusieurs inconveniens; elle remedie au mal qui arrive souvent aux Religieuses, d'être tellement sujettes à des ordres, qu'elles soient contraintes de participer aux relâches & déreglemens, où quelquefois ils se laissent tomber, & puis il est comme impossible de s'en relever, par la rigueur qu'ils tiennent à fermer la porte aux remédes, & à ceux qui pourroient l'apporter.*

Que cette Bulle est différente de celles qui donnent au Pape quelque droit pour le gouvernement des exempts! Qu'elle y est opposée! Dans toutes ces dernieres la soumission spéciale au Saint Siége est exprimée, non-seulement en termes clairs, mais par des formules pour ainsi dire consacrées. Tout ce qui n'exprime pas nettement & sans équivoque cette soumission, ne l'établit pas; par exemple un Monastere mis sous la protection du Pape, n'est pas pour cela jugé exempt & soumis au Saint Siége. Qu'on lise les exemptions modernes, elles sont remplies de répetitions & d'accumulations qui manifestent ce qu'on appelle soumission immédiate. Celle des Minimes accordées en 1471. par l'Archevêque de Concença à François de Paule & à ses Superieurs, & confirmée par Sixte IV. est en ces termes : (a) „ Nous „ vous exemptons à perpetuité, & vous liberons, autant qu'il est en nous, „ de toute jurisdiction, soumission & superiorité des Eglises meres, & de „ notre Eglise de Concença, & vous mettons totalement & singulierement „ sous la jurisdiction & superiorité du Siége Apostolique". Voilà le stile en vigueur quand on confere la superiorité au Pape ; mais on en a suivi un tout opposé dans l'exemption du Calvaire formée sur l'antiquité : Pas un mot qui marque ou fasse soupçonner que le Pape soit rendu participant de l'autorité abdiquée par les Ordinaires, ni qu'on veuille lui être autrement soumis, que les Communautez qui restent sous l'Evêque Diocésain ; & c'est le Pape lui-même qui garde ce profond silence à son égard, tandis qu'il épuise les plus expressives qualifications à désigner le pouvoir qu'il consent que l'on transporte librement aux trois Superieurs indiquez.

On ne sera nullement étonné que les Fondateurs du Calvaire ayent eu recours au Pape dans une occasion où il n'acquiert en aucune sorte le gouvernement, si l'on considere que l'on a quelquefois fait ordonner par le Pape qu'un Monastere nouvellement érigé sera soumis à l'Evêque du lieu.

Lorsque l'Institut Séculier de la Maison de Saint Cyr près Versailles fût changé en Régulier, il plût au Roy qu'il fût sous l'Evêque de Chartres Diocésain. Il ne falloit pour cela que le laisser dans son état naturel, la seule érection le soumettant à l'Evêque de Chartres, sans qu'il fût besoin de faire ordonner cette soumission par le Pape, dont le consentement n'est point nécessaire pour produire la soumission à l'Evêque du lieu qui s'opere de plein droit. Cependant Innocent XII. dans la Bulle du 30 Septembre 1692. qui lui fut demandée par cette Maison, parle comme si c'étoit lui qui assujettit à l'Ordinaire ; & il attribue à l'Evêque de Chartres tout ce que Gregoire XV. attribue au Superieurs du Calvaire. *Les Religieuses desdits Monasteres*, dit la Bulle pour le Calvaire en 1621. *désirent se soumettre au gouvernement, régime, jurisdiction & administration du Cardinal de Rets, de l'Archevêque de Sens, &c. Les Directrices de Saint Cyr*, dit la Bulle de 1692. *désirent d'être érigées & instituées sous le gouvernement & jurisdiction de l'Evêque de Chartres. Nous les soumettons*, dit la Bulle *du Calvaire, au gouvernement & à l'autorité, jurisdiction & administration desdits Cardinal de Rets & Archevêque de Sens*; *Nous ordonnons*, porte la Bulle de Saint Cyr, *qu'elles seront tenues de vivre soumises à la jurisdiction, supériorité, administration & gouvernement de l'Evêque de Chartres.*

Après un exemple si frappant, les Formules où le Pape soumet ou ordonne la soumission à des Superieurs, ne mettront jamais en droit de conclure que cette ordonnance lui acquiert aucun droit, ni que l'autorité de ceux à qui il veut qu'on se soumette soit une émanation de la sienne.

On ne s'est pas contenté de donner aux trois Superieurs majeurs de la Congregation du Calvaire generalement tout droit de la gouverner, on y

(a) Ab omni Jurisdictione, subjectione & Superioritate, Matrum Ecclesiarum & nostra, nostræque Consentinæ Ecclesiæ cæterarumque personarum, quantum cum Deo possumus, in perpetuum eximimus & liberamus & sub Jurisdictione & Superioritate Sedis Apostolicæ totaliter ac singulariter remittimus. *Italia Sacra tom. 9. pag. 331.*

a ajouté celui de se perpetuer eux-mêmes en se nommant des successeurs à l'infini, qui n'a rien de commun avec celui de gouvernement. Nous en avons des preuves incontestables, dans les nominations, collations & patronages. Ils appartiennent souvent à des personnes qui n'ont aucune part au gouvernement : voici de quelle maniere cette nomination fut donnée aux trois Superieurs.

La Bulle de Gregoire XV. de 1621. qui permet aux Religieuses du Calvaire de se soumettre aux trois Superieurs par elles demandez, ne pourvoit en aucune maniere à les remplacer après leur mort ; parce qu'il n'avoit été mention de ce point, ni dans la Supplique, ni dans la Lettre du Roi. De-là il seroit arrivé à la mort du dernier Superieur, que la Congregation auroit pû s'élire (a) elle-même de nouveaux Superieurs. Mais on prit une autre route. Ce droit d'election & de nomination qui résidoit dans le corps entier, fut compromis à perpétuité entre les mains des trois Superieurs : compromis qui fut fait à la maniere du tems, par une Supplique des Religieuses & des Lettres du Roi au Pape, sur lesquelles Gregoire XV. donna un Bref du 8 Juillet 1622. où il ordonne : „ Que perpetuellement à l'avenir, (b) l'un „ des trois Superieurs venant à mourir, les deux autres, ou l'un deux nomment une personne Ecclésiastique de piété, doctrine, sainte vie, au lieu du „ défunt, & que tous trois ainsi nommés élisent un Visiteur, & qu'ils régissent, gouvernent & administrent iceux Monasteres, & leurs Abbesses „ & Religieuses . . . & que ces présentes soient & demeurent toujours & „ à perpétuité, fermes, stables & valides, & qu'elles sortissent & obtiennent leur plein & entier effet. " Selon l'usage & les constitutions, il appartient à la Congregation de présenter (c) aux Superieurs ceux qu'il doivent nommer.

Par les Pieces dont on vient de rendre compte, le projet n'est encore qu'ébauché, & seroit demeuré inutile. La Congregation s'adressa à chacun des Evêques dans le Diocèse desquels ses Maisons sont fondées, leur présenta les Bulles ; & tous consentirent par écrit ou plûtôt accorderent eux - mêmes l'exemption. Et que portent ces consentemens ? Vont-ils donner au Pape ce que lui-même n'a pas desiré ; faire en sa faveur des reserves qu'il n'a point faites ; le constituer Superieur en leur place, contre la requisition du nouvel ordre ; contre le plan concerté avec le Roi, contre l'interêt de l'Etat, contre l'interêt du Clergé ? Non sans doute, ils étoient trop sages & trop éclairez, & aussi n'ont-ils fait autre chose que de permettre aux Religieuses du Calvaire de se

(a) Ut quem velitis vobis corrogetis Presbyterum. *Con. Carth. ann.* 525. Qui de transmarinis partibus sibi semper Presbyteros ordinaverunt, *ibid.* Ad solam & liberam Abbatis proprii quem sibi ipse elegerit, &c. Conc. Arelat. Potestas illis maneat quemcumque sibi elegerint expetere. *Capitul. Reg. Fr. tom.* 2. *pag.* 581. *Marcul. form.* 1. 2.

(b) Supplicationibus ejusdem Ludovici Regis.... inclinati quod deinde perpetuis futuris uno ex tribus prædictis abeunte, reliqui duo aut unus ex eis aliam personam Ecclesiasticam pietate, doctrina & sanctimonia præstantem nominare, dictæque personæ sic pro tempore nominatæ, Visitatorem Monasteriorum Monialium hujusmodi dignè ac ipsa Monasteria, illorumque Abbatissas & Moniales.... regere & administrare; præsentes vero litteras semper & perpetuo validas, firmat & efficaces existere & fore, & suos plenarios & integros effectus sortiri & obtinere.

(c) *Partie xij. ch.* 78.

soumettre aux trois Superieurs qu'elles demandoient & qui sont désignez dans la Bulle. Voici le consentement de l'Evéque d'Angers : *Vu la Requête à nous présentée par les R.R. du Calvaire de cette Ville... A ce qu'il nous plaise qu'elles & celles qui seront après elles... soient & demeurent à perpetuité sujettes & soumises aux Superieurs (de ladite Congregation) pour être par eux régies & gouvernées en l'obéissance de leur regle & constitution : Nous entérinant ladite Requête, avons consenti & consentons les fins d'icelles, nonobstant les conditions apposées par notre Prédecesseur.* Ces conditions étoient la soumission à l'Ordinaire, que le précedent Evesque d'Angers, usant de son droit avoit reservée : & dont M. Claude de Rueil son successeur se désiste librement.

Le Cardinal de Rets, Evêque de Paris, consentit pour le Calvaire du Fauxbourg saint Germain, par le ministere de son grand Vicaire, en ces termes, *Nous vous permettons de vous transporter au susdit Couvent... d'y demeurer & d'y vivre précisement selon nos Regles & Statuts, sous l'obéissance des Superieurs, exprimez aux susdites Bulles Apostoliques.* On obtint aussi la permission de l'Abbé Saint Germain des Prez, à raison de sa Jurisdiction sur le Fauxbourg Saint Germain.

A l'égard de la Maison du Marais à Paris : *Nous Jean-François de Gondy.... permettons aux R. R. du Calvaire de vivre sous l'obéissance des Superieurs de ladite Congregation, selon leurs Regle & leur Constitutions.*

Les consentemens des autres Evêques Diocésains, qu'il seroit trop long de transcrire, sont équivalens, ensorte que suivant la Bulle de Gregoire XV. ils se demettent de leur autorité ordinaire, entre les mains des trois Superieurs majeurs, sans soumettre immédiatement la Congregation au Siége de Rome.

Voilà ce qui est confirmé & autorisé par les Lettres Patentes de Louis XIII. & Louis XIV. tant pour l'exécution de la Bulle d'Erection de 1621. & de 1622. que pour l'établissement des différentes Maisons ; ces Lettres Patentes, qui toutes sont enregistrées aux Parlemens, confirment le gouvernement établi dans les Bulles, sans y rien changer, sans parler du Pape, comme ayant part à ce gouvernement. La plûpart font une mention expresse de l'autorité des Superieurs établis conformement aux Lettres que le Roi en avoit écrites au Pape. Les Lettres Patentes de 1633. pour la Maison du Marais : *permettent aux Religieuses d'y vivre, & celles qui leur succederont ci-après à perpetuité, sous l'obéissance des Superieurs de ladite Congregation dans la regle & dans les Constitutions d'icelle.* Celle du mois d'Octobre suivant, pour la Maison de Mayenne ; celle du 21 Septembre 1638. pour la Maison de Rennes ; celles du mois d'Octobre 1672 pour la Maison de Machecoul, repetent précisément les mêmes termes, & toutes portent la même confirmation.

A des Titres si forts & d'autant plus dignes de vénération, qu'ils sont conformes à la plus saine Jurisprudence, & aux regles les plus sacrées, la Congregation du Calvaire a l'avantage de joindre toute la possession qui a suivi, & n'a jamais été troublée. Car où sont les Actes de supériorité exercez depuis cent ans par le Pape sur cette Congregation ? Quels Reglemens a-t'il faits ? Quels abus a-t'il reprimés ? A-t'il prononcé sur quelques plaintes, sur quelque demande, de la part d'une seule Maison ou d'une ſeule Religieuſe ? Lui en a-t'on même porté une ſeule fois depuis la naiſſance de la Congregation ? Jamais il n'a mis la main à une autorité, à laquelle il n'auroit pû toucher que par un abus & par une infraction incapable de lui acquerir aucun droit.

Une ſeule objection, pourroit être oppoſée ; elle ſe tire de la Bulle d'Urbain VIII. du 20 Octobre 1625. où il appelle les Superieurs du Calvaire, *ſes Déléguez*, d'où l'on voudra peut-être inferer, que le Pape peut les révoquer.

1°. Il ſuffiroit de répondre que le terme de Delegués, ni aucun autre approchant, ne ſe trouvent dans les Bulles précedentes de Gregoire XV. de 1621. ni dans ſon Bref de 1622. qui établit la maniere de nommer à perpetuité les Superieurs, ni enfin dans aucune Lettre Apoſtolique avant celle d'Urbain VIII. où il eſt une ſeule fois. L'état des Superieurs du Calvaire étant fixé, ſuivant toutes les pieces antérieures, & ayant reçu pour toute leur vie, & pour tous leurs Succeſſeurs, une autorité pleine & ordinaire, *omnimodam & ordinariam*, ils n'ont pû la perdre par une piece ſurvenue après coup, depuis le conſentement des Evêques Diocéſains, depuis les Lettres Patentes, & depuis que le Corps entier de la Congregation a eu ſes droits acquis, formés irrévocablement, & exécutés ſingulierement par l'obéiſſance que toutes les Religieuſes avoient vouée à leurs Superieurs, non comme delegués, mais comme poſſedant deſormais l'autorité en leur nom. Bien moins encore un changement & une innovation de ſi grande importance, peut-il être operé par un mot unique, qui tout au plus les ſuppoſe delegués, mais ne les rend pas tels, s'ils ne l'étoient auparavant.

2°. Des clauſes tout autrement favorables au Pape que le mot dont il s'agit, ont été jugées incapables de ſoumettre les Exempts à ſon gouvernement ; & cela non ſeulement par la force des véritables principes ſuivis en France, mais ſuivant les textes mêmes du Droit cánonique ſi flatteurs pour la Puiſſance Romaine, & qui plus eſt, ſelon les Decrets de ceux d'entre les Papes qui ont le plus outré leurs prétentions. Le Pape Boniface VIII. décide*, que ſi le Pape dans un privilege qu'il accorde à une Egliſe, dit que *le droit & la proprieté de cette Egliſe* appartient au Siege de Rome, elle n'eſt point pour cela exempte de l'Ordinaire, à moins qu'on ne le prouve d'ailleurs. *Si Papa in aliquo privilegio vel ſcripturâ non facta principaliter ſuper donatione vel ſententiâ exemptionis ſeu libertatis aliquam Eccleſiam ad jus & proprietatem Romanæ Eccleſiæ pertinere, vel conſimilia verba narret, non propterea illius Eccleſiæ exemptio eſt probata, niſi de libertate aliter doceatur.* Quoi donc ! le tranſport de l'Ordinaire au Pape ne peut être le fruit d'une clauſe auſſi puiſſante, auſſi étendue, que celle qui lui attribue le droit & la proprieté d'un Monaſtere ? Et l'on voudra que la foible (pour ne pas dire la fauſſe) énonciation de delegués, échappée une fois en paſſant, non ſeulement forme dans le Pape un droit qu'il n'avoit pas auparavant, mais que renverſant des Traités publics, elle arrache aux trois Prélats & à la Congregation un droit acquis, un état fixé à jamais ? Que deviendroit la foi publique ? Quel bouleverſement dans l'Egliſe & dans le Royaume, ſi le ſens litteral de chaque expreſſion des Bulles devoit ainſi triompher de la raiſon & de la juſtice ?

* *Cap. 10. de privilegiis in 6.*

3°. Mais il eſt aiſé de ſe convaincre plus pleinement encore en faiſant uſage des principes posés plus haut. Les Pasteurs du Calvaire ne sont point délegués du Pape, puisque la Jurisdiction qui leur est donnée, appartient originairement aux Evêques Diocésains qui ne les ont pas établis délegués du Pape, mais qui par une cession à perpetuité leur ont irrévocablement transporté leur pouvoir. Il faut se tenir invariablement attachés à la nature des Actes, déterminer par elle le sens de toute expression impropre, y ramener tout ce qui s'en écarte; autrement on se jette à chaque pas dans le précipice. En voici un exemple frappant. Gregoire XV. dit dans sa Bulle, que c'est lui qui de son autorité apostolique, soumet les biens meubles & immeubles de la Congregation du Calvaire à l'administration de ses Superieurs. *Monasteria cum omnibus eorum bonis mobilibus & immobilibus cujuscumque generis, speciei, valoris, naturæ & qualitatis existentibus ... administrationi Henrici Cardinalis de Retz, & subjicimus, supponimus & submittimus.*

D'autres Bulles donnent à des Communautés Religieuses le droit de recevoir des legs & des donations. Que l'on s'asservisse judaïquement à la lettre de pareilles clauses, on en conclura la plus grossiere erreur, que les biens de la Congrégation du Calvaire, ou tout au moins le droit de les regir & de les administrer appartenoit au Pape, & que c'est lui qui en a commis le soin aux Superieurs majeurs; & interpretant cette commission comme on fait la délegation, on ajoutera que le Pape peut révoquer l'administration des biens, & la commettre à qui il lui plaira. Personne néanmoins ne tombe dans un pareil égarement: & par quel moyen en est-on préservé? C'est que le Pape n'ayant aucun droit sur le temporel, on voit clairement qu'il ne peut en donner à d'autres, & la force de cette vérité l'emporte sur toute expression contraire. Les droits spirituels étant d'un ordre infiniment superieur aux temporels, meritent bien qu'on en raisonne avec la même justesse & le même discernement, & qu'on ne s'aveugle pas jusqu'à ne point voir que l'autorité du gouvernement dans les Superieurs du Calvaire, n'étant autre qu'un droit donné à eux seuls par les Evêques Diocésains, il est impossible que ce soit une délegation du Pape.

4°. Enfin la méprise seroit étrange de croire amovibles tous ceux qui sont qualifiés *délegués*. On connoît deux sortes de délegués, les uns révocables, les autres inamovibles & perpetuels, ausquels on donne quoiqu'improprement le nom de délegués; il suffit pour s'en convaincre de rapporter un exemple incontestable, où le terme de délegués soit employé par rapport à des droits perpetuels & inamissibles. Le Concile de Trente fait mention de plusieurs droits que les Evêques Diocésains doivent exercer même sur les Monasteres exempts. Par exemple, (*a*) procéder contre les Reguliers exempts qui commettent des crimes hors du Cloître: (*b*) Avertir paternellement (*c*) les Superieurs Reguliers de vivre & de faire vivre ceux qui leur sont soumis dans l'exacte observation de leur Regle: (*d*) Réduire sous leur autorité les Monasteres de filles exempts, qui un an après la publication, ne se réduiroient pas en Congregation. Dans toutes ces fonctions le Concile Trente,

(*a*) *Sess.* 5. *cap.* 2. *de refor.*
(*b*) *Sess.* 6. *cap.* 2.
(*c*) *Sess.* 21. *cap.* 8.
(*d*) *Sess.* 25. *cap.* 8.

présidé par les Légats du Pape, qualifie les Evêques Diocésains délegués du Saint Siege à cet effet, *tamquam quoad hoc Sedis Apostolicæ delegati.* Le Concile de Latran (*a*) en 1216. celui de Vienne (*b*) en 1312. avoient pareillement appellés délegués du Saint Siege les Evêques faisant ces sortes de fonctions, quoiqu'elles leur soient propres. Or la Cour de Rome ne prétend pas elle-même que ces fonctions que l'on vient de décrire, puissent être enlevées aux Evêques. Elle confesse avec toute l'Eglise, que c'est en eux un droit stable, permanent, inamissible. Ainsi la dénomination de délegués appliquée quelquefois aux Ministres irrévocables, n'emportant en aucune maniere la revocabilité, ne peut rendre revocables des Prélats qui ont d'ailleurs un titre perpetuel, tels que sont les Superieurs du Calvaire. Car pour ne parler que des Bulles, n'y est-il pas dit qu'ils posséderont leur autorité tant qu'ils vivront, *quoad vixerint aut eorum quilibet viexrit;* que cet établissement durera à perpetuité, *semper & perpetuò validas & efficaces*, ce qui est incompatible avec l'idée de revocabilité; que leur jurisdiction est pleine, entiere & ordinaire, *omnimoda seu ordinaria jurisdictio.* Pour les enraciner plus profondement encore, ils ont le pouvoir de se donner sans fin des Successeurs perpetuels, & leur droit est affermi par une possession qui n'a jamais été interrompue. *Bulle de Gregoire XV.*

5°. Ce qui tranche en un mot, le Bref où ce mot est inseré, n'a jamais été enregistré.

Après les principes & les titres qui viennent d'être exposés, le Bref de Clement XII. n'est-il pas absolument insoutenable?

Que pour concevoir une magnifique idée de la grandeur du Pape, on rassemble tout ce Jesus-Christ lui a donné de pouvoir, tout ce que les Conciles generaux, & les conventions humaines y ont ajouté, il en résultera que ce qu'il ne peut, ni comme Pape, ni à titre particulier, il ne le peut point du tout; cela est de la derniere evidence.

Que l'on se rappelle tous les Actes de pouvoir immédiat exercés par le Bref de Clement XII. (il y regne un autre abus, qui est d'être arbitraire, on le verra dans la suite, on ne les considere ici qu'en ce que le Pape agit comme revêtu de l'immédiate autorité.) Se mettre en la place du Visiteur, & des Evêques superieurs, que l'on prive sans sujet de leurs fonctions; visiter, regir la Congregation au préjudice du gouvernement, soin, administration, jurisdiction pleine, ordinaire & perpetuelle qui leur appartient; leur nommer des Successeurs qu'ils ont droit de nommer; attirer & concentrer en soi tous droits d'administration, nomination, élection qui sont propres à la Congrégation, à ses Maisons, aux personnes qui la composent; changer, abroger, détruire les anciens Statuts, en faire de nouveaux, transformer le Corps entier; s'approprier un tel ministere jusqu'à le déleguer: voilà en partie ce que fait le Pape, & ce qui ne lui est pas permis ni en qualité de Pape, (puisqu'il ne le pouvoit sur la Congregation avant l'exemption) ni par les titres particuliers du Calvaire. Et combien en sont-ils éloignés? Il n'en a donc le pouvoir en aucune sorte. Son Bref en tout ce qu'il contient, manque par le plus grand de tous les défauts, qui est le défaut de pouvoir.

(*a*) *Capit. in singulis X. de Statu Monachor.*
(*b*) *Capit. attendentes 2. in Clementinis de Statu Monachorum.*

SECONDE PARTIE.

Où l'on prouve en particulier les abus du Bref, même en supposant que la Congregation du Calvaire est du genre de celles qui se disent immédiatement soumises au Saint Siege.

En faisant cette supposition, les Religieuses du Calvaire n'oublient pas qu'elle est contraire aux Titres ausquels elles protestent une éternelle fidelité; mais le mal renfermé dans le Bref sera plus approfondi, quand on verra que même en supposant le Calvaire semblable aux Congregations qui se disent immédiatement soumises au Pape, le Bref est encore abusif dans ses dispositions, dans ses motifs, dans son execution, dans ses conséquences.

MOYENS GENERAUX D'ABUS.

Le Bref de Clement XII. n'est dans toutes ses dispositions que dérogation aux Droits, Statuts, Constitutions, Privileges & Usages de la Congregation du Calvaire, autorisez par le concours des deux Puissances.

Par les Statuts, les trois Superieurs majeurs sont perpetuels, inamovibles; ils ont autorité pleine, entiere & ordinaire, & ne peuvent par conséquent être suspendus ni déplacez que pour crime judiciairement avéré. Ils ont pouvoir de se nommer des Successeurs, qu'ils choisissent d'ordinaire entre ceux que la Congregation a droit de presenter. C'est à eux d'établir un Visiteur, qui leur est comptable de son administration: eux & lui ont le droit de visite, de correction & de reformation. C'est à la Congregation qu'il appartient d'élire la Génerale, les Assistantes, les Prieures, & de confe-rer les autres Offices & ministeres. Les fonctions & la durée de toutes les superioritez sont reglées par les Constitutions de l'Ordre, ainsi que le tems, la maniere & la forme des élections & des nominations.

Tous ces Reglemens sont renversez par le Bref: il rend les Superieurs majeurs révocables à la volonté du Pape, qui délegue le pouvoir de les écarter arbitrairement: lui-même par provision il les suspend sans sujet; il s'attribue à leur préjudice le droit de visite & de correction, celui de leur nommer des Successeurs, celui d'établir le Visiteur & de lui faire rendre compte: il s'empare de tous les droits de présentation, d'élection & de nomination qui appartiennent à la Congregation en corps ou à ses differens membres: il communique tous ces droits & tout ce régime à M. l'Archevêque de Paris, en qualité de Commissaire Apostolique, & donne à ce Prélat & à son Conseil la faculté de changer le tems, la maniere, & la forme des nominations & des élections, nonobstant tous Reglemens, Constitutions, Statuts, de quelque autorité qu'ils soient affermis. Par un renversement si géneral le Bref se propose, dit-il, de réformer les abus, *s'il s'y en étoit glissé quelques-uns: si qui fortasse irrepserint abusus.* Ainsi le Bref lui-même n'accuse la Congregation d'aucun abus; aussi le Public lui rend cette justice, qu'elle n'a pas besoin de reforme. Le Pape agissant avec un tel empire, declare qu'il le fait *pour causes à lui connues: de causis nobis notis.*

A considerer d'abord, sous une vûe génerale, cette foule de dérogations, qu'il faudra discuter ensuite chacune en particulier; elles sont visiblement l'exercice l'exercice d'un pouvoir arbitraire & sans bornes. Si elles ont lieu, elles renversent l'un des fondemens de nos Libertez, qui consiste à ne point reconnoître dans le Pape un tel pouvoir, & à tenir pour certain qu'il ne peut deroger aux Reglemens Ecclesiastiques reçus dans l'Eglise de France, & confirmez par l'autorité Royale. Une doctrine si constante & si salutaire, qui a ses preuves dans la Tradition de tous les siecles, & sa source dans la parole de Jesus-Christ, condamne les dispositions du Bref, sans qu'il soit besoin de plus grande discussion. Mais puisque le Bref s'efforce de détruire cette doctrine, sinon dans toute son étendue, au moins dans son application aux Statuts, Coutumes & Reglemens particuliers des Eglises, & d'une Congregation Religieuse liée par vœu d'obéissance, & que le Pape suppose immédiatement soumise à son Siege; la verité paroîtra dans un plus grand jour en retraçant les saintes Regles & les Loix souveraines, qui établissent que les Papes ne peuvent déroger aux Statuts, même particuliers, & que ni la soumission qualifiée immédiate, ni le vœu d'obéissance, ne les mettent point en droit de changer les Statuts Monastiques, mais ajoutent au contraire une nouvelle obligation, à celle où ils sont déja, de les conserver inviolablement.

Si l'on consulte nos Libertez, on y voit qu'en declarant ne point reconnoître dans le Pape (*a*) un pouvoir *arbitraire & infini*, elles mettent au nombre des Regles qui *bornent* son autorité, non seulement (*b*) le *Droit divin & naturel*, & (*c*) *les Canons des Conciles généraux reçus en ce Royaume*, mais encore les *louables Coutumes & Statuts des Eglises; non seulement ce qui est de Droit commun, mais encore* (*d*) *les prérogatives de ce Royaume & de son Eglise, les privileges, droits & franchises*, (*e*) *les exemptions des Chapitres, Corps, Colleges, Abbayes, Monasteres*, en un mot, tout ce qui n'étant pas contraire à la foi ni aux bonnes mœurs, a reçu le caractere de Regle dans l'Eglise & de Loi dans l'Etat. Voilà ce qui est écrit dans la rédaction de nos Libertez, soutenu par une multitude de monumens publics, reconnu par le Clergé de France, singulierement dans sa Declaration de l'année 1682.

La Loi est génerale: les Abbayes & Monasteres y sont compris, quoique la plûpart se qualifient immédiatement soumis au Saint Siege, & qu'ils soient engagez aussi-bien que le Calvaire par le vœu d'obéissance; c'est une Regle invariable dans l'Eglise; c'est une Loi du Royaume; la dérogation aux Statuts, Usages, Privileges, même particuliers, n'y est point soufferte; la soumission au Pape qualifiée immédiate, ne peut lui fournir un prétexte pour les détruire ou les changer.

Il n'est pas besoin à chaque écart d'un Prélat, à chaque entreprise de la Cour Romaine, de remonter aux autres preuves de cette doctrine; elle est gravée dans le cœur de nos Rois, de leurs Magistrats, de leurs Peuples; elle a, par sa notorieté, des forces suffisantes, pour réprimer tout ce qui, comme fait le Bref dont il s'agit, s'éleve contre elle. L'Eglise de France la conserve

(*a*) *Libertés, art.* 5.
(*b*) *Ibid. art.* 79.
(*c*) *Ibid. art.* 5.
(*d*) *Libertés, art.* 79.
(*e*) *Ibid. art.* 79.

comme un dépôt, l'Etat la défend & la protege comme un de ses fondemens; nous en sommes en possession, & personne ne peut nous l'arracher.

Mais combien l'abus des dérogations & des changemens arbitraires entrepris par le Bref de Clement XII. seront-ils plus manifestes, si l'on fait attention que la censure en est toute dressée dans les monumens sacrez de la Tradition, dictée même par les Pontifes les plus éclairez & les plus saints qui ont rempli le Siege de Rome? Ils ont professé à la face de l'Eglise Universelle & avec ses applaudissemens, qu'il ne leur est pas permis de changer même les Statuts particuliers, les Usages louables, & les Privileges canoniquement établis. Rappellons donc au moins quelques-uns des anciens témoignages si souvent reclamez, & par-là même devenus plus pressans encore & plus dignes de vénération.

A l'occasion de quelques Privileges particuliers de certains Sieges, le Concile de Nicée fit ce Canon digne d'une si sainte Assemblée : (*a*) *Que l'on garde l'ancienne coutume, que l'on conserve aux Eglises leurs privileges: Antiqua consuetudo servetur, suis privilegia serventur Ecclesiis.* Les Papes, (*b*) qui tant de fois se sont déclarez, comme ils le devoient, obligez à garder les Canons des Conciles, & nommément ceux de Nicée, ont reconnu par-là qu'ils ne peuvent détruire les privileges des Eglises.

N'y a-t'il pas des Canons tout semblables dans le Concile d'Ephése (*c*) & dans le second de Calcedoine? (*d*)

C'étoit pour maintenir des Reglemens particuliers, que le Pape Zozime disoit : (*e*) » Revenir contre les établissemens faits par les Peres pour „ durer dans l'avenir, c'est faire injure non seulement à leur sagesse & à leur „ prudence; mais en quelque sorte à la foi de la discipline catholique. “

Le Siege d'Arles avoit des privileges qui diminuoient l'autorité & la liberté de quelques Sieges voisins; mais parce qu'ils avoient été canoniquement établis, & que le Saint Siege les avoit confirmez, les Conciles de France ni les Papes ne se crurent point permis d'y donner atteinte, pas même pour ramener les choses au Droit commun. Proculus Evêque de Marseille, & Simplicius Evêque de Vienne ayant entrepris sur ces privileges; le même Pape Zozime leur écrivit : (*f*) » C'est une hardiesse indécente & un mal „ qu'il faut rejetter dès son commencement, que d'exiger d'Evêques assem„ blez en Concile qu'ils changent ce qui a été arrêté par les Peres. Cela n'est „ pas non plus (ajoute-t'il) au pouvoir du Siege que je remplis. Nous

(*a*) *Canon. 6.*

(*b*) *Zozim. Epist. 7. Leo Magnus Epist. ad Anatolium & Epist. ad Synod. Calced. Martini Papæ Epist.* 11.

(*c*) *Canon.* 8.

(*d*) *An.* 15. *cap.* 1.

(*e*) Cum adversus Statuta Patrum venitur, non tantum illorum sapientiæ atque prudentiæ qui in ævum victura sanxerunt; sed ipsi quodammodo fidei catholicæ disciplinæ irrogatur injuria. *Tom. 2. Concil. col.* 1568.

(*f*) Indecens ausus & in ipso vestibulo resecandus, hoc ab Episcopis ob certas causas Concilium agitantibus extorquere, quod contra Statuta Patrum & Sancti Trophimi reverentiam qui primus Metropolitanus Arelatensis ex hac Sede directus est, concedere vel mutare ne hujus quidem Sedis potest autoritas. Apud nos enim inconvulsis radicibus vivit antiquitas, cui decreta Patrum sanxere reverentiam. *Tom. 2. Concil. col.* 1570.

„ n'arrachons point ce que les Anciens ont planté : leur autorité toujours „ vivante nous oblige à garder inviolablement leurs Decrets.“ Pareillement les Papes (*a*) Symmaque & Gregoire (*b*) le Grand ont reconnu qu'ils ne pouvoient rien faire de contraire aux privileges du Siege d'Arles. Clement XII. auroit-il donc plus de pouvoir pour renverser, non seulement des privileges, mais des Statuts & Reglemens conformes au Droit, affermis par le concours de quantité d'Evêques, par l'approbation du Saint Siege, par l'autorité souveraine & pour les arracher à une Congregation édifiante, qui par le vœu solemnel en a promis l'observation à Dieu même ? Pourquoi seroit-il maître de les abroger despotiquement contre la nature de son ministere, si bien exprimée par le Pape Celestin premier, quand il dit : (*c*) *Que les Regles nous dominent, & ne les dominons point ; soyons soumis, & que notre soumission consiste à observer les préceptes des Canons.*

Le Bref, qui détruit les Statuts du Calvaire munis de l'autorité du Saint Siége, & de quantité d'autres, peut-il être de quelque valeur aux yeux-mêmes des Papes, qui tiennent pour maxime constante, que *tout Décret qui leur a été surpris contre le jugement de leurs Prédecesseurs est absolument nul.* C'est ce qu'avoua le Pape Hilaire (*d*) en révoquant un Rescrit, par lequel il avoit blessé les Privileges de l'Evêque d'Embrun : *Nous ne voulons pas*, dit-il, *que les Privileges des Eglises qui doivent être conservez à perpétuité, soient troublez ; car ce seroit non seulement pécher contre les Ordonnances des saintes Traditions, mais faire injure à Dieu même.* „ Si un Pape viole les Décrets „ de ses Prédecesseurs, (ce sont les termes de Symmaque) (*e*) cette va„ rieté de sentimens blesse la Sainte Religion ; toute sa Puissance est brisée ; „ si ce qui a été une fois établi par les Prêtres du Seigneur ne demeure pas „ perpetuel, ce malheur arrivera, si le Successeur ne maintient pas invariable„ ment les reglemens faits par son Prédecesseur, & ne leur accorde pas une con„ sistance qui serve d'exemple, pour respecter ce que lui-même ordonnera. Quel „ respect aura-t'on pour le Vicaire de Saint Pierre, si ce que chacun fait durant „ son Sacerdoce, se dissipe & s'évanouit quand ils ne sont plus ? “ En ceci la

(*a*) Nec aliquid à nobis potuit ordinari, nisi quæ à Patribus prædecessoribusque nostris hac causa constituta claruerunt. *Tom.* 1. *Concil. col.* 1242.

(*b*) Apud Gratianum, C. 3. *Causa* 25. *quæst.* 2.

(*c*) Dominentur nobis regulæ, non regulis dominemur ; simus subjecti, cum Canonum præcepta servamus. *Tom.* 4. *Concil. col.* 1710.

(*d*) Ut nihil adversus venerandos Canones, nihil contra sanctæ memoriæ decessoris mei judicium valeat, quidquid obreptum nobis esse constiterit. Nolumus namque Ecclesiarum privilegia, quæ semper servanda sunt, confundi ; quia non minus in sanctarum Traditionum delinquitur Sanctiones, quam in injuriam ipsius Domini prosilitur. *Hilarius Epist.* 4. *ann.* 465. *tom.* 4. *Concil. col.* 1038.

(*e*) Dum ad Trinitatis instar cui una est atque individua potestas, unum sit per diversos Antistites Sacerdotium, quomodo priorum Statuta à sequentibus convenit violari ? Huc accedit quod si eveniat hæc sententiarum varietas, ad ipsam sacrosanctam credimus Religionem pertinere, cujus omnis potestas infringitur, nisi universa quæ à Domini Sacerdotibus semel statuuntur, perpetua sint. Quod aliàs contingere poterit, si successor decessoris actibus non tribuerit firmitatem, & roboranda quæ gesta sunt faciat rata quæ gesserit. Quanta enim Vicariis B. Petri judicabitur reverentia, si quæ in sacerdotio præcipiunt, iisdem transeuntibus dissolvuntur. *Symmachus in Epist. ad Oenium Arelat. Episc.*

Doctrine d'Hilaire & de Symmaque a été suivie non seulement par les Papes (a) les plus exacts & les plus zelez observateurs des anciens Canons, mais par la Jurisprudence plus recente de la Cour Romaine. (b)

Agapet fournit un exemple d'autant plus décisif, qu'il soutient l'inviolable autorité des Regles dans la moindre de toutes les matieres. Il refusa de consentir à une alienation de terres d'une Eglise, parce que les Regles qui la défendoient, sont un obstacle insurmontable. (c) » Ce n'est pas, dit-il, » par une fermeté outrée, que je m'y oppose, ni par des vûes d'interêt „ temporel ; c'est que la crainte des jugemens de Dieu me met dans la né„ cessité de garder inviolablement tous les Décrets des Synodes. Quelles espérances ne doivent donc pas concevoir les Religieuses du Calvaire, puisque la Religion parle ici en leur faveur, non pas au sujet d'un bien temporel, mais pour conserver les droits les plus chers & l'état d'une Congregation édifiante?

Ils leur sont assurés par des titres si solemnels & si respectables, qu'on ne peut jamais mieux appliquer ce que déclare le Pape Pelage : (d) Qu'*après que les droits des Eglises sont formés, & plus encore s'il en a été dressé des Titres, nul Pontife n'a la licence de s'en écarter, quand même il le voudroit absolument.* Le Compilateur Gratien, lui-même n'a pas craint d'appliquer ceci nommément aux Privileges des Monasteres.

Saint Gregoire le Grand (e) ne pouvoit manquer de soutenir les mêmes véritez. „ Si je détruisois, dit-il, ce que mes Prédecesseurs ont établi, „ loin d'élever l'édifice, j'en serois le destructeur. La vérité nous assure que „ tout Royaume divisé contre lui-même, ne subsistera pas ; & qu'ainsi toute „ science, toute Loi divisée contre elle-même se détruira. " Et ailleurs : (f) „ A l'égard des Privileges Ecclésiastiques, il faut tenir pour certain que, de „ même que nous défendons les nôtres, nous conservons à chaque Eglise les „ siens. „ Dans une autre de ses Epitres, (g) ce Pape si bien instruit du droit Divin & humain, met au nombre des droits invariables, selon la Doctrine de toute l'Antiquité, les coutumes qui n'ont rien de contraire à la foi.

(a) Gelas ad Episc. Lucan. *cap.* 11. Gregorius magnus, *lib.* 5. *Ep.* 12. apud Gratianum 25. *quæst.* 1. *Pelag. Can.* 16.

(b) Alexander III. C. si quando 5. de rescriptis. Greg. VII. ad Hugonem. *Epist.* 31. *lib* 9.

(c) Nec tenacitatis studio aut sæcularis utilitatis causâ hoc facere credatis, sed divini consideratione judicii necesse nobis est quidquid Synodalis decrevit autoritas inviolabiliter custodire. *Tom.* 4. *Concil. col.* 1798.

(d) Postquam Ecclesiæ jura documentorum quoque interdicentium fuerint autoritate firmata, nullatenus ab his cedendi liberam Pontifex, vel si vult, permittatur habere licentiam. *Caus.* 25. *quæst.* 2. *c.* 21.

(e) Si ea destruerem quæ Antecessores nostri statuerunt, non constructor, sed eversor esse justè comprobarer, testante veritatis voce quæ ait, omne regnum in seipsum divisum non stabit. *Ibid. Can.* 4.

(f) De Ecclesiasticis disciplinis... sicut nostra defendimus, ita singulis quibusque Ecclesiis sua jura servamus. *Can.* 8. 25. *quæst.* 2.

(g) Consuetudinem quæ tamen contra fidem Catholicam nihil usurpare dignoscitur, immotam permanere concedimus. *Lib.* 2. *Epist.* 75. apud Grati. *D.* 12. *cap.* 8. & per totum.

Combien de Papes ont dit, comme Martin I. (*a*) „ Nous sommes les „ executeurs des Canons, & non des prévaricateurs ? “

Le même Esprit s'est perpétué dans tous les siecles. Jean VIII. écrivoit à Charles le Chauve : (*b*) „ Il faut que nous conservions sans altération un „ Privilege de l'Eglise de Dieu, sans y faire bréche ; autrement ce seroit passer „ les bornes que nos Peres ont posées : nous ne pouvons rien contre ce qui a „ été établi par nos anciens.

De qui n'est pas connue la profession solemnelle des Papes lors de leur promotion, (*c*) où „ ils promettent de ne point diminuer, ni changer les Tra„ ditions qu'ils ont reçues de leurs Prédecesseurs, & de n'admettre aucune „ nouveauté ; mais de les suivre, observer & venerer de toutes leurs forces, „ comme de fidéles Disciples ?

Si le Pape n'a pas le pouvoir de détruire les Regles, d'un autre côté en les changeant, il blesseroit les droits de la Puissance souveraine. „ Que *cha*„ *que* Province, (*d*) dit le Pape Pascal II. jouisse des Regles établies dans „ l'étendue de ses limites ; car nous ne pouvons aller contre les saintes Cons„ titutions de nos Peres ; nous ne voulons, ni que la puissance des Princes „ diminue la dignité Ecclésiastique, ni que la dignité Ecclésiastique retran„ che rien de la puissance des Princes.

De même encore Clement VIII. à la fin du seiziéme siecle, exclut toute dérogation. (*e*) „ L'Eglise de Dieu ne se doit pas régir suivant les usages de la „ Politique, ni suivant les usages Militaires ; mais selon les préceptes des Ca„ nons & de mes Prédecesseurs en ce Siége.

Qu'il est consolant de voir les Conciles œcumeniques, réverez de tout le monde Chrétien, & le Siége de saint Pierre, rendre témoignage à la Doctrine maintenue perséveramment par l'Eglise de France ! Il y a des forces invincibles dans ce concert de lE'glise Universelle, qui rejette de son ministere tout pouvoir arbitraire. Mais on est encore tout autrement pénetré de la vérité de cette maxime & de son immutabilité, quand on sçait qu'elle est établie par l'Evangile.

(*a*) Defensores divinorum Canonum sumus, non prævaricatores, quandoquidem prævaricatoribus conjunctæ manifeste retributiones sunt. *Epist.* 5. ad Joan. Philadelphiæ Episc. *Epist.* 9. Felix III. *Epist.* 7. ad Vatranionem Episc.

(*b*) Ecclesiæ Dei privilegium nos decet immutilatum solemniter conservare, ne in aliquo Patrum terminos præterire videamur ; contra Statuta majorum agere nequivimus. *Epist.* 231. ad Carolum Regem.

(*c*) In libro quoque Pontificum qui dicitur Diurnus, ita continetur de Professione Romani Pontificis : Nihil de Traditione quam à probatissimis prædecessoribus meis traditam & servatam reperi diminuere, vel mutare, aut antiquam novitatem admittere, sed ferventer ut eorum discipulus & sequipeda totis mentis meæ conatibus, quæ tradita canonicè comperio observare ac venerari profiteor. *Ivo. Epist.* 60. *ad Hugonem Lugd. Episc.*

(*d*) Unaquæque Provincia justitiæ suæ limitibus perfruatur : nec enim possumus manifeste Sanctis Patrum nostrorum Constitutionibus obviare. Nec enim volumus aut pro Principum potentiâ Ecclesiasticam minui dignitatem, aut pro Ecclesiasticâ dignitate Principum potentiam mutilari. *Epist.* 29 ad Basilium Hierosolymitanum Regem.

(*e*) Non est more Politiæ gubernanda Dei Ecclesia aut more castrorum, sed juxta Sacros Canones & jure præscripta à Majoribus nostris in hac sanctâ sede. *Mem. de Nevers, tom.* 2. *pag.* 641.

La Tradition nous rappelle à cette source divine : on y voit que la Puissance établie par J. C. ayant pour fin les biens spirituel, a été donnée pour *édifier & non pour détruire* : *In ædificationem non indestructionem*. Les hommes ne pouvant parvenir à cette fin que par l'obéissance intérieure à la vérité, & par une conduite formée sur ses enseignemens, il a fallu que le ministere qui les y conduit, ne ressemblât pas au Gouvernement des Princes Temporels, qui commandent avec empire. *Principes gentium dominantur eorum & qui potestatem habent super eos Benefici vocantur (a) vos autem non sic.*

Au contraire le ministere Ecclésiastique ne doit employer que la douceur, l'humilité, la charité, la persuasion, dont la force oblige à se soumettre même aux censures ; chaque Pasteur est un Ministre, (*b*) l'homme le doit regarder comme un dispensateur comptable de sa fidélité envers l'Egise à qui le fond du pouvoir appartient. Un Pasteur qui porteroit atteinte aux Reglemens Ecclésiastiques une fois établis & reçus par le Corps entier qu'ils interessent, violeroit à la fois tous ces préceptes divins.

Ainsi nos Libertés en nous assurant, que le Pape ne peut exercer aucun pouvoir arbitraire, pas même sur les Societez Religieuses, ne font que suivre la Doctrine de l'Antiquité & les préceptes de J. C. C'est pourquoi les Regles & les Statuts Monastiques, loin d'être flexibles au gré des Superieurs, sont permanens & inviolables, autant que les autres Reglemens Ecclésiastiques, & le sont encore par une autre consideration tirée des vœux.

Après que des personnes ont librement rénoncé à leurs biens, à tout ce qu'elles avoient droit d'espérer dans le monde, à leur famille, à leur liberté, pour vivre sous une Regle fixe & certaine, sous une forme de gouvernement qu'elles ont choisie entre celles qui sont autorisées, il seroit contraire à l'équité naturelle & à l'humanité d'abroger cette Régle & ces Statuts ausquels elles sont fidéles, & de leur imposer malgré elles le joug d'une autre Regle & d'une autre sorte de gouvernement auquel elles n'ont pas promis d'obéir.

Mais, ce qui mettroit le comble à l'injustice d'une pareille transformation, elle porteroit une atteinte mortelle au vœu d'obéissance ; il seroit contraire à la Religion de J. C. de s'engager à suivre indistinctement toutes les volontez d'une personne faillible. Le vœu d'obéissance consiste à observer une Regle certaine & des Statuts certains, & par conséquent à obéir aux Supérieurs, conformement à la Regle & aux Statuts qu'on embrasse. Telle est l'essence & la nature du vœu d'obéissance, & elle est disertement exprimée dans la formule de celui que prononcent les Religieuses du Calvaire, qui est conçu en ces termes : *Je fais vœu à Dieu toutpuissant... & promets obédience selon les Statuts de la Congregation.* Ce redoutable engagement est donc attaqué dans ce qu'il a de plus essentiel : Le Bref en dérogeant aux Statuts, entreprend de rompre un Contrat indissoluble. Les vœux sont volontaires ; nulle Puissance ne peut contraindre à les faire, ni les détruire, quand ils sont légitimement faits. Il est libre aux Sujets de choisir, selon leur force & leur attrait, celui d'entre les Instituts approuvez, auquel ils veulent se lier par le vœu : le choix une fois fait, & la Regle embrassée, forment avec Dieu un engagement indissoluble dont toutes les clauses doivent également être

(*a*) *Luc. XXII. 25.*
(*b*) *Corinth. 1. cap. 4.*

observées par ceux qui s'y sont assujettis & maintenus par les Superieurs légitimes, qui ont reçu l'autorité pour édifier & non pour détruire.

Personne après cela ne se laissera séduire par le terme de soumission immédiate, jusqu'à croire qu'elle mette le Pape en droit de franchir les Regles. Avant le moment de l'exemption d'un Monastere, ni l'Evêque Diocésain, qui est son Superieur naturel, ni le Pape, ni l'Eglise-même n'avoient sur lui aucun pouvoir arbitraire. Comment se pourroit-il que l'exemption & la soumission au saint Siége (de quelque nom qu'on la veuille appeller) dénaturât à l'égard des Monasteres le pouvoir Ecclésiastique, changeât un ministere plein de douceur & d'humilité en domination absolue, la soumission Canonique en obéissance aveugle, l'immutabilité des Reglemens & des vœux en assujetissement à des ordres arbitraires & toujours variables? Il est donc de vérité immuable que, quand l'on soumet les exempts au saint Siége, c'est pour *attirer sa protection, & non pour être dominé*, comme le dit en cette occasion un de nos Rois. (*a*) Et comment la licence de détruire les Regles, naîtroit-elle de l'immédiatité, qui selon les Loix & la Discipline présente, n'est pas réconnue en France? Effectivement tous les Monasteres qui se disent immédiatement soumis au saint Siége, ont, ou doivent avoir dans le Royaume des Superieurs, qui tiennent le milieu entr'eux & le Pape. Si quelque Monastere n'avoit point de tels Superieurs & *se prétendoit sujet immédiatement au saint Siége Apostolique*, il est tenu, selon l'Ordonnance de Blois, (*b*) de *se réduire à quelque Congregation de son Ordre en ce Royaume, en laquelle*, dit l'Ordonnance, *seront commis Visiteurs pour faire executer, garder & observer ce qui aura été arrêté pour la discipline réguliere; & en cas de refus ou délai, il y sera pourvû par l'Evêque.* Ainsi nommément dans le fait de visite dont il s'agit dans le Bref de Clement XII. aucun Monastere François n'est soumis immédiatement au Siége de Rome. Le seul parti à prendre sur la qualification impropre de soumission immédiate, est de n'en tirer aucune conséquence, & de suivre les Ordonnances qui ne l'adoptent point; mais plûtôt la rejettent, n'appellant pas ces sortes de Monasteres immédiatement soumis, mais *qui se disent où se prétendent-tels.* On le voit dans les Ordonnances de Blois, (*c*) de Melun, (*d*) dans la respectable rédaction des Libertés, (*e*) & dans les Remontrances du Clergé à Henry III. en l'an 1588. (*f*)

Mais cette derniere observation est surabondante, la Congregation du Calvaire n'étant pas du genre de celles qui se disent immédiatement soumises au saint Siége. Ainsi s'évanouissent tous les vains prétextes, dont on se sert pour colorer le Bref. Les dispenses sans causes, fruits malheureux des siecles d'ignorance, sont hautement condamnées: Ce qu'il y a eu dans les derniers siecles d'hommes plus éclairez & plus saints, les qualifient une liberté effrenée contraire à l'Evangile, & une cruelle dissipation, dont ceux qui les obtiennent & ceux qui les accordent, rendront compte au Tribunal

(*a*) Charta Ludovici Regis filii, *ann. 939. Bibli. Cluniac. pag. 6.*
(*b*) Article 27.
(*c*) Ibid. 27.
(*d*) Article 3.
(*e*) Article 28. & 45.
(*f*) Tom. 6. des Memoires du Clergé, col. 111. & 113. & l'article accordé est conçu dans les mêmes termes.

de J. C. Quelle-est donc l'idée qu'il faut concevoir d'un Bref, qui fait bien plus que dispenser sans cause ; puisque contre les préceptes de J. C. & des Conciles, au préjudice de nos Libertez & de l'engagement sacré du vœu, il détruit les Statuts en eux-mêmes, & les arrache à une Congregation édifiante, qui veut vivre & mourir dans leur observation ?

Abus particuliers à chaque disposition du Bref.

I. Abus. Délegation de Visiteurs Apostoliques au préjudice du Visiteur ordinaire & des Supérieurs.

Pour descendre dans le détail des abus, le premier qui se présente dans le Bref de Clement XII. c'est la commission donnée aux Evêques Diocèsains pour visiter, comme Déleguez Apostoliques, les Maisons du Calvaire situées en leurs Diocèses. Afin d'éviter toute équivoque, fixons quel droit de visite leur est attribué ; car on en distingue plusieurs. D'abord la visite par premiere inspection, que les Canonistes nomment *premiere visite*, appartient à des Superieurs ou Ministres chargez d'y veiller : ce qu'ils ordonnent s'exécute, nonobstant l'appel, en matiere de correction Monastique. Si ces premiers manquent de faire la visite, ils doivent être sommez de remplir leur fonction ; & lorsqu'après les sommations Canoniques ils perseverent dans leur negligence, le droit de visite dans les Congregations qui se disent immédiatement soumises au saint Siége, passe aux Evêques Diocèsains. Dans le cas de négligence de ces derniers, constatée aussi par des sommations, la visite s'exerce par des voies dont il n'est pas question ici. Cet ordre fondé sur les Canons & les Ordonnances, ne peut être troublé sans abus.

Ce que Clement XII. entreprend par son Bref, c'est la *premiere visite*. Il l'exerce par ses Commissaires au lieu & place des Visiteurs & des Superieurs du Calvaire à qui elle appartient, & qu'il suspend sans sujet. Les Evêques Diocèsains qui acceptent cette commission, ne font pas la visite comme à eux légitimement dévolue ; (ce n'en est point ici le cas,) ils ne font autre chose qu'executer, en qualité du Deleguez du Pape, l'usurpation qu'il fait du droit de visite par premiere inspection. Or l'etablissement de tels Visiteurs blesse non-seulement les Statuts du Calvaire, mais encore les Loix publiques du Royaume & les Canons qui y sont reçus.

Les Titres constitutifs de la Congregation du Calvaire, lui établissent un Visiteur : *les trois Superieurs*, est-il dit dans la Bulle de Gregoire XV. *ou l'un deux en l'absence des autres, éliront & députeront ausdites Religieuses un Visiteur, qui durera seulement trois ans.* (*a*) Voilà qui est en même tems une portion de la discipline de l'Eglise de France, un Décret du saint Siege, & une Loi de l'Etat. Il y a donc abus manifeste de la part du Pape, qui s'empare de ce droit de premiere visite que les Statuts du Calvaire ne lui ont point donné, & qui l'exerce en dépouillant ceux à qui il a été confié.

Ce qui aggrave cet abus, il contrevient aux Ordonnances du Royaume. Ce n'est pas dans le Pape qu'elles reconnoissent le droit de visite des exempts, qui se disent immédiatement soumis au Saint Siége ; c'est dans leurs Superieurs réguliers, & dans leurs Visiteurs nommez par leurs Chapitres generaux : *Demeureront aux Abbés, Abbesses, Prieurs & Prieures la visitation & correction accoutumée sur les Religieux & Religieuses, faute d'observance de* leur

(*a*) Ipsis vel illorum cuilibet in aliorum duorum absentiâ dictarum Monialium visitatorem qui ad triennium duret... eligendi ac deputandi, &c.

leur Régle; c'est la disposition de l'Article II. de l'Ordonnance d'Orleans, parlant des Réguliers même exempts. L'Art. 20. ajoute : *Ordonnons & enjoignons aux Superieurs, Chefs d'Ordre de vacquer & proceder diligemment à l'entiere réformation des Monasteres de nos Royaumes & Pays de notre obéissance, selon la premiere institution, fondation & régle.*

De peur que la Cour Romaine ne s'ingerât de nommer des Visiteurs aux Monasteres qui n'en avoient pas, l'Ordonnance de Blois (a) déja citée, veut que *tous Monasteres qui ne seront sous Chapitres géneraux, & qui se prétendent immédiatement soumis au S. Siége, soient tenus dans un an de se réduire à quelque Congrégation de leur Ordre, en laquelle seront commis Visitateurs pour faire executer, garder & observer ce qui aura été arrêté pour la discipline réguliere.*

Il est évident après cela que le Pape n'a le droit de premiere visite sur aucun Monastere de France.

D'abord on le doit inférer du défaut de titre. Le Pape n'a pas le droit de visite sur les Monasteres considerés avant l'exemption : il ne l'a pas non plus par l'effet de l'exemption, puisque ce n'est pas à lui que les loix l'attribuent, mais aux Visiteurs accoutumés de chaque Congregation. Que s'ensuit-il de là, sinon qu'il ne lui appartient à aucun titre ? Lorsqu'il veut l'exercer, il tombe dans la double faute & de se l'approprier sans titre, & d'en dépouiller ceux à qui il appartient.

S'il en étoit autrement, il en résulteroit des consequences trop dangereuses que la France est bien éloignée d'adopter. Si c'est legitimement que le Pape délegue pour le Calvaire des Visiteurs par premiere inspection à la place du Visiteur & des Superieurs ordinaires qu'il suspend arbitrairement, il en pourra faire autant à plus forte raison sur les Congregations qui se disent immédiatement soumises au Saint Siege ; il ne tiendra qu'à lui de se rendre par ses Délegués le Visiteur universel, unique & perpetuel de tous les Ordres Religieux du Royaume. Cependant il est notoire que la France n'admet point une conséquence si propre à renverser le bon ordre. Elle rejette donc aussi le faux principe qui la produiroit nécessairement.

Les Ordonnances en effet l'ont tellement rejetté, qu'elles ne laissent pas un seul Monastere dans le Royaume, auquel le Pape puisse déleguer des Visiteurs par premiere inspection, pas même à ceux qui se disent immédiatement soumis au Saint Siege ; puisque, s'ils sont en Congregation, il leur est enjoint, plûtôt que de recevoir des Visiteurs délegués par le Pape, de s'unir à une Congregation pour avoir des Visiteurs propres.

D'autres dispositions d'Ordonnances excluent aussi le Pape de la visite. Ce sont celles qui portent que, quand les Visiteurs accoutumés, même des exempts qui se disent immédiatement soumis au Saint Siege, manquent à remplir leurs fonctions, c'est aux Evêques Diocésains à y veiller, après les avoir avertis & mis en demeure. Ainsi le Pape, à qui même il n'est pas permis de suppléer à la négligence des Visiteurs propres aux Reguliers, peut bien moins encore les dépouiller de leur droit pour se l'approprier.

Et de quelle qualité est la Congregation qu'il prive de ses Visiteurs ? Quand

(a) Article 27.

même elle ressembleroit à celles qui se qualifient immédiatement soumises au Siege de Rome, il y auroit abus dans cette *premiere visite*, exercée au préjudice des Visiteurs accoutumés. Il y en a un bien plus grand, puisque le Calvaire n'est pas du genre de ces autres Congregations, son exemption l'ayant soumise à des Superieurs particuliers & en titre, sans que le Pape ait aucun droit de la gouverner immédiatement.

A des preuves si convaincantes il s'en joint une nouvelle tirée de la loi generale, qui porte, que le Pape n'a dans le Royaume aucune jurisdiction par premiere inspection, ou *premiere instance*, en passant par-dessus les degrés intermédiaires de jurisdiction ou de superiorité, ou, comme on parle en cette occasion, *omisso medio*, pas même à l'égard des exempts qui se nomment immédiatement soumis au Saint Siege. Cette loi a également lieu & en matiere de jurisdiction contentieuse, & en matiere de jurisdiction qui s'exerce d'office, telle qu'est la visite. C'est une loi absolument nécessaire, pour ne pas laisser à la Cour Romaine la pernicieuse liberté de passer par-dessus tous les differens degrés de jurisdiction & de superiorité monastique, & par là les anéantir indirectement. Ce motif si interessant dans les Actes de jurisdiction contentieuse, quoique passagers & en quelque sorte exterieurs aux Monasteres, est plus pressant encore à l'égard de cette inspection & de ce jugement en premiere instance, qu'on nomme visite, correction, réformation, qui est d'exercice perpetuel & intime, consistant à examiner si la Regle, les Statuts & usages louables sont observés pour le spirituel & le temporel, à rendre des ordonnances pour la correction des abus, même à déposer les sujets qui le meritent. S'il a été important d'empêcher le Pape de connoître en premiere instance des causes des exempts, qui, s'il étoit permis de les lui porter en premiere instance, ne pourroient jamais l'être sans la volonté des Parties, & dont le mal-jugé se répare par voye d'appel; combien plus est-il nécessaire qu'il n'ait point le droit de visite qui s'exerce d'office sans être demandé, & où le jugement rendu s'exécute nonobstant l'appel? On ne peut donc éviter de reconnoître que toute loi qui refuse au Pape la jurisdiction en premiere instance, lui dénie entr'autres & principalement cette sorte de jurisdiction en premiere instance qui s'exerce par visite.

Ainsi, l'on a constamment appliqué aux exempts, & à la jurisdiction qui s'exerce sur eux par visite, les Articles de Pragmatique de Charles VII. repetés dans le Concordat, qui ordonnent de suivre les degrés de Jurisdiction ou de superiorité, sans qu'il soit permis d'appeller à qui que ce soit, pas même au Pape, en passant par-dessus les degrés intermédiaires; *si quis offensus coram suo Judice .... ad immediatum superiorem, per appellationem recursum habeat, nec ad quemcunque, etiam ad Papam omisso medio.*

C'est ce qui est encore marqué plus expressément dans l'Art. XLV. des Libertés. *Le Pape*, y est-il dit, *ni son Légat* A LATERE, *ne peuvent connoître des causes en premiere instance, ni exercer jurisdiction sur les Sujets du Roi, demeurans en son Royaume, Pays, Terres & Seigneuries de son obéissance, soit par citation, délegation ou autrement, * posé ores qu'il y eût consentement du Sujet, ni entre ceux*

* *Posé ores qu'il y eût*, vieux françois qui signifie, *quand même il y auroit.*

(a) De Causis, §. 2. Quæ attendens, §. Statuit, §. 3. In sub Umbra. *L'exception que le Concile de Constance sembloit faire dans le* §. Quæ attendens, *à l'égard des Exempts a été retranchée par la Pragmatique.*

même qui se disent exempts des AUTRES *Jurisdictions Ecclésiastiques, & immédiatement sujets quant à ce au Saint Siege Apostolique, ou dont les causes y sont légitimement dévolues ; pour le regard desquels, en ce qui est de sa jurisdiction, il peut seulement bailler Juges délegués ès Parties desdits Royaumes, Terres & Seigneuries, où lesdites causes se doivent traiter de droit commun.* Rien de plus general ; par nos Libertés, tout, sans exception est interdit au Pape en premiere instance sur les exempts, non seulement de connoître des causes contentieuses, mais en general *d'exercer jurisdiction*, de quelque maniere que ce soit, *par citation, délegation, ou autrement :* ce qui exclut nécessairement le Pape du droit de visite & par la generalité des termes, & par la force du motif, de ne point le rendre maître d'abolir les fonctions des Visiteurs ordinaires, en leur en substituant des Délegués. Le Pape ne peut donc connoître des causes des exempts, même par délegation sur les lieux, que quand elles lui sont dévolues par appel ; autrement il ne seroit plus vrai de dire que le le Pape n'a aucune jurisdiction en premiere instance sur les exempts, pas même par délegation ni autrement. Pour opposer encore une barriere à cette licence, il est défendu aux Congrégations de consentir d'être ni jugées en premiere instance, ni visitées par le Pape ou ses Délegués. C'est ce qui est marqué en ces termes, *posé ores qu'il y eût consentement du Sujet.* La Pragmatique & le Concordat disent la même chose, lorsqu'ils défendent aux Sujets de porter directement leurs affaires au Pape, en négligeant les Superieurs intermédiaires.

Que n'est-il possible de dire en combien d'occasions notables le Roi & les Parlemens ont protegé & maintenu une maxime si salutaire ? Bornons-nous à quelques exemples.

Les modifications apposées par les Lettres Patentes (*a*) de François I. & par l'Arrêt d'enregistrement aux Bulles de l'Evêque d'Ivrée Cardinal Légat en 1538. portent que suivant les Loix du Royaume, il n'aura sur les exempts, qui se disent immédiatement soumis au Saint Siége, aucune jurisdiction en *premiere instance par citation, évocation, subrogation ou autrement, encore que ce fût du consentement des Sujets.* C'est cette jurisdiction en premiere instance & par subrogation que Clement XII. s'attribue, en suspendant le Visiteur & les Superieurs du Calvaire, & leur subrogeant des Délegués.

Pareilles modifications s'apposent ordinairement aux facultés (*b*) des Légats. Les Gens du Roi du Parlement dans leur Avis (*c*) sur la Bulle de délegation de Gregoire XIV. au Cardinal de Lorraine en 1604. se plaignent de ce que *la visitation & recherche lui est attribuée sur les Reguliers de quelque Ordre qu'ils soient, même Mandians, au moyen de quoi*, ajoutent-ils, *il a connoissance des Causes Ecclesiastiques en premiere instance, & lui est loisible d'exercer jurisdiction sur les Sujets du Roi & demeurans en son Royaume ; ce qui est du tout contraire aux anciennes maximes tenues en France, laquelle n'a reconnu cette jurisdiction appartenir au Pape, voire à l'égard des Corps & Colleges qui sont immédiatement sujets au Saint Siege Apostolique.*

(*a*) Ibid. ch. 23. art. 46.

(*b*) Arrêt de Modification du 23 Juillet 1547. des Facultés du Cardinal de Saint-Georges au Voile d'or. Preuves des Libertés, chap. 23. n. 52.

(*c*) Ibid. n. 81.

Henri III. ne se crut pas permis de tolérer une entreprise du Pape sur un Visiteur particulier. Un Bref de Gregoire XIII. avoit donné commission à M. le Cardinal de Bourbon, & au Nonce, de visiter les Cordeliers contre leurs Statuts, qui leur donnent pour Visiteurs l'un des trois Provinciaux, droit que les Statuts lui attribuent sans parler du Pape; mais on jugea avec raison que le Pape est exclus, dès là qu'il n'est point parlé de lui. Le Procureur General du Roi appella comme d'abus du Bref, fit intimer l'appel au Nonce. (*a*) Paul de Foix, Archevêque de Toulouse, Ambassadeur auprès de Gregoire XIII. lui représenta de la part du Roi, qu'*après que les Statuts Ecclesiastiques étoient une fois reçus, autorisés & homologués par nos Rois & par les Cours de Parlement, on ne permettoit pas aisément qu'il y fût derogé, les tenans comme loix du Royaume; que bien souvent on appelloit comme d'abus de telles dérogations.* Ce sont les termes de Paul de Foix dans les Lettres où il rend compte à Henri III. de sa négociation. Le Pape *prit en bonne part ces représentations, sçachant que Roi, comme Protecteur des saints Decrets, est obligé de les maintenir.* Le Bref fut abandonné, le droit de visite resta entier au Visiteur ordinaire selon les Statuts.

Comment la France n'auroit-elle pas maintenu cette portion de ses Libertés, conservée jusques dans la Flandre, qui pour n'avoir pas toujours été soumise au Roi, a vû obscurcir une partie des siennes? L'Internonce ayant donné commission à l'Evêque de Namur pour visiter le Monastere de Gembloux *exempt*, &, selon le stile, *immédiatement soumis au Saint Siege*; & l'Evêque en vertu de la commission ou *autrement s'étant avancé de* visiter le *Monastere, plusieurs Prelats du Brabant conjointement avec le Prélat de Gembloux* représenterent que c'étoit une nouveauté contraire à l'exemption de ce Monastere; que l'Internonce *n'avoit pas pouvoir de donner de semblables commissions; ils demanderent que la commission & tout ce qui s'en étoit suivi fût cassé. Le Conseil souverain de Brabant rendit ainsi son Arrêt : La Cour permet aux Supplians de debattre de subreption & obreption les Lettres & la Visitation ensuivie; interdisant cependant tant à l'Internonce qu'à l'Evêque de Namur de rien attenter. Fait ce 26 Octobre 1648.* (*b*)

Revenons au Bref qui place dans le Pape la source & l'origine du droit de visite, d'où il le communique & l'enleve à qui il lui plaît. On y éleve sous ce nom de visite l'édifice d'une commission en premiere instance pour renverser, détruire, arracher, disperser; on y prononce, & on charge de prononcer sans forme des suspenses, des dépositions, des subrogations de superiorité, pendant que ce droit n'appartient au Pape ni par la dignité sublime de premier Pasteur, qui ne lui donne dans l'Eglise de France aucun pouvoir par premiere inspection, ni par les loix publiques, qui veulent que chaque Congregation, même soumise au Pape par privilege, ait ses Visiteurs propres & ordinaires; ni enfin par l'établissement du Calvaire, qui lui fixe les siens. Un tel renversement des regles est effraïant, néanmoins l'abus n'est pas encore montré dans toute son étendue.

Dans le cas de négligence des Superieurs de Reguliers, il est dévolu aux

(*a*) Epist. 36. de l'an 1582. pag. 358. 364. 377.

(*b*) Voyez la Piece dans Van-Espen, *in Appendice Monument. ad tract. de recursu ad Principem*, cotte A.

Evêques Diocésains un droit par l'inexécution des conditions sous lesquelles l'exemption a été accordée. *S'ils ont avis de quelque désordre dans aucuns des Monasteres exempts, ils doivent avertir paternellement les Superieurs d'y pourvoir dans six mois, & à faute d'y donner ordre dans ledit tems, ils peuvent y pourvoir eux-mêmes suivant les Regles & Instituts de chacun desdits Ordres & Monasteres.* Cela est établi par les Ordonnances (*a*) & par l'Edit du 29 Mars 1696. registré au Parlement.

La négligence des Evêques, si eux-mêmes y tomboient, est suppléée non pas par le Pape, mais par les Conciles Provinciaux : discipline universelle, que les Prélats du Concile de Trente, & (*b*) par conséquent le Pape, ont approuvée singulierement à l'égard de la visite des Exempts. Ainsi dans la supposition qu'il fallût égaler le Calvaire aux Congregations spécialement soumises au S.int Siege, le Visiteur propre du Calvaire n'est pas le seul qui soit dépouillé par le Bref, les Evêques Diocesains & les Conciles Provinciaux le sont aussi.

Par un excès plus déplorable, il se trouve des Evêques Diocesains qui prennent part au renversement. Au lieu de la surveillance qui leur convient pour rappeller les Superieurs des Monasteres à leurs fonctions quand ils les négligent, ils deviennent la main du Pape pour achever le dépouillement de ces Superieurs; ils s'avilisent en se portant pour simples déleguez du Pape dans un ministere qui dans le cas où ils peuvent l'exercer leur appartient en propre; ils se rendent participans de l'injustice que le Pape commet en s'appropriant ce pouvoir au préjudice des Superieurs du Calvaire, des Sieges Diocesains, des Conciles Provinciaux.

II. Abus. La révocation arbitraire des Supérieurs perpetuels & inamovibles.

La démonstration de ce premier abus sappe par le fondement toutes les autres dispositions du Bref, qui sont des actes de Jurisdiction en premiere instance; mais elles sont encore abusives par d'autres endroits.

On ne peut guéres en concevoir qui le soit davantage, que la destitution arbitraire des Superieurs perpetuels & inamovibles : plusieurs dispositions du Bref la renferment. Ils donnent commission aux déleguez de révoquer & de suspendre à perpetuité les Superieurs du Calvaire : *Cum facultate... Visitatorem generalem & Superiores majores præfatos etiam quatenus opus amovendi atque in perpetuum suspendendi.*

Quoique cette révocation à perpetuité ne soit pas encore prononcée; c'est un abus déja ~~commencé~~ consommé, que de les décider révocables & de donner commission de les révoquer. Dès-à-présent le Bref suspend sans cause & sans forme ces mêmes Superieurs : *Omnem & quamcumque Visitatoris generalis ac Superiorum majorum dictæ Congregationis... superioritatem, visitationem, directionem, & administrationem autoritate Apostolicâ tenore præsentium omnino suspendimus*, &c. Suspense qui outre les autres nullitez qu'elle renferme, est invalide, si les Superieurs qu'elle frappe sont inamovibles. L'abus de ces révocations se manifeste en les comparant aux Titres qui ont établi les Superieurs de Congregation. Cette autorité si ample & si parfaite qui leur a été remise est qualifiée ordinaire; qualification, qui, dans le Droit,

(*a*) *Orleans, art.* 11. *Blois, art.* 30. *édit. de Melun en* 1580. *Lettres Patentes de* 1695. *art.* 18.

(*b*) *Sess.* 25. *cap.* 22.

comme dans l'Usage familier, s'employe par opposition aux commissions ou délegations révocables. Le soin, régime, jurisdiction, gouvernement, administration, leur appartient, non par emprunt, mais en propre; *omnimoda auctoritas* : elle est confiée à vie, *quoad vixerint aut eorum quilibet vixerit, omnimodâ & ordinariâ autoritate in dictas Moniales polleat.* Et ce qui n'appartient jamais à des Déleguez révocables, ils ont le pouvoir de se nommer à perpetuité des successeurs. Voilà un droit acquis à la Congregation & à ses Chefs; à l'une, de n'avoir que des Superieurs perpetuels & irrévocables; aux autres, de ne pouvoir perdre sans sujet leur pouvoir ni pour un tems, ni pour toujours. Les droits de perpétuité, d'irrévocabilité cimentez lors de l'établissement par le Pape, par le concours des Evêques Diocesains, par la demande & l'acceptation du Corps interessé, & par l'autorisation de la Puissance civile, affermis par la possession constante qui a suivi, sont inébranlables: nulle autorité ne peut destituer de tels Pasteurs, sinon pour crime judiciairement avéré; autrement on s'arrogeroit la domination arbitraire défendue par l'Evangile, par les saints Canons, par la doctrine de toute l'Eglise, & pour tout dire en en un mot, par nos saintes Libertez.

Cette premiere preuve tirée des Titres du Calvaire est convaincante; mais il seroit aisé de la fortifier, en faisant sentir le danger des révocations arbitraires, & combien elles sont contraires au Droit commun, selon lequel les Ordres mêmes, qui se disent immédiatement soumis au Saint Siege, ont en France des Superieurs perpetuels & inamovibles. Si on tolere une pareille entreprise, nulle dignité Ecclesiastique ne sera plus désormais fixe & irrévocable; Pasteurs, Vicaires perpétuels, Beneficiers, tous pourront être destituez arbitrairement par le Pape & sans aucune forme canonique. La Cour de Rome attentive à profiter de tout pour étendre ses droits & sa domination, ne manquera pas de s'autoriser d'un pareil exemple, & s'en fera un titre pour dépouiller tous ceux qui lui déplairont & qui ne seront pas aveuglément soumis à tous ses Decrets.

La France, qui refusant au Pape toute Jurisdiction en premiere instance, même sur les Exempts, ne lui permettroit pas d'instruire le procès & de prononcer en premiere instance la destitution pour crime de leurs Superieurs, trahiroit ses propres maximes, en souffrant que la Cour Romaine exerçât sur des innocens & sans forme de procès la destitution qu'elle lui défend de prononcer contre les coupables, même en suivant l'ordre judiciaire?

Que dans l'usage les Superieurs des Exempts soient inamovibles, il ne faut qu'en appeller à la notorieté publique. Qui a jamais oui dire que cette multitude d'Abbez & de Géneraux d'Ordres qui se disent singulierement soumis au Saint Siege, fussent révocables au gré du Pape ou de qui que ce soit? Qui ne connoît leur stabilité & le droit qu'ils ont de ne pouvoir être déplacez qu'en faisant leur procès? La force de cette maxime n'a-t'elle pas rendu irrévocables & perpétuels jusqu'aux Abbez Commendataires?

Si la soumission au Saint Siege, que les Religieux nomment immédiate, opéroit la révocabilité, elle l'opéreroit également à l'égard de toute superiorité, & des Chapitres Provinciaux & Generaux, comme n'exerçant qu'un pouvoir délegué. Il ne tiendroit qu'au Pape de révoquer, suspendre, interdire sans sujet les Abbés & les Chapitres Generaux de Cluni, Citeaux, Prémontré, & de tous les grands Ordres. Le Bref conduit à ces excès inconnus aux Decretales même des bas siecles. Si les Papes avoient prétendu un tel pouvoir, ils l'auroient enseigné dans leurs réponses; inferé dans les collections de leur droit, pratiqué fréquemment en écartant & déplaçant à leur gré tous les sujets qui leur auroient déplu. De la part des exempts, le libertinage des uns, la pieté des autres auroient également porté à demander au Pape la révocation des Superieurs qui leur auroient été à charge par leur séverité ou par leur rélâchement. Rome, attentive à s'accroître, auroit écouté, fomenté, protegé ces plaintes. Et sans se donner la peine de faire le procès à des gens qu'elle auroit pû écarter d'un trait de plume, elle les auroit destitués d'autorité absolue. Cependant on n'en trouve aucun vestige dans les recueils du Droit Canonique.

Le contraire est décidé & professé hautement par les Papes.

Les Bulles de Nicolas I. confirmatives de l'exemption du Monastere de Saint Calais, portent (a) „ qu'en conformité des SS. Canons, l'Abbé n'en „ pourra être deposé qu'en jugement & pour crime dont il aura été regulie- „ rement convaincu.

Benoît III. confirmant l'exemption de Corbie, accordée par les Evêques d'Amiens, les Archevêques de Reims & les Rois, & toute semblable à la précedente, applique à l'Abbé ce que S. Cyprien (b) dans un passage fort célebre avoit dit des Evêques. » Comme l'Abbé, dit ce Pape (c), tient dans „ dans son Monastere la place de J. C. il est véritablement le Pasteur des bré- „ bis qui lui sont confiées; & afin qu'il en exerce dignement la charge, il „ ne doit être dans la dépendance d'aucune domination Episcopale qui le „ trouble, mais il faut qu'il soit libre & ne connoisse de Juge que J. C. à qui „ il rendra compte de son troupeau. « Conséquemment le Pape (d) Nicolas I. confirmant le même privilege, ordonne que si l'Abbé est accusé de crime, il ne puisse être déposé qu'après un examen canonique & regulier: *Abbas .... criminis alicujus denotatione si fuerit appetitus, non præter canonicam & regularem deponatur examinationem.*

(a) Quod si fuerit infamiæ calumniis denotatus Abbas, ex regali providentiâ habeatur Episcoporum non minus quam Sex Conventus, quorum de numero Cenomanicus constituatur Episcopus, & eorum judicio *secundum Canones* illius causâ discussâ, *non aliter deponi possit* nisi reus manifestis certisque patuerit indiciis, &c. Sic itaque Abbas & electus à pluribus ordinatus Sacerdotali benedictione, nullo modo sui ordinis honore privari possit, nisi manifestis patuerit criminibus convictus. *Conc. Gall. tom. 3. pag. 224.*

(b) Singulis Pastoribus portio gregis est adscripta, quam regat unusquisque, rationem sui actûs Domino redditurus. *Epist. 55. ad Pamelii numeros.*

(c) Quoniam Abbas Christi vices in Monasterio creditur agere, Pastoris officium super creditas sibi oves habere cognoscitur; ut quæ dispensationis suæ ministerium exercere prævaleat digne, nullius debet perturbari potestate subjectus, sed ab omni Episcopali liber dominatione, Christum tantummodo judicem sustineat, cui redditurus est de creditis sibi ovibus rationem. *Spicileg. tom. 6. pag. 597.*

(d) Decernimus ut Abbas postquam electus fuerit & ordinatus, nullâ potestate prævalente dejiciatur nisi in criminis causâ fuerit deprehensus, cujus merito non debeat administrare officium. Infamiæ vero maculis seu criminis alicujus denominatione si fuerit appetitus, non præter canonicam & regularem deponatur examinationem. *Nicol. I. Conc. Gall. tom. 3. pag. 217.*

Le Concile de Latran (*a*) en 1179. veut que même les simples Prieurs triennaux ne puissent être deposés que pour causes manifestement justes, telles que d'être dissipateurs, incontinens, ou coupables de quelque autre crime.

Honoré III. dans le treisiéme siecle établit (*b*) les formes & les causes de déposition & de suspense des Abbés exempts.

Le Concile de Latran (*c*) en 1216. a fait un Canon tout semblable.

Ces autorités font la loi en Italie; leur conformité avec la raison conduit à les adopter en France, & à rejetter ce qui leur est contraire.

Avec quelle force ne s'opposa t'on pas sous Philippe le Bon Duc de Bourgogne (*d*) à une Bulle d'Eugene IV. qui, entr'autres abus, ôtoit à l'Abbé General de Citeaux le droit de Visiteur & de Réformateur de son Ordre, & de Président du Chapitre general, & transportoit ces droits à un autre au préjudice des Statuts de Citeaux & des Libertés du Royaume? Le Procureur Géneral de cet Ordre interjetta appel, selon le stile du tems, au futur Concile, au Pape mieux conseillé, & devant quiconque il est possible. » L'appel fut „ fondé sur la dérogation aux Statuts, Reglemens, définitions & privileges „ de l'Ordre de Citeaux, autorisés par l'usance publique & generale, confir- „ més par les Papes aussi bien que par les Princes.

„ Les Monasteres des Bernardines (*e*) de l'Ordre de Citeaux qui sont en Ita- „ lie, ayant été soustraits par Bulle de l'an 1580. à *l'obéissance*, *correction & visitation* de l'Abbé de Citeaux, Chef & General de tout l'Ordre, Henri III. „ fit faire de grandes instances auprès de Grégoire XIII. pour révoquer cette „ Bulle comme dérogeante aux privilèges & droits de superiorité acquis à „ l'Abbé de Citeaux par les titres de la fondation & institution de son Or- „ dre, approuvés par le Saint Siege, & confirmés par les Rois ses Prédeces- „ seurs: à quoi le Pape ayant tel égard qu'il devoit, révoqua l'effet desdites „ Bulles.

Puis que le droit acquis à un Superieur François de gouverner des Monasteres, situez hors du France ne peut lui être soustrait, combien moins celui de gouverner des monasteres dans le Royaume?

L'avis donné à Rome (*f*) par une Congregation de Cardinaux, & approuvé par Innocent XI. déclaroit nulle l'élection du Ministre général de l'Ordre de la Sainte Trinité, faite en 1786 au Monastere de Cerfroid, & vouloit que selon des Constitutions qui n'avoient encore d'autre autorité que l'approbation d'Alexandre VII. le Géneral de cet Ordre étendu hors de la France, fût élû par les Religieux de toutes les Provinces qui le composent, ce qui étoit contraire à l'usage selon lequel cette élection avoit toujours été faite par les Religieux

(*a*) Priores autem cum in Ecclesiis conventualibus per electionem Capitulorum suorum Canonice fuerint instituti, nisi pro manifestâ & rationabili causâ non mutentur, videlicet si fuerint dilapidatores, si incontinenter vixerint, aut tale aliquid egerint, pro quo amovendi merito videantur. *Cap. Monachi X. de Statu Monachorum.*

(*b*) Si dilapidator aut aliàs merito amovendus fuerit... hoc eadem circa exemptos Abbates fieri præcipimus per Visitatorem, vel Præsidentes Capitulo Generali. *Cap.* 8. *Extra de Statu Monachorum.*

(*c*) *Cap.* 24. De Accusationibus, *nomb.* 8. *pag.* 211.

(*d*) Fevret de l'Abus, *liv.* 3. *chap.* 1.

(*e*) Fevret, *ibid. pag.* 212.

(*f*) Memoires du Clergé, *tom. VI. col.* 693.

ligieux de France seulement. Le Procureur Géneral du Roi, qui interjetta appel comme d'abus, remarqua dans son Plaidoyer, que nos Rois „ ou la Cour „ sous leur autorité avoient donné une protection singuliere à ces Religieux, „ lors qu'en 1415. & 1545. les Papes avoient entrepris de leur donner un „ Géneral. " Il s'opposa aux nouvelles Constitutions autorisées du Pape, en ce qu'elles *changeoient sans aucune utilité la forme ancienne de ces élections, passée en force de loi, suivant les regles du Droit canonique, & ôtoient aux Religieux des quatre Provinces de cet Ordre le droit d'élire le Géneral, qu'elles avoient acquis par une possession qui est un titre légitime, par les dispositions de ce même Droit.* L'Arrêt qui est du 11 Février 1688. reçut le Procureur Géneral Appellant comme d'abus desdites Constitutions & du Bref qui les autorise, avec défense de les executer, & injonction à tous les Religieux de reconnoître pour Géneral celui qui avoit été élû en la maniere accoutumée.

Voilà ce que l'amour du bien public exigea, quoique le droit attaqué ne fût fondé que sur l'usage, & que l'atteinte ne consistât qu'à associer à cette élection des Religieux étrangers. On laisse à en faire le parallele avec le Bref de Clement XII.

Qui voudra parcourir les Regles Monastiques, (*a*) y trouvera qu'à la réserve de quelques Offices subalternes expressément établis amovibles, tous les autres, soit Prieurs, Visiteurs, Abbés, Generaux, soit perpétuels ou à tems, ne peuvent être déplacez arbitrairement; mais seulement pour crimes & dans les formes: loin que suivant les Regles, le Pape ait le pouvoir arbitraire de revoquer les Superieurs, elles ne lui donnent pas même le droit de connoître en premiere instance de leur destitution.

Que résulte-t'il de ces preuves réunies? L'usage & le droit universel fondé sur les préceptes de l'Evangile exigeoit que la Congregation du Calvaire eût en France des Pasteurs fixes & inamovibles. Pour lui en donner de tels, les deux Puissances se sont heureusement liées par des Traités irrévocables à jamais. Sous la foi de ces Traités, tous les membres d'une nombreuse Congregation, ont consommé au pied des Autels le sacrifice de leurs biens, de leur état, de leur liberté. Par un engagement solemnel envers Dieu, elles ont voué l'obéissance à des Pasteurs inamovibles, tels en un mot qu'ils sont établis par leurs Statuts. Nulle autorité Ecclésiastique ne peut les en délier arbitrairement. Elles-mêmes, si elles osoient s'y soustraire, commettroient un sacrilege. Voilà l'un des points sur lesquels elles implorent la justice & l'autorité du Roi, Protecteur de l'Eglise. Lorsque des Pasteurs perpétuels, quoiqu'ils se qualifiassent immédiatement soumis au Saint Siege, ont été attaquez par la Cour Romaine, le ministere public a fait entendre sa voix, les Libertez Gallicanes ont été réclamées, la seule contravention à la coutu-

(*a*) Vid. Declarat. Congregationis S. Mauri cap. 64. Constitutiones Patrum Congregationis Cassinensis. par. 2. cap. 3. Statuta Ordinis Præmonstr. distinct. 2. cap. 7. Statuts de Henry I. Abbé de Cluny Bibl. Clun. p. 1562. Adhærentes Statutis Apostolicis, inhibemus districtius, ne aliquis Abbas aut Prior, aut Decanus Ordinis nostri Priores & Administratores institutos sub eis contra eorum voluntatem removeant de locis sibi commissis, sine causâ rationabili & justâ: causam autem intelligimus justam, si dilapidatores, rebelles, &c.

me a été jugée abusive, le Parlement a secouru, le Roi a protegé. Seroit-il donc possible que dans une affaire, qui par l'étendue de ses conséquences interesse toute la discipline Ecclésiastique, on demeurât dans le silence & l'inaction ; & qu'arrêtant le cours ordinaire de la justice, on livrât des Evêques & une Congregation, dont la pieté édifie l'Eglise, à une oppression qui fournit des armes à la Cour Romaine pour suspendre & révoquer à son gré toute sorte de Pasteurs, même du premier Ordre, quand ils refuseroient d'adopter les prétentions outrées qu'elle voudra établir ?

III. Abus. Le Pape s'arroge au préjudice des Supérieurs majeurs du Calvaire, le droit de leur nommer des Successeurs.

Par un troisiéme abus, le Pape s'arroge au préjudice des Superieurs majeurs du Calvaire, la nomination de leurs Successeurs & celle de Visiteur Géneral.

Que ce soit à ces trois Superieurs ou à ceux qui survivent (*a*) de se donner des Successeurs à perpétuité, & que (*b*) tous trois doivent élire le Visiteur, on l'a deja vû ; cela est prescrit par la Bulle de Gregoire XV. en 1622. confirmée par celle d'Urbain VIII. du 17 May 1625. pieces dont il ne faut jamais séparer les consentemens demandez par la Congregation, & accordez par les Evêques Diocèsains.

Par le Bref de Clement XII. ce droit est ôté aux Superieurs du Calvaire & transporté aux Deleguez : *Aliosque Visitatorem, Generalem & Superiores majores hujusce modi constituendi ac deputandi.* Ce seroit une usurpation, quand même la nomination ne seroit enlevée que pour une fois ; mais Rome ne le fait une fois, que parce qu'elle croit le pouvoir toujours ; l'autorité transcendente que le Pape suppose en lui, operera de semblables excès toutes les fois qu'il le voudra, & s'emparera perpétuellement de la nomination. Au lieu de Superieurs élûs par cette voie propre à en nommer de bons, comme l'évenement l'a vérifié, le Calvaire aura ceux que voudra la Cour Romaine, ceux en qui se trouvera plus de devouement à ses volontez, & de dispositions à dominer sous son nom : s'ils sont peu dignes par d'autres endroits, l'éloignement du Pape & sa religion surprise, lui déroberont la connoissance de leur indignité. Il faut donc regarder cette clause, non-seulement comme un abus actuel, mais encore comme une tige, qui si elle n'est retranchée en produira beaucoup d'autres.

IV. & V. Abus. Suspense des Supérieurs majeurs.

La suspense provisoire & sans cause, étant apparemment une suite de l'erreur qui a fait regarder les Superieurs du Calvaire comme révocables au gré du Pape, est manifestement nulle & abusive, en ce qu'elle tombe sur des Prélats perpétuels & irrévocables. Elle péche encore par bien d'autres endroits, qu'il seroit trop long de relever : mais on ne peut se dispenser de faire quelques observations.

La suspense est abusive, soit qu'on la regarde comme une *privation* pour un tems, laquelle ne soit pas une peine, soit qu'on prenne la suspense dans son sens naturel de peine ou censure Ecclésiastique.

(*a*) Deinde perpetuis futuris temporibus uno ex tribus prædicti obeunte, reliqui duo aut unus ex eis aliam personam Ecclesiasticam pietate, doctrinâ, & vitæ sanctimoniâ præstantem nominare, &c.

(*b*) Dictæque tres personæ sic pro tempore nominatæ Visitatorem Monasteriorum Monialium hujusmodi eligere... possint ac debeant.

Au premier cas l'abus se prouve par plusieurs moyens. Premierement le Pape ne peut ordonner une telle privation, qui fait tomber entre ses mains l'exercice du pouvoir ordinaire & immédiat. La Faculté de Théologie, dans une dénonciation faite en 1718. à M. l'Archevêque de Reims, de quelques propositions soutenues par les Jesuites, disoit: *On ne peut maintenir l'ordre dans l'Eglise qu'en conservant les droits de tous les Pasteurs, & en reconnoissant que J. C. n'a point accordé au Pape l'autorité d'exercer dans chaque Diocèse, une jurisdiction immédiate; que c'est de l'Eglise & du consentement des Evêques qu'il tient le pouvoir de l'exercer dans les cas de droit; & qu'il n'a reçu, ni de J. C. ni de l'Eglise, l'autorité de soumettre tous les Fidéles à tout Prêtre qu'il lui plaira.* L'application est sensible: Que l'on montre dans les Regles de l'Eglise, ou dans les Concessions faites par les Evêques Diocèsains de leurs droits sur le Calvaire, qu'il soit permis au Pape de se rendre l'Ordinaire des Religieuses, en dépouillant pour un tems ses Superieurs, de l'exercice de leur pouvoir. Il s'en faut bien que le Pape ait des Titres sur cela: les Titres sont contre lui. Le Droit public de la France lui refusant même sur les exempts, toute Jurisdiction en premiere instance par *subrogation ou autrement*, & les Titres du Calvaire conferant toute la Jurisdiction ordinaire aux Superieurs, le droit public & particulier, lui défendent par conséquent de priver, quand ce ne seroit que pour un tems, les Superieurs de leur pouvoir immédiat, en se suborogeant au lieu d'eux.

Un autre abus, est que la privation prononcée par le Bref est sans cause: le Pape même n'impute aucune faute aux Superieurs dépouillez par provision. Ce ne sera jamais un motif raisonnable de dépouiller provisionellement des Superieurs perpetuels & en titre, que celui qu'a allégue le Bref, sçavoir: qu'il y a *incompatibilité* entre l'autorité des Superieurs majeurs & celle des Visiteurs qu'il délegue. S'il y a incompatibilité, dira tout Lecteur, il falloit laisser en exercice les Pasteurs légitimes & irrevocables, & ne pas établir une commission à laquelle on transfere injustement leur pouvoir, pour tirer ensuite de l'établissement de cette commission un prétexte d'expulser provisoirement les vrais Pasteurs. Cette conduite est du moins aussi révoltante, que si un Evêque envoyant un Desservant dans une Cure de son Diocèse suspendoit le Curé, sans alleguer d'autre motif, sinon que le pouvoir du Curé est incompatible avec celui du Desservant. Combien un dépouillement si dépourvû de toute sorte de raison, est-il contraire aux droits des Pasteurs perpetuels & en titre? Dans quelle occasion les préceptes de J. C. qui bannissent de l'Eglise tout pouvoir arbitraire, seront-ils obéis, si dans une portion des plus importantes de la discipline, la transgression en est tolerée? Les Saints Canons admettent deux causes de priver les Ministres Ecclésiastiques de leur pouvoir, la négligence, & les fautes. Les fonctions de celui qui les néglige, après avoir été canoniquement averti, sont dévolues à un Superieur marqué dans le droit: & à l'égard des exempts, on l'a vû plus haut, la dévolution ne se fait point au Pape. Les fautes, sont matiere de suspenses ou d'autre censure. Hors ces deux cas, où est le Canon, où est la Loi, qui permette de chasser du ministere pour un tems, des Prélats Titulaires & perpetuels? Ne trouve-t'on pas au contraire, ces grandes maximes semées dans les Collections de droit, qu'il (*a*) seroit injuste de priver un innocent de l'exercice de son ordre, que (*b*) même les soupçons ne mettent pas en droit d'écarter personne sans examen & sans un juste & véritable jugement? Selon un autre Canon (*c*) l'Evêque „ qui par son jugement particulier, préviendroit le jugement d'un Prêtre simplement accusé, & commenceroit par l'écarter, entreprendroit injustement sur le pouvoir de Dieu même. " Sans se répandre en citations, voici un témoignage décisif. Le Siege d'Arles avoit sur d'autres Diocèses des Gaules quelques privileges, que les Papes nommoient Vicariat du Saint Siege, (*d*) cependant saint Gregoire le Grand donnant à Augustin une Commission très-ample pour la reformation de la Grande Bretagne, il déclara (*e*) qu'il ne lui donnoit aucune autorité sur les Evêques des Gaules, „ parce qu'il ne devoit en aucune sorte *priver* l'Evêque d'Arles de cette „ autorité que les précedens Papes lui avoient accordée, n'étant pas permis de „ passer par-dessus ce que les Peres ont anciennement établi. " Il ne s'agissoit pas là de priver l'Evêque d'Arles de son droit pour toujours; mais pour le tems de la mission d'Augustin & c'est cette privation de l'exercice d'un Vicariat, qu'un Pape à qui les véritables droits de son Siege étoient bien connus, reconnoit ne lui être pas permise. A combien plus forte raison est-il défendu de priver des Superieurs perpétuels d'une autorité conferée avec l'approbation du Saint Siege, & qui n'a jamais appartenu au Pape!

Cette stabilité de droit commun, est donc nécessairement communiquée aux Superieurs perpétuels des Monasteres. (*f*) Estre guidez dans l'observation de la Regle, par des Superieurs qui ne pussent être écartés au gré des Evêques, a toujours été le but des bonnes exemptions, caractérisées par les termes de *stabilité & d'incommutabilité.* (*g*) Jamais ils n'y fussent parvenus, si les Canons qui défendent de déplacer les Superieurs qui ne sont pas en

(*a*) Gregorius, *lib.* 1. *regis. Epis.* 19. & *Distin.* LXXIV. C. 2. Nequisquam insons ab Ordinis sui Ministerio dejiciatur injustè. *Il s'agissoit d'une suspense prononcée par un Concile sous prétexte du bien de l'Eglise, contre un Diacre, pour le contraindre à recevoir le Sacerdoce.*

(*b*) Causa 2. *q.* 1. *c.* 13. Primo semper ante omnia diligenter inquirite, ut cum justitia & veritate definiatis : neminem condemnetis ante verum & justum judicium : Nullum suspicionis arbitrio judicetis : sed primum probate, & postea charitativam proferte sententiam : & quod vobis non vultis fieri, alteri nolite facere. *Ibid. c.* 10.

(*c*) Augustinus in Epistola 137. ad Clerum, &c. *Caus.* 2. *q.* 1. *c. xij.* Nomen Presbyteri propterea non ausus sum de numero Collegarum ejus vel supprimere, vel delere, ne divinæ potestati, sub cujus examine adhuc causa pendet, facere videtur injuriam, si illius judicium meo vellem judicio prævenire.

(*d*) *Episc.* 5. *Zozimi ad Gall. Epis. tom.* 1. *Concil. Gall. pag.* 4[illegible].

(*e*) *L. xij. Epis.* 3[illegible]. *resp.* 9. In Galliarum Episcopos nullam tibi autoritatem tribuimus, quia ab antiquis Prædecessorum meorum temporibus, Pallium Arelatensis Episcopus accepit, quem nos privare autoritate percepta minime debemus. Si ergo contingat ut fraternitas tua ad Galliarum Provincias transeat, & aliquid ex autoritate agendum fuerit, cum prædicto Arelatensi Episcopo agatur, ne prætermitti possit hoc quod antiqua Patrum institutio invenit. Britanniorum verò omnes Episcopos, tuæ fraternitati committimus ut indocti doceantur, infirmi persuasione roborentur, perversi autoritate corrigantur.

(*f*) Le même Droit appartient aux Triennaux.

(*g*) Firmitatis & incommutabilitatis privilegium.

faute, avoient pû être éludez par des suspenses ou privations prononcées pour un tems contre des personnes innocentes. Aussi les Textes déja citez sur l'irrévocabilité n'excluent pas moins la privation pour un tems, hors le cas de faute, (a) que la destitution perpetuelle.

Toutes ces reflexions démontrent que quand même le Bref n'auroit pas eu dessein de traiter les Superieurs du Calvaire en coupables, la suspense seroit toujours mauvaise, & par le vice essentiel d'être sans cause, & faute de pouvoir dans le Pape qui l'ordonne.

Mais si, conformément à l'usage reçu & à la définition qu'en donnent les Decretales mêmes, la suspense est considerée comme une censure ou peine Ecclesiastique, qui présuppose un délit ou une faute, alors on demandera pourquoi flétrir comme coupables les Evêques Superieurs du Calvaire, on ne dit pas, sans une instruction judiciaire, mais en violant les plus indispensables regles du droit naturel, sans qu'ils soient accusez, sans les écouter en leurs défenses, sans examen, sans jugement, sans corps de délit? De quel danger ne sont pas de pareils excès? Si l'on voit un jour tous les Abbez, tous les Generaux d'Ordre, tous les Superieurs d'exempts suspendus sans sujet, ce ne sera que la conséquence du Bref de Clement XII. une fois toleré.

Ce qui ajoute un nouvel abus, la suspense des Superieurs Majeurs est prononcée par le Bref même, & par consequent à Rome, contre un des Articles fondamentaux de nos Libertez, qui est que le Pape ne peut, sous quelque prétexte que ce soit, juger aucun François à Rome, & que dans les cas d'appel legitimement dévolus à son Siege, il est obligé de deleguer des Juges sur les lieux.

VI. Abus. La clause *omnino quacunque appellatione remotâ.*

Cette suspense, quelque inconcevable qu'elle soit, est pourtant rendue irrémediable, autant que le peut la Cour Romaine, par la défense d'en appeller en aucune maniere, à aucun Tribunal; *omnino quacumque appellatione remotâ.* Le secours de l'appel n'est pas refusé aux plus grands criminels; ce n'est pas ici une matiere de discipline & de correction, où les Jugemens s'exécutent nonobstant l'appel. Le Bref n'impute aucun délit aux Superieurs Majeurs, & néanmoins toute ressource leur est ôtée, toute voye de recours interdite. Interdiction d'autant plus criante, qu'elle embrasse dans sa generalité & les appels comme de Juge incompetent, & l'appel au Concile general, & l'appel même comme d'abus.

VII. & VIII. Abus. Etablissement d'un Tribunal auquel est communiqué un pouvoir en premiere instance & arbitraire.

Outre la Commission départie à chaque Evêque pour visiter pendant deux ans les Monasteres dans son Diocèse, le Bref en établit une autre, qui commencera à l'expiration des deux premieres années, & durera deux autres années, composée de M. l'Archevêque de Paris & des Adjoints qu'il se donnera. Devant eux seront portez les Procès verbaux de visites faites par les Evêques, chacun dans les Monasteres de son Diocèse, les Memoires & les projets dressez par ces derniers. Les pouvoirs donnés à ce Tribunal, sont, entr'autres choses, d'écarter à perpetuité, *amovendi atque in perpetuum suspendendi*, les Superieurs Majeurs & le Visiteur General, de rendre les Ordonnances, & de faire les Reglemens qu'ils voudront, en détruisant les anciens.

Il y a donc un premier abus en ce que c'est un pouvoir immediat sur la Congregation qui est confié aux Deleguez; & un second abus en ce que le pouvoir

(a) *Nullo modo* sui Ordinis honore privari possit, nisi manifestis patuerit criminibus convictus, *t.* 3. *Conc. Gall. p.* 224. *Voyez le reste des passages cités dans le deuxiéme Abus.*

communiqué est arbitraire, s'étendant à changer, détruire, renverser les titres de la Congregation, & à déplacer les Superieurs au gré de la Commission.

Le pouvoir en effet que donne le Bref, n'est pas de les destituer, s'ils sont convaincus de quelque délit, mais de les *écarter* si les Commissaires le *jugent à propos.* Il n'ordonne pas de recevoir des plaintes & des accusations contre-eux, de les citer, d'entendre des témoins, en un mot d'instruire leur procès, & de les juger. Mais il entend que des Prelats qui ne pouvoient perdre leur superiorité que pour crime judiciairement averé, en soient néanmoins dépouillés à perpetuité par la seule volonté des Commissaires.

Le bon ordre dans l'Eglise a pour bases ces deux régles : Que personne n'entreprenne sur les fonctions d'autrui : Que chacun exerce les siennes, non selon sa fantaisie, mais selon le droit ; ces deux bases sont ébranlées par l'établissement d'un Tribunal, où après avoir usurpé l'autorité des Superieurs ordinaires, & l'exerçant arbitrairement par l'infraction des Reglemens Ecclesiastiques, & civils, on ajoute à ces maux dignes de larmes, celui de communiquer, & par-là d'étendre & de fortifier plus dangereusement cette autorité usurpée & destructrice.

IX. X. & XI. Abus. Entreprise sur les droits qui appartiennent à la Congrégation.

Après le renversement de l'état des Superieurs du Calvaire, le Pape s'approprie, & communique à ses Déleguez les droits propres aux Religieuses, & dont elles sont en possession conformément à leurs Constitutions. L'autorité de l'usage & de la possession n'ont pas besoin de preuves : Conciles Generaux, Peres de l'Eglise, Papes, Droit Civil, Droit de toutes les Nations policées, tout reconnoît que l'usage a force de Loi. L'autorité souveraine protege tous ses Sujets contre toute innovation tentée par la Cour de Rome au mépris de l'usage. Enfin la pratique constante de ces Constitutions fait partie des engagemens que les Religieuses du Calvaire contractent par leurs vœux.

D'élire la Génerale & les Assistantes.

Il faut donc mettre au rang des abus toutes les clauses du Bref qui dérogent à des droits si bien affermis, & premierement celle qui prive le Corps (a) entier de l'élection de la Génerale, des Assistantes, & la transporte à M. l'Archevêque de Paris & aux Adjoints qu'il se donnera, *eligendi monialem Generalissam ;* ce ne seroit donc plus un droit de la Congregation, mais un droit du Pape, puisqu'il se l'approprie, au point de le transporter à qui il veut.

Les Prieures.

Le droit d'élire les Prieures (b), appartient aussi à la Congregation qui l'exerce par le Conseil de l'Ordre, composé du Visiteur, de la Generale & des quatre Assistantes. Et au tems du Chapitre triennal ce sont les anciennes Assistantes qui concourent à l'élection des Prieures. Le Bref au contraire commet M. l'Archevêque de Paris, & son Conseil pour les nommer, *ac Superiorissas quascunque singulorum Monasteriorum nominandi.*

Les autres Offices.

C'est aux Prieures à conferer les differens Offices de leurs Maisons, avec l'avis de la Generale & de leurs Communautez. Le Bref charge M. l'Archevêque & ses Adjoints d'y pourvoir ; *alia Officia & Ministeria conferendi.*

XII. Abus. Pouvoir donné aux Délegués de changer

Un des abus des plus révoltans & de plus grande étendue, est le pouvoir donné aux Commissaires de *changer le tems, la maniere & la forme des élections & des nominations*, & par consequent de renverser toute la forme du gouvernement de cette Congregation.

(a) *Constit. part.* 2. *c.* 10.
(b) *Ibid. p.* 1. *c.* 17.

Chaque Ordre à un interêt essentiel, comme un droit certain, à conserver la forme, la durée, l'étendue de ses superiorités, & les voyes établies pour les remplir. C'est un des points capitaux qui distinguent son Institut de tout autre, & spécifie la forme de son gouvernement; c'est une des considérations qui déterminent ceux qui embrassent la vie religieuse, & sur-tout les filles, à choisir un Institut plûtôt qu'un autre, la diversité de superiorité en mettant de grandes dans un état destiné à obéir. Ces diverses formes sont admises, approuvées, autorisées; ensorte qu'il est libre à chacun de choisir selon ses forces, son inclination & les attraits de sa pieté, l'Institut sous lequel il s'engage pour toute la vie. Que l'on rappelle ici les principes déja posés. Rien de plus libre que ce choix; mais comme on ne peut plus venir contre l'engagement une fois pris, aussi nulle Puissance ne peut forcer d'embrasser une autre Regle que celle qu'on a choisie, ni de se soumettre à une autre forme de gouvernement. C'est néanmoins ce qu'entreprend le Bref de Clément XII. en donnant pouvoir de changer *le tems, la maniere, & la forme des Elections & des Nominations*. Avec des facultés si étendues, que ne pourront M. l'Archevêque de Paris & ses Adjoints? Ils ont pouvoir de rendre les Superieures ou perpetuelles, ou amovibles, selon qu'ils le jugeront à propos, de prolonger ou d'abréger la durée de leurs Superiorités, qui selon la Bulle même de Gregoire XV. doit être de trois ans (a); de transporter dans l'Ordre du Calvaire la forme des élections usitée chez les Capucins, ou dans quelqu'autre Ordre; en un mot, de changer par un bouleversement universel la face du gouvernement, si sagement établi & cimenté par une longue possession. Quand il n'y auroit de mauvais dans le Bref que cette seule entreprise, elle n'est que trop suffisante pour justifier le soulevement qu'il a excité dans le Public aussi-tôt qu'il a paru, & pour autoriser la reclamation des Religieuses. Est-il juste qu'après avoir non seulement sacrifié leurs biens, leurs espérances, mais renoncé à ce qu'il y a de plus cher, leur famille, leur liberté, pour vivre dans la retraite, sous l'Institut & la forme du gouvernement propre au Calvaire, elles soient assujeties malgré elles à des Reglemens jusqu'à présent inconnus, à un régime étranger, à des superiorités sous le joug desquelles elles ne se sont pas mises, & transformées par là en Religieuses d'un autre Institut qu'elles n'ont point embrassé? Il ne seroit donc plus vrai que l'état des hommes est inébranlable; celui que sur la foi publique elles ont embrassé pour toute la vie, sera t'il le seul muable contre les droits de l'humanité?

le tems, la maniere & forme des Elections & des Nominations.

** De Gregoire XV.*

XIII. Abus. Présentation des Supérieurs majeurs enlevée.

La Congregation est en possession de présenter des personnes Ecclesiastiques pour remplacer les Superieurs qui viennent à mourir; les survivans les instituent. Cet usage est aussi ancien que la Congregation; on l'a pratiqué dès la premiere fois que les Superieurs furent établis. La Congregation dans sa Supplique au Pape désigna elle-même ceux qu'elle desiroit; le Pape y eut égard: elle a usé du même droit toutes les fois qu'il a fallu leur nommer des Successeurs. Que l'on considere tout ce qu'une pareille présentation a de conforme à l'esprit de l'antiquité & de tendant au bien; car il est difficile qu'une nombreuse Congregation se réunisse, sinon dans un bon choix; il est d'autant plus favorable, que l'usage constant étant de nommer des Evêques, cet usage a formé un droit qui seroit blessé, si on lui donnoit des Superieurs nom

(a) Priorissæ triennales esse debeant.

Evêques. Qu'à toutes ces considérations & à tous ces droits on joigne l'autorité des Constitutions, qui établissent aussi le droit de présentation, & l'on sentira le danger & l'abus de souffrir que le Pape leur donnât des Superieurs malgré elles.

Cependant les soustraire par provision & sans appel aux Superieurs qui sont de leur choix, donner commission de les leur arracher pour toujours, vouloir délier les nœuds sacrés qui les attachent à eux, transporter à la Cour de Rome le pouvoir de leur en donner de nouveaux, les leur donner malgré elles, leur imposer le joug d'une soumission contraire à leurs vœux; voilà ce que le Bref entreprend & exécute contre les droits de la Congregation, & les Libertés de la France.

XIV. Abus concernant le Visiteur.

Le Visiteur General est comptable de son administration aux Superieurs Majeurs, qui sur la proposition que la Congregation leur en doit faire, le nomment ou le continuent tous les trois ans, sans qu'il puisse être ~~plus de douze ans, ni renvoyé~~ avant son tems, à moins que des causes graves n'obligent à le déposer dans les regles.

L'état d'un tel Superieur, qui influe universellement sur tout l'Ordre, est interverti, comme on la vû, par le Bref qui le suspend sans cause, le livre à des Commissaires, qui, sans droit légitime, se sont rendus maîtres de le destituer sans autre cause que leur volonté, enleve à la Congregation le droit de le présenter, aux Superieurs Majeurs celui de le nommer, instituer, & de lui faire rendre compte; le Pape permet à son Délegué de pourvoir à cette Charge, d'en regler les fonctions, le pouvoir, la durée, la nomination, d'y appeller, d'en exclure qui il voudra, soit que la Congregation le propose ou le rejette.

XV. Chef d'abus. clause, *non obstantibus Constitutionibus*.

Enfin, le Pape déclare que pour l'exécution de son Bref, il donne *tout pouvoir, nonobstant toutes Constitutions & Reglemens Apostoliques, en tant que de besoin, nonobstant tous autres Statuts, Usages, Coutumes, Privileges des Monasteres de la Congregation & de l'Ordre susdits, même fortifiés par serment, confirmation Apostolique, ou autre autorité quelle qu'elle soit, & concedés, confirmés, ou renouvellés par Induits & Lettres Apostoliques, contraires aux dispositions des Présentes, &c.*

Les derogations que l'on trouve ici accumulées, sont de deux sortes : les unes employées quelquefois par les Officiers de Cour de Rome, ont leur procès, pour ainsi dire, tout instruit, par l'usage de la France qui les proscrit perpetuellement : Les autres sont tout-à-fait extraordinaires. Du nombre des premieres est celle-ci, *nonobstant toutes Constitutions & Reglemens Apostoliques, même confirmés par serment, ou autre autorité quelle qu'elle soit, vel quavis aliâ firmitate roboratis.* L'usage constant du Royaume à l'egard de ces clauses dérogatoires, est de les rejetter tout au moins par des modifications, que les Cours souveraines y apposent dans les Arrêts d'enregistrement. Et qu'on n'objecte pas que dans quelqu'occasion particuliere, la modification n'a pas été mise. „ Ce ne seroit pas entrer dans l'esprit de ces Cours, si l'on „ en inferoit une approbation tacite de pareilles clauses. Ces modifications „ étant devenues d'un usage constant, les Cours n'ont pas estimé nécessaire „ de les réiterer dans tous leurs Arrêts, présumant que si elles ne sont pas „ expliquées en termes exprès, elles sont toujours sous-entendues.“ Cette remarque de l'Auteur des Memoires du Clergé, (a) est la moindre que l'on puisse faire sur des clauses où la Cour Romaine fait hautement profession d'abroger les Constitutions du Saint Siege & autres Reglemens, malgré la religion du serment, malgre l'affermissement venu de quelqu'autorité que ce soit, *vel aliâ quâvis firmitate roboratis ;* ce qui déprime visiblement & la Puissance temporelle, & l'autorité des Conciles, soit particuliers, soit generaux ; (b) c'est *mépriser ce qu'il y a de plus saint dans notre Religion, & offenser l'Esprit de Dieu,* (c) disoit en 1646. M. Talon Avocat General, s'elevant contre des clauses de cette nature, inserées dans une Bulle d'Innocent X. & les mettant au nombre des moyens d'abus, qui la firent supprimer par Arrêt.

Le Clergé de France reconnoîtra toujours ces sentimens dans ceux (d) des „ 70 Docteurs qui attesterent qu'une dispense donnée par Innocent XI. (en „ 1682.) contenant cette clause, étoit nulle, & que l'exécution en étoit abu- „ sive, renversant le fondement le plus solide des Libertés de l'Eglise Gal- „ licanne.

Ce qu'il y a de particulier au Bref de Clement XII. c'est la seconde partie de la clause, où il déclare qu'il entend déroger *spécialement & expressément aux Statuts, Usages, Coutumes, Privileges de l'Ordre du Calvaire,* tout affermis qu'ils sont par l'autorisation des Puissances Civile & Ecclésiastique en France, & par celle du Saint Siege, qui toutes en consentant que l'observation en fût comprise dans les vœux, se sont engagées à les maintenir inviolables.

Si les Parlemens rejettent de telles clauses, même dans des Bulles, qui d'ailleurs n'ont que des dispositions louables & qu'on accepte, que ne doit-on pas penser d'un Bref, où ces clauses abusives sont effectuées & réalisées, par toutes les dispositions, où le Pape exerçant lui-même, & donnant un pouvoir sans bornes aux Délegués, il le fortifie & l'étend par ces dérogations indéfinies ?

XVI. Abus. Choix des Evêques Diocèsains pour exécuteurs du renversement de la Congrégation.

Pour surcroit d'abus, l'exécution de tant de maux est commise aux Evêques dans le Diocèse desquels sont enclavées les Maisons du Calvaire, & acceptées par eux. Après que ceux qui remplissoient ces Sieges, à la naissance de la Congregation, en ont consenti l'établissement, l'exemption, la forme de gouvernement & les Statuts, c'est un nouvel abus qui blesse les Regles Ecclésiastiques & la foi publique, que le renversement de toutes ces choses soit exécuté par leurs Successeurs, tenus d'entretenir leurs engagemens. Ce qu'ils font aujourd'hui, n'est pas pour remettre la Congregation sous leur Jurisdiction : ils ne pourroient l'y faire rentrer au préjudice des titres légitimes par lesquels ils se sont eux-mêmes dépouillés de l'autorité qu'il avoient originairement, chacun sur les Maisons de son Diocèse. Ce n'est pas non plus pour soumettre la Congregation au Pape en la maniere tolérable dont quelques autres le sont, ce seroit un changement encore plus abusif que le précedent. Ce que fait le Pape, & ce que les Evêques exécutent comme ses Délegués, c'est d'assujettir la Congregation au pouvoir arbitraire & infini

(a) *Tom. 6. col.* 1014.
(b) Memoire du Clergé, tom. 6. col. 1013.
(c) Preuves des Libertés, chap. 7. n. 90.
(d) Memoires du Clergé, tom. 6. col. 1009.

prétendu par le Pape, détruisant ainsi eux-mêmes ce que leurs Prédécesseurs se sont engagés à conserver à jamais.

XVII. Abus. Omission du titre de *Roy de Navarre.*

Quoique tous les efforts de la Cour de Rome ne puissent rien contre les droits du Roi, il n'est pas permis à des Religieuses, ses fidéles Sujetes, d'être insensibles à l'affectation du nouveau Bref de refuser au Roi le titre de Roi de Navarre. On n'oubliera jamais que la passion de Jules II. contre Louis XII. avec qui il étoit en guerre pour des interêts temporels, l'irrita contre Jean d'Albret, Roi de Navarre, à qui il ne reprochoit que son affection pour le Roi de France; & que sous ce seul prétexte le Pape excommunia le Roi & la Reine de Navarre, les priva de leur Royaume, & l'abandonna à Ferdinand, qui de son côté n'avoit point d'autre prétexte pour l'envahir, comme il fit en 1512. Lors qu'après cela on voit Rome, conséquente dans ses démarches, refuser perséveramment au Roi la qualité de Roi de Navarre, il est visible, que sans pénetrer l'intention de Clement XII. cette omission tend par elle-même à autoriser l'action de Jules II. & l'odieuse prétention des Papes de déposer les Rois & de les priver de leurs Royaumes. Par-là la Cour Romaine s'attribue sourdement & indirectement ce qu'elle ne pourroit s'attribuer expressément, sans revolter toute la France. On peut voir dans les preuves des Libertez (*a*) ce qui se passa en 1625. & les soins du feu Roi, pour exiger du Pape Urbain VIII. un Bref où il reconnoîtroit que c'étoit par inadvertance que le titre de Roi de Navarre avoit été omis dans les Bulles de la délegation du Cardinal Barberin, que le Parlement, à cause de cette omission, refusa plusieurs fois d'enregistrer.

Abus dans les motifs du Bref & dans ses conséquences.

Le pouvoir arbitraire professé par la clause, *causis nobis notis*, & mis en usage dans toutes les dispositions du Bref.

Les excès où se porte la Cour Romaine, ont singulierement ce vice & ce danger, qu'ils ne sont pas l'effet d'une erreur passagere; mais l'exécution d'un dessein formé depuis longtems, qui a souvent éclaté, malgré la résistance des Nations Chrétiennes, & qui consiste à placer le Pape au-dessus de toute autorité Ecclésiastique & Civile. Cette erreur qui résiste au droit divin & humain, se trouve hautement professée dans le Bref de Clement XII. en même tems qu'elle est mise en œuvre dans toutes ses dispositions. La profession en est contenue dans la formule *pour causes à nous connues*, *de causis nobis notis;* clause du moins égale à celle du *proprio motu*; & qui caractérise manifestement cette domination plus que souveraine, qui prend sa volonté pour regle, & ne rend compte à personne, se prétendant Superieure aux Conciles & aux Souverains. Jamais elle n'est de plus dangéreuse conséquence, que quand elle est insérée, comme ici, dans un Décret qui porte, qu'il a été donné sur la demande du Roi. De quelle importance n'est-il pas de ne point laisser lieu aux Ultramontains de se vanter, contre les intentions de l'auguste Prince qui remplit aujourd'hui le Trône, qu'une clause si préjudiciable à sa Couronne & à la liberté de l'Eglise, est reçue & approuvée même par le Roi? *Les Cours Séculieres*, (c'est ce qui se lit dans les Mémoires du Clergé) (*b*) *ne souffrent point dans les Décrets émanés des Papes les expressions qui ont quelque apparence du* PROPRIO MOTU; *& quoique les Bulles*, *Brefs*,

(*a*) Chap. 23. n. 85. (*b*) Tom. 6. col. 1046.

Rescrits, dans lesquels les Officiers de Cour de Rome affectent de les inserer, ayent été accordés à la requisition des Evêques, & aux instances même du Roi, elles estiment que c'est une précaution nécessaire de marquer précisément qu'ils sont reçus sans approbation de cette clause. Entre quantité d'Arrêts (*a*) qui l'ont réjettée, il suffira d'en rapporter un seul. Ce fut aux instances de Louis XIII. que Paris fut érigé en Archevêché. Les Officiers en Cour de Rome ayant crû l'occasion favorable pour faire recevoir la clause *proprio motu*, ils l'inférérent dans le Bulle de Gregoire XV. pour cette érection. (*b*) Quoique cette Bulle fût souhaitée, le Parlement, pour éviter les avantages que la Cour Romaine auroit pu en prendre, mit dans son Arrêt d'enregistrement, *sans approbation de ces mots*, PROPRIO MOTU, *contenus ausdites Bulles.* Que si cette odieuse formule est constamment réjettée dans des Décrets d'ailleurs recevables, avec quel soin ne faut-il pas aujourd'hui la proscrire dans un Bref, où l'esprit qu'elle renferme a dicté toutes les dispositions?

Car elles sont visiblement dirigées à l'établissement du pouvoir arbitraire dans toutes ses branches. En effet, pourquoi la visite, correction & réformation est-elle enlevée, non-seulement au Visiteur ordinaire du Calvaire & à ses trois Superieurs, mais aux Evêques Diocésains, comme Ordinaires, qui par dévolution dans le cas de négligence averée, & après des sommations canoniques, doivent y veiller en leur propre nom? Pourquoi le Pape s'attribue-t'il à lui & à ses Déleguez cette premiere inspection, ce jugement en premiere instance au préjudice de nos saintes Libertez? Pourquoi suspendre sans forme ni figure de procès, sans corps de délit, des Superieurs perpetuels & inamovibles, autant que le sont les autres Titulaires? Pourquoi donner commission de les renvoyer comme de vils mercenaires? Pourquoi la suspense provisoire, prononcée arbitrairement l'a-t'elle été à Rome & par le Pape lui-même, au mépris du Concile de Constance, de la Pragmatique, & du Concordat? Il n'est pas possible d'en douter; c'est mettre en œuvre la prétention d'Evêque universel née pour le renversement de toute Hierarchie, c'est favoriser l'erreur des Ultramontains, qui plaçant dans le Pape la source de tout pouvoir, se persuadent que les Evêques ne sont que ses Déleguez qu'il peut revoquer à sa volonté. En ôtant aux deux Evêques opprimés le secours de toute sorte d'appel, soit au Concile, soit à la Puissance Royale, en retranchant le titre du Roi de Navarre, en cassant des Reglemens perpétuels revêtus de Lettres Patentes régistrées au Parlement, en déclarant, que le Pape les détruit d'*autorité Apostolique*, nonobstant l'autorité dont ils sont revêtus, en tout cela Rome ne donne-t'elle pas atteinte à l'autorité souveraine du Roi, à celle que les Parlemens exercent en son nom & à celle du Concile General?

Qui pourroit développer pour quels motifs, on fait éprouver non à un particulier, mais à vingt Monasteres un pareil traitement? Le Pape condamne une des plus édifiantes Congregations de l'Eglise, & il le fait d'une maniere qui seroit abusive même à l'égard des personnes les plus criminelles. Quand même la Congregation du Calvaire auroit le malheur de res-

(*a*) En 1623. en 1646. à l'occasion d'une Bulle d'Innocent X. en 1699. contre la Bulle d'Innocent XII. qui censure le Livre de l'Explication des Maximes des Saints. Mem. du Clergé tom. 6. col. 1014-1046.

(*b*) Synodicon Ecclesiæ Parisiensis. *Append. part.* I. *pag.* 438-468.

sembler à celle dont les désordres & le scandale ont attiré la nécessité d'une reforme, le Pape pourroit-il y proceder en dépouillant ceux à qui les Loix donnent le droit de visite, de correction & de reformation? Lui seroit-t'il permis de punir cette Congregation, & de la priver de ses droits, sans citer les Religieuses & sans les entendre dans leurs défenses? Est-ce en renversant les Loix, les Constitutions, & les usages légitimes d'une Congregation, & en la forçant de les abandonner, quoique liée par des vœux solemnels, qu'on la reforme & qu'on corrige les abus quand il s'en est glissé? Et n'est-ce pas plûtôt en la rappellant à sa regle, & en la faisant rentrer dans l'observation des Statuts dont elle s'est écartée?

En tout cela le pouvoir arbitraire se montre à découvert. Les exemples du passé apprennent à craindre qu'un tel essai ne tende à soumettre par dégrés tout le Royaume à cette arbitraire domination. Si une pareille entreprise passe pour juste, le Pape sera désormais en droit, & à plus forte raison, d'étendre cette autorité sur toutes les Congregations qui se disent immédiatement soumises à son Siege, d'en destituer les Géneraux, les Superieurs perpetuels, & les Prieurs triennaux avant l'expiration de leurs tems, de les priver tous du droit de visite & de correction dans leurs Monasteres, & de s'établir par ses Déleguez seul Visiteur & universel dans tous ces Ordres, de déroger à leurs Loix, à leurs Constitutions, à leurs usages, & de transformer un Ordre en un autre, les Benedictins en Recollects, & les Jesuites en Capucins ou en quelqu'autre Institut semblable? Quelque injuste & quelque bizarre que fût cette métamorphose, le Bref de Clement XII. en contient le principe productif. Il ne faudra à la Cour de Rome que plus de hardiesse pour l'executer sur toutes les autres Congregations Regulieres du Royaume.

Abus d'executer le Bref sans Lettres Patentes régistrées au Parlement.

L'exécution du Bref sans Lettres Patentes enregistrées au Parlement.

* Angeart vol. 3.

Un abus de la derniere importance, est que sans Lettres Patentes régistrees au Parlement, on ait procédé à l'exécution d'un Bref de Rome qui déroge à des Lettres Patentes duement enregistrées.

Sans enregistrement, disoit en 1710. M. Guillaume-François Joly de Fleury, lors Avocat Géneral, (*) *des Lettres Patentes ne peuvent déroger aux Loix du Royaume.* Il le disoit géneralement & l'appliquoit à une matiere purement civile: de même en matiere Ecclésiastique, qui ne sçait qu'il y a une multitude d'Ordonnances, d'Edits, d'Arrêts du Parlement, qui défendent de publier aucun Bref, Bulles ou Rescrits de Rome, sans Lettres Patentes enrégistrées au Parlement: on se borne à quelques unes de ces pieces.

Des Lettres Patentes (*a*) de François I. enregistrées le 3 Février 1538. enjoignent à *toutes les Cours & Juges de ne permettre aucune publication être faite ès Villes & lieux de leur ressort, d'aucunes Bulles, &c. que premierement il n'ait baillé & octroyé son consentement, & que les Lettres d'icelui consentement n'ayent été entérinées & vérifiées en ses Cours de Parlement au ressort desquelles on voudra faire ladite publication.*

Le President (*b*) Arnauld du Ferrier, Envoyé à Rome par Charles IX. dans

(*a*) Preuves des Libertés, chap. 25. n. 6.

(*b*) Histoire de la Pragmatique-Sanction par Pierre Dupuis, pag. 77. de l'édition des Libertés en 1731.

un diſcours qu'il prononça en préſence de Leon X. *Selon nos mœurs*, dit-il, *& les anciennes Ordonnances des Rois Très-Chretiens obſervées réligieuſement juſqu'à ce jour, rien ne s'établit publiquement en France touchant les choſes ſacrées ou les humaines, qu'il ne doive être publié par Arrêt du Parlement.*

Un événement qui ſe paſſa ſous Charles VIII. a de trop grands rapports avec l'affaire préſente, pour être omis. Ce Prince donna des Lettres par leſquelles il dérogeoit en faveur du Pape aux Ordonnances du Royaume touchant les droits de collation appartenans aux Ordinaires : ſon Procureur Géneral, Maître Pierre Couſinot s'oppoſa à l'execution & à l'entérinement deſdits Lettres Royaux. Il faut l'entendre parler dans ſon acte d'oppoſition. (*a*)
„ L'an 1423. dit-il, pour aucunes choſes touchant le Roi & ſon Conſeil, & „ pour plaire à notre Saint Pere, a été dérechef la matiere ouverte . . . . „ en la préſence du Roi, de M. ſon Chancelier, & autres de ſon Conſeil en „ grand nombre, & préſens pluſieurs Prélats : & ont été aviſés certains ar„ ticles pour porter nôtre Saint Pere, & qu'au cas qu'il en voudroit être d'ac„ cord, autrement non, le Roi & l'Egliſe de France promettoit le contenu „ eſdits articles. Et pour cette cauſe ſont partis certains Ambaſſadeurs pour „ aller devers nôtre Saint Pere pour porter leſdits articles par l'Ordonnance „ du Roi nôtre Sire . . . Et pour ce que le Procureur du Roi a entendu que „ le Roi nôtre dit Sire a octroyé, comme l'on dit, certaines Lettres . . . . . „ par leſquelles . . . . ſi elles ſortiſſent leur effet, ſeroit de tout point ré„ voquer & mettre au néant leſdites Ordonnances faites ſi ſaintement, par ſi „ grand Conſeil & à ſi grande & mûre délibération, & ſi ſeroit venir contre „ les ſermens de tous ceux qui l'ont juré, & ſi ſeroit ôter par le Roi aux „ Ordinaires, ſans les appeller, les collations qui leur appartiennent : deſ„ quelles collations, qui en rien n'appartiennent au Roi, le Roi (comme „ il eſt à préſumer) ne doit ni ne veut dépointer les Ordinaires, mais veut „ & doit faire à chacun juſtice & raiſon, & laiſſer à un chacun ce qui eſt „ ſien. Pour ces cauſes le Procureur Géneral du Roi en gardant ſon ſerment, „ l'honneur, le bien, & le profit du Roi, & pour le bien de la juſtice & de „ toute la choſe publique de ce Royaume, après que ſur ce il s'eſt conſeillé „ à pluſieurs Seigneurs du Conſeil, & Avocat Géneral du Roi en Parlement, „ en tout honneur, & reveremment en gardant ſon ſervice & loyauté, s'eſt „ oppoſé à l'exécution & enterrinement des Lettres Royaux ci-deſſus incor„ porées, que l'on dit nouvellement être donnés par le Roi nôtre Sire par „ inadvertance, comme dit eſt, tout prêt quand il plaira au Roi nôtre Sou„ verain Seigneur de dire les cauſes de ſon oppoſition ; & toujours ſauf „ l'honneur & réverance du Roi nôtre Sire & de tous. "

En un mot la Loi eſt certaine, ſans l'enrégiſtrement on ne peut exécuter, même avec des Lettres Patentes, un Décret qui détruit des Lettres Patentes, leſquelles étant enrégiſtrées au Parlement, portent le caractere de Loi dans l'Etat.

Ainſi ſe réuniſſent dans le Bref l'injuſtice du fond & celle de l'exécution.

Taire ces vérités par reſpect pour les Puiſſances, ſeroit un reſpect bien mal entendu ; ce ſeroit leur faire injure & leur déſobéir, puiſque pour exécuter perpetuellement la Regle, qu'ils ſe propoſent à eux-mêmes, de ne

(*a*) Fontanon, tom. 4. pag 1227.

jamais blesser la justice, ils ont fait des loix (a) où ils déclarent que leur intention est que les Juges *n'obéissent & n'obtemperent* point aux Lettres, lorsqu'elles sont *inciviles & déraisonnables*, & permettent aux Sujets de se pourvoir contre ces Lettres & ces ordres, qui au milieu de leur importantes occupations peuvent leur être surpris.

LE CONSEIL SOUSSIGNÉ, qui a vû le Bref de Cour de Rome du 1 Août 1738. concernant les Religieuses de la Congregation du Calvaire, les Bulles de Gregoire XV. du 22 Mai 1621. & du 8 Juillet 1622. les Lettres Patentes données sur ces Bulles, & l'Arrêt d'enregistrement au Parlement du 29 Mai 1626. les Actes de Consentement donnés lors de l'établissement des Monasteres par les Evêques de Paris, d'Angers, de Poitiers, de Nantes, &c. & autres piéces, ensemble le Memoire ci-joint, est d'avis que ce Bref renferme plusieurs abus.

Ce Bref énonce que son objet est de pourvoir efficacement à l'état & à l'utilité des Monasteres de la Congrégation du Calvaire de l'Ordre de S. Benoît, ou de quelqu'autre Ordre qu'elle soit. Le Pape députe M. l'Archevêque de Paris pour les Monasteres de Paris, & les autres Evêques dans les Diocèses où il y a d'autres Monasteres, afin qu'en qualité de Visiteurs Apostoliques pendant deux ans, chacun des Evêques s'informe respectivement de l'état des Monasteres qui sont dans son Diocèse, qu'il examine avec soin les Constitutions, de quelle maniere elles sont observées; qu'il prescrive par provision tout ce qu'il jugera à propos pour reformer les abus, s'il s'y en étoit glissé quelques-uns, *si qui fortasse irrepserint abusus*, pour éloigner & retrancher tout ce qui pourroit troubler la paix & la tranquillité. Le Pape suspend absolument, nonobstant quelqu'appellation que ce soit, toute superiorité, droit de visite, direction & administration du Visiteur General & des Superieurs Majeurs de la Congregation, déclare nuls & de nul effet tous les Actes qu'ils pourroient faire. Les Evêques délegués sont chargés d'envoyer à M. l'Archevêque de Paris tous les Actes qu'ils auront faits à l'occasion des visites ou délegations, avec les résolutions qu'ils prendront, ou jugeront devoir être prises, ensemble ce qui concerne les remedes qu'ils auront apportés, ou qu'ils estimeront qu'il y a lieu d'apporter pour consommer cet ouvrage de la maniere la plus salutaire.

Après les deux ans, le Bref donne à M. l'Archevêque une seconde commission pour deux autres années, avec pouvoir de s'associer d'autres Prélats Séculiers ou Reguliers, de quelqu'ordre que ce soit, & d'en subroger d'autres à la place d'eux qui pourroient déceder dans le cours de la Commission, & ordonne que tous ensemble ils fassent & statuent ce qu'ils estimeront pouvoir contribuer au bien & à l'utilité commune de toute la Congregation.

Ces Commissaires, aux termes du Bref, auront le pouvoir de destituer & de suspendre à perpétuité le Visiteur Géneral, les autres Superieurs Majeurs, & d'en nommer d'autres; de choisir une Generale ou Superieure, de conférer tous les Offices & Ministeres, de nommer les Superieures particu-

(a) Ordonnance de 1453. art. 66. Ordonnance de François I. en 1535. art. 28.

lieres, & de changer le tems, la maniere & la forme des Elections & des Nominations. Ces pouvoirs exhorbitans sont attribués à M. l'Archevêque de Paris, nonobstant tous Statuts, Usages, Coutumes, Privileges, de quelqu'autorité & par quelques sermens qu'ils soient affermis.

Un moyen d'abus, qui embrasse géneralement toutes les dispositions du Bref, se tire de ce qu'il anéantit la forme du gouvernement de cette Congregation, lequel consiste à avoir des Superieurs particuliers qui ne dépendent pas de l'Evêque Diocésain, & à n'être pas du genre des Congregations qui se disent immédiatement soumises au Saint Siege. Cette forme de gouvernement, canonique en soi & légitimement établie, est non seulement blessée par le Bref, mais totalement détruite.

La formation de la Congregation du Calvaire est l'ouvrage de deux Puissances, & toutes les formalités nécessaires pour donner à la Congregation un être solide dans l'Eglise & dans l'Etat, ont été observées. Elle fonde son établissement sur des Bulles, consentemens ou concessions des Evêques Diocésains, Lettres Patentes & Arrêts d'enregistrement.

La Bulle d'érection a été donnée par le Pape Gregoire XV. le 22 Mai 1621. Le Roi en la demandant, avoit exposé au Pape que les Religieuses du Calvaire désiroient de se mettre sous le régime & administration de Henri Cardinal de Retz, (Evêque de Paris,) de Jean du Perron Archevêque de Sens, & du Supérieur des Moines réformés de l'Ordre de S. Benoît.

Le Pape accorda aux Monasteres susdits & à tous ceux qui seroient ci-après canoniquement érigés, la faculté de se soumettre aux Superieurs ci-dessus, & voulut, ainsi que les Regles l'exigent, que ce fût du consentement des Ordinaires, *de consensu tamen Ordinariorum ;* en sorte que si les Evêques avoient refusé leur consentement, la concession auroit été inutile.

Cette Bulle a été présentée aux Evêques Diocésains, qui ont acquiescé par écrit, & par là se sont désistés de l'autorité, que selon le droit commun ils avoient ou pouvoient avoir chacun sur les Monasteres de son Diocèse, & ont consenti que cette autorité fût transportée aux Superieurs particuliers de de la Congregation.

Le Roi de son côté a approuvé & confimé l'établissement & la forme de gouvernement par ses Lettres Patentes; elles ont été enregistrées au Parlement.

A l'égard de la possession, le Superieur des Moines réformés de l'Ordre de S. Benoît n'a fait aucune fonction; lui & le Pere Joseph Capucin, qui a été mis à sa place, sont les seuls du second Ordre qui ayent jamais été au nombre des Superieurs Majeurs ; tous les autres jusqu'aujourd'hui ont été des Evêques.

Cette forme de gouvernement qui affranchit du pouvoir des Evêques Diocésains, des Maisons situées dans leurs Diocèses, pour leur donner des Superieurs particuliers, sans qu'elles soient immédiatement assujetties au Saint Siege, n'est pas nouvelle. On en trouve des exemples même dans un tems très ancien, & jusques dans les bas siecles. On voit des Monasteres distraits du gouvernement Diocésain, qui n'en étoient pas pour cela plus assujettis au Saint Siege. Les uns avoient pour Superieurs des Evêques d'un autre Diocèse & d'une autre Province ; d'autres, des Abbés Reguliers, ainsi que le celebre

Monaſtere de Lérins, & quantité d'autres, mais toûjours avec le conſente-conſentement de l'Ordinaire. Les motifs d'affranchir les Monaſteres du gouvernement des Evêques Diocéſains, ſont de procurer aux Monaſteres un gouvernement uniforme, & la néceſſité de donner à une Congregation répandue en différens Diocèſes, des Superieurs qui ayent autorité ſur le Corps entier.

Mais il eſt ſurabondant de montrer la régularité de ce gouvernement : Les deux Puiſſances ont concouru à ſa formation, & l'ont jugé régulier. Le Roi a bien voulu ſe joindre aux Monaſteres pour obtenir la premiere Bulle de 1622. Elle a été ſuivie des conſentemens des Evêques Diocéſains & des Lettres Patentes enregiſtrées au Parlement. Il n'y a aucun Corps Eccléſiaſtique Séculier ou Régulier dans le Royaume, qui ait des titres plus authentiques.

Le Bref de 1738. détruit entiérement ces titres fondamentaux.

Les Communautés du Calvaire dans l'inſtant de leur formation étoient ſoumiſes, ſuivant le droit, à leurs Evêques Diocéſains : Elles en ont été tirées, & les Superieurs Majeurs ont été mis en la place des Evêques Diocéſains, qui ont bien voulu ſe dépouiller en leur faveur de leur autorité, ſans que cette exemption ait acquis au Pape le droit de gouverner qu'il n'avoit pas auparavant, puiſqu'il appartenoit aux Ordinaires ; enſorte que cette Congregation n'a jamais été ſemblable à celles qui ſe qualifient immédiatement ſoumiſes au Saint Siege. Tel eſt l'état de la Congregation & de ſes Superieurs, ſelon les titres fondamentaux.

Au contraire, le Bref de 1738. s'il avoit lieu, non ſeulement rendroit la Congregation immédiatement ſoumiſe au Pape ; ce qui eſt déja un renverſement de leur état & de leurs titres conſtitutifs ; mais il la ſoumettroit au pouvoir arbitraire, que le Pape ne peut pas exercer en France, pas même ſur les Monaſteres qui ſe qualifient immédiatement ſoumis au Saint Siege ; ce qui eſt un autre renverſement encore moins tolérable que le précedent. Ces deux ſortes de renverſemens ſont tellement mêlés dans les diſpoſitions du Bref, qu'il n'eſt guéres poſſible de les préſenter ſéparément.

D'abord la Congregation eſt transformée par le Bref en Congregation immédiatement ſoumiſe au Pape, car en s'appliquant l'autorité qui reſide dans les Superieurs Majeurs, en établiſſant des Viſiteurs Apoſtoliques, en leur donnant le droit de corriger & de réformer ; en ſuſpendant par proviſion, & donnant commiſſion de ſuſpendre à perpétuité le Viſiteur & les Superieurs Majeurs, en s'attribuant à lui-même, & faiſant exercer par ſes Viſiteurs délegués tous les droits de Nomination, d'Election, d'Inſpection & de Correction, qui appartiennent à la Congregation, à ſes Superieurs & Superieures, le Pape exerce les Actes d'un pouvoir plus étendu que ſi la Congregation étoit du genre de celles qui ſe qualifient immédiatement ſoumiſes au Saint Siege. Ainſi par cette premiere vûe il y a défaut de pouvoir dans toutes les diſpoſitions du Bref ; elles ſont autant de contraventions aux Bulles d'établiſſement, aux Conceſſions des Evêques Diocéſains, aux Lettres Patentes, & aux Arrêts d'enregiſtrement.

Quant à la ſeconde vûe ſous laquelle le renverſement doit être conſideré, elle eſt telle que, ſi l'on ſuppoſoit que la Congregation du Calvaire fût ſemblable à celles qui ſe qualifient immédiatement ſoumiſes au Saint Siege, le Bref

Bref seroit encore abusif dans toutes ses dispositions. Toutes en general dérogent aux Statuts, Reglemens, & Loix établies par les deux Puissances ; & par conséquent ce Bref exerce le pouvoir arbitraire, qui tend à détruire toutes nos Libertés.

I. Pour descendre dans le détail, un premier abus consiste dans la délégation de Visiteurs Apostoliques au préjudice du Visiteur ordinaire & des autres Superieurs propres à la Congregation. Ce droit de visite par premiere inspection, ou en premiere instance, étant donné par les Titres du Calvaire, non au Pape, mais à des Superieurs particuliers, & étant pareillement attribué par les Ordonnances du Royaume, aux Superieurs ordinaires des Reguliers, la délegation de Visiteurs Apostoliques faite par le Pape, blesse tout à la fois & ses Statuts particuliers & nos Ordonnances, aussi-bien que la maxime fondamentale de nos Libertés, par laquelle le Pape n'a en France aucune jurisdiction en premiere instance, pas même sur ceux qui sont exempts & se disent immédiatement soumis au Saint Siege. Cette maxime a également lieu en matiere de jurisdiction contentieuse, & en matiere de jurisdiction qui s'exerce d'office, telle qu'est la visite ; étant nécessaire au bon ordre que chaque Juge, chaque Superieur exerce ses fonctions, sans que le Pape puisse les troubler, se mettre à leur place, & exercer au lieu d'eux leurs droits & leurs fonctions, ou les faire exercer par ses Délegués. Le même vice d'exercer la jurisdiction en premiere instance se trouve aussi dans la clause qui, après l'expiration des deux premieres années, établit l'Archevêque de Paris Commissaire pour deux autres années.

II. Un second abus est, que les Superieurs Majeurs subrogés aux Evêques Diocésains, sont transformés en simples Délegués amovibles *ad nutum*, & que commission est donnée de les destituer arbitrairement : ce qui est contraire aux Titres solemnels qui les établissent perpetuels & en Titre. Rien de plus incontestable que l'irrévocabilité des Pasteurs titulaires : elle est si certaine, que les Superieurs perpetuels des Congregations qui se prétendent immédiatement soumis au Pape, jouissent conformément aux saints Canons de l'irrévocabilité, & ne peuvent être destitués que pour crime judiciairement avéré. Autrement ils seroient exposés tous les jours à se voir renvoyés au gré de la Cour Romaine sans sujet légitime. Ce qui rempliroit de trouble les Monasteres, jetteroit la confusion dans l'Eglise, & introduiroit en France le pouvoir arbitraire que prétend la Cour de Rome. La destitution arbitraire des Superieurs dont il s'agit, ne pourroit donc point passer pour permise, sans admettre en même tems que tous les Pasteurs, même Titulaires, sont révocables.

III. On doit compter pour troisiéme abus les droits que le Pape s'attribue de donner & faire donner par ses Délegués des Successeurs aux Superieurs du Calvaire, qui par les titres fondamentaux de la Congregation, ont droit de nommer eux-mêmes des Successeurs à ceux d'entr'eux qui viennent à manquer.

IV. Quelque grandes que soient toutes ces infractions des Regles, un nouvel abus y est ajouté par la défense d'appeller de la suspense en quelque Tribunal que ce soit, & de quelle maniere que ce puisse être. On enleve d'un seul coup l'appel comme de Juge incompétent, tous les Appels ecclésiastiques, & même les Appels comme d'abus ; c'est élever au Pape un Tribunal superieur au Concile, aux Parlemens & au Roi.

De plus, le Bref contient une multitude d'entreprises sur les droits qui appartiennent à la Congrégation & à ses Supérieurs, tels que d'élire *la Générale, ses Assistantes*; & autres *Officieres*; droits qui sont transferés à M. l'Archevêque, ou plûtôt à un Tribunal incompétent, auquel le Pape confere un pouvoir arbitraire & indéfini, en leur donnant celui de changer le tems, *la maniere & la forme des Elections & des Nominations*, en privant la Congrégation du droit dont elle est en possession depuis son origine, (& qui est si conforme à la plus saine discipline) de présenter ceux qui doivent être établis pour Superieurs, en rendant le Visiteur comptable à M. l'Archevêque, comme délegué, au lieu qu'il ne l'est qu'aux Superieurs Majeurs, à qui par un autre abus on ôte le droit de le nommer; tout cela, nonobstant les Statuts, Droits, Privileges, Reglemens, Constitutions du Calvaire, quoique munis de l'autorité des deux Puissances.

La clause, *de causis notis*, qui tient lieu de motif à toutes les dispositions du Bref, est équivalente à celle de *motu proprio*, & même caractérise plus énergiquement cette puissance, qui prend sa volonté pour regle, & ne rend compte à personne. L'une & l'autre sont également rejettées en France. Celle-ci doit l'être à plus forte raison dans le cas présent, où le pouvoir arbitraire, dont elle renferme une profession publique, se trouve effectué en tant de manieres différentes.

Pendant que le Pape ne déclare d'autre motif que sa volonté, il reconnoît d'un autre côté que son Bref n'a point de motifs; puisqu'il le donne pour reformer des abus, au cas qu'il s'en fût glissé, *si quis fortasse irrepserint abusus*. C'est avouer qu'il n'y en connoît aucun. Effectivement les Religieuses du Calvaire, qui vivent sous une Regle très-austere, laquelle est celle de S. Benoît dans sa premiere rigueur; ne sont ni accusées, ni même soupçonnées d'y avoir contrevenu. Ainsi, non seulement il n'y a pas lieu à ce que fait le Bref, car le Pape ne peut jamais avoir de raisons de passer son pouvoir, de commander despotiquement & arbitrairement, & de renverser les Statuts & la Regle d'une Congregation qui veut l'observer, mais il n'y auroit pas même matiere à une reformation légitime.

Il ne faut pas omettre qu'il y a abus, en ce que quelques Evêques des Diocèses où sont situées les Maisons du Calvaire, se rendent Exécuteurs du Bref contre les engagemens primitifs de leurs Prédecesseurs. En effet, ce qu'ils font aujourdhui, n'est pas pour remettre la Congregation sous leur autorité; ils ne pourroient l'y faire rentrer au préjudice des titres légitimes, par lesquels ils se sont eux-mêmes dépouillés de l'autorité qu'ils avoient naturellement, chacun sur les Maisons de son Diocèse. Ce n'est pas non plus pour soumettre la Congregation au Pape en la maniere tolérable en laquelle le sont celles qui se disent immédiatement soumises au Saint Siege: ce seroit un changement encore plus abusif que le précedent. Ce que fait le Pape, & ce que les Evêques exécutent comme ses Délegués, c'est d'assujettir la Congregation dont il s'agit, au pouvoir arbitraire & indéfini prétendu par le Pape, détruisant ainsi eux-mêmes ce que leurs Prédecesseurs se sont obligés de conserver à jamais, & contrevenant aux loix les plus précieuses de l'Eglise & de l'Etat.

Toutes ces dérogations aux Statuts, aux Privileges, aux Titres constitutifs du Calvaire, & ce renversement entier de la Congregation, blessent tout à la fois l'autorité des Regles Ecclésiastiques, qui étant une fois établies, ne peuvent être arbitrairement changées, l'autorité des Evêques qui ont concouru à l'établissement de la Congregation, celle du Saint Siege qui l'a approuvée, l'autorité de nos Libertés, l'autorité du Roi, & celle que les Parlemens exercent en son nom.

Un abus qui influe encore sur toutes les dispositions du Bref, c'est qu'il tend à une infraction des vœux des Religieuses du Calvaire. Ces vœux consistent essentiellement dans la promesse faite à Dieu d'observer une certaine Regle & certains Statuts, & par conséquent d'obéir aux Superieurs que donnent ces Statuts, & de leur être soumises en tout ce qu'ils commandent selon la Regle. On renverse aujourd'hui la forme du gouvernement, & les Statuts sous lesquels les Religieuses du Calvaire se sont engagées; on leur ôte les Superieurs ausquels elles ont voué l'obéissance, & l'on en substitue d'autres; on les soumet à une autorité arbitraire, & l'on donne pouvoir malgré leurs vœux de changer leurs Statuts & leurs Regles; & par conséquent de les transformer en d'autres Religieuses d'un autre Institut. Tout cela ne se pourroit sans violer leurs vœux, auxquels elles ne peuvent être contraintes de renoncer.

Enfin, le Bref est abusif dans son exécution par le défaut de Lettres Patentes enregistrées au Parlement. *Sans l'enregistrement* (disoit en 1710. M. Guillaume-François Joly-de-Fleury lors Avocat General) des Lettres Patentes *ne peuvent déroger aux Loix du Royaume*. La volonté du Roi écrite dans les Ordonnances, c'est que les Juges n'enregistrent point les Lettres qui se trouveront *inciviles & déraisonnables*, & qu'ils les rejettent comme obtenues par surprise. Acquiescer à un Bref si rempli d'abus, ce seroit donc desobéir au Roi, & enfraindre les Loix divines & humaines.

Délibéré à Paris le 1 Septembre 1740.

Le Roy, Doyen de l'Ordre des Avocats.
Le Roy de Vallieres.
De la Vignes.
Duhamel.
Guillet de Blaru.
Chevallier.
Pothouin.
Visinier.
Cochin.
Bellanger.
Coueseau.
Le Roy de la Tour.
Texier.
Lerondelle de Feranville.
Pothouin d'Huillet.
Le Paige, fils.

LE CONSEIL SOUSSIGNÉ, qui a vû la Consultation du 2 Septembre 1740. au sujet des Religieuses de la Congregation du Calvaire, est d'avis, qu'il y a abus dans le Bref y mentionné; plusieurs moyens insérés dans cette Consultation le démontrent : & c'est un excès des plus abusifs, que le Pape par un Bref détruise le régime d'une Congregation canoniquement & légitimement établie par le concours parfait des régles des deux Puissances, sans causes, dont la connoissance eût été prise & jugée dans les formes pratiquées dans le Royaume ; le Decret *de causis*, si connu & si prétieux en France, suffisant seul pour former un obstacle perpétuel à une telle entreprise : d'ailleurs, l'esprit des Ordonnances pour l'établissement & la subsistance des Congrégations suivant les régles reçûes dans le Royaume, conformément ausquelles les vœux sont émis, se trouve détruit par un tel Bref.

Déliberé à Paris le 21 Janvier 1741.

PREVOST.
LECONTE.
LEQUEUX.
BOULLÉ.
SOYER.
DIZIÉ.
LEMOINE.
DU CHEMIN.
DUMORTIER DU ROCHER.

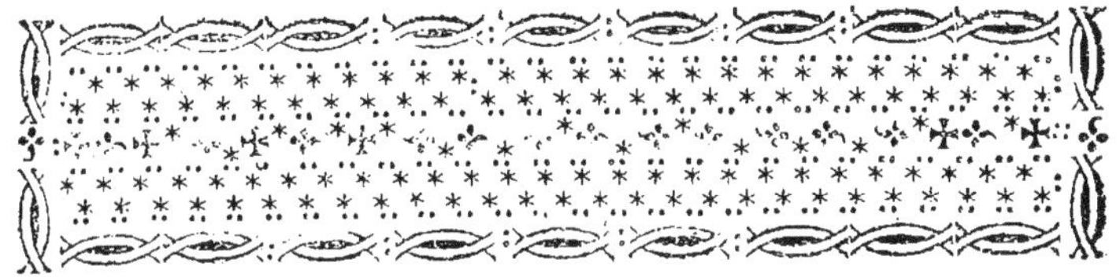

SUITE DU RECUEIL DE PIECES

CONCERNANT L'AFFAIRE

DES RELIGIEUSES DU CALVAIRE.

Acte d'opposition des Religieuses du Calvaire à l'enregîtrement de toutes Lettres Patentes tendantes à la vérification du Bref de N. S. P. le Pape Clement XII.

L'AN MIL SEPT CENT TRENTE-NEUF, le trente Juin avant midy, à la Requête des Reverendes Meres, Sœur Susanne de SAINT-JOSEPH CHEVAIS Prieure du Monastere du Calvaire du Marais à Paris y demeurante, Sœur LOUISE-MAGDELEINE DE SAINTE-ADELAIDE DE BEAUVAU demeurante au même Monastere, & Sœur LOUISE DE L'ENFANT-JESUS Prieure du premier Monastere du Calvaire de Poitiers y demeurante, toutes trois Assistantes de la Congrégation des Religieuses Benedictines Réformées dites du Calvaire, chargées par le devoir de leurs dites places d'Assistantes, & ayant droit par leurs Constitutions en l'absence de la Reverende Mere Directrice Supérieure Générale, d'agir pour & au nom de ladite Congrégation, pour lesquelles domicile est élû en la Maison de Me. Benjamin Caillau Procureur au Parlement, rue des Maçons, Paroisse Saint-Severin ; J'ai Nicolas Mechin Huissier Audiancier de la Chambre des Eaux & Forêts de Paris y demeurant, rue de la Calandre, Paroisse Saint-Germain-le-vieil soussigné, signifié & déclaré à Monseigneur le Procureur-Général en son Hôtel rue Haute-Feuille en parlant à son Portier qui a refusé de dire son nom, de ce sommé & interpellé suivant l'Ordonnance, que lesdites Dames Religieuses Assistantes audit nom s'opposent à l'enregîtrement de toutes Lettres Patentes expédiées & à expédier, tendantes à la vérification du Bref de N. S. P. le Pape Clément XII. en datte du premier Aoust mil sept cens trente huit, & ce pour les causes & motifs à déduire en tems & lieu ; comme aussi s'opposent à l'enregîtrement de toutes Lettres Patentes sur tous autres Brefs, Bulles & autres Rescrits Apostoliques qui concerneroient ladite Congrégation du Calvaire, sans que ladite Congrégation ait été préalablement appellée & entendue, sans préjudice d'autres voies de droit contre l'éxecution desdits Brefs ou Bulles, que lesdites Dames, au nom de leur Congrégation, se reservent de prendre & poursuivre ainsi qu'elles aviferont ; & ai laiffé à Monditfeigneur le Procureur-Général, parlant comme deffus, copie du préfent, à ce qu'il n'en ignore.

MECHIN.

Controllé à Paris le 30. Juin 1739.

Lettre des Religieufes du Calvaire à fon Eminence Monfeigneur le Cardinal de Fleury.

MONSEIGNEUR,

PLUS nous relifons la Lettre que Votre Eminence nous a fait l'honneur de nous écrire, plus nous nous fentons pénétrées de reconnoiffance des marques de bonté qu'elle renferme. Nous ofons dire que V. E. ne nous en jugeroit pas indignes, fi elle voyoit le fond de notre cœur, & le profond refpect dont il eft rempli pour Elle.

L'année qui s'eft écoulée, n'a été pour nous qu'une année d'allarmes, d'anxiétés & d'angoiffes. Les férieufes réflexions que nous avons eu le tems de faire, ne nous ont préfenté, Monfeigneur, aucun milieu, entre offenfer Dieu en agiffant contre notre confcience, & nous expofer à des fuites fâcheufes en refufant d'acquiefcer au Bref. Heureufes celles d'entre nous que le Seigneur a achevé de purifier pendant ce délai, & qu'il a mis dans le fecret de fa face à l'abri des tempêtes que nous effuïons !

Nous nous fouvenons avec reconnoiffance que le Pape & le Roi ont bien voulu faire concourir leur autorité pour notre établiffement; mais, qu'il nous foit permis de le repréfenter à Votre Eminence, cet établiffement ne s'eft pas fait fans nous & fans notre confentement : Ce n'eft pas malgré nous que ces deux autorités fi refpectables nous ont fait Religieufes, & Religieufes du Calvaire ; nous voulons dire, affujetties à une certaine Régle que nous avons librement & de notre pur choix fait vœu d'obferver, foumifes à certains Superieurs aufquels nous avons promis en connoiffance de caufe une obéiffance entiere & perpetuelle. Le Pape & le Roi ont fuppofé notre acquiefcement, & ils n'ont point entendu le former : En nous établiffant ils n'ont voulu que fe prêter à nos demandes & procéder fur notre priere. Ils n'ont agi qu'en confequence du confentement de tous les intereffés, & en fuivant toutes les formalités effentielles en pareils cas. La foi de cette double autorité a affuré d'une maniere invariable les conditions de notre engagement ; & c'eft fur cette Loi facrée que nous nous fommes déterminées à le contracter, cet engagement redoutable, par un acte folemnel, libre & reflechi de notre volonté.

Aujourd'hui le Bref vient changer ces conditions : Il nous ôte les Superieurs aufquels nous avons voué l'obéiffance : Il nous en donne de nouveaux, qui, tout refpectables qu'ils font, ne font point entrés dans le deffein du vœu que nous avons prononcé : Il attribue à ces nouveaux Superieurs le droit de fufpendre, de dépofer, de nommer nos Superieurs du dedans & du dehors, de changer à perpétuité notre gouvernement & notre régime : le tout avec un plein pouvoir & nonobstant tout Appel, de quelque nature qu'il soit, à l'effet de quoi le Pape déroge expressement à nos Constitutions, Statuts, Coutumes, Usages, Privileges, de quelque autorité qu'ils soient émanés & confirmés. Cette dérogation seule suivant les Maximes du Royaume, rendroit le Bref manifestement abusif : puisque suivant ces Maximes, dont l'affaire présente nous a obligé de nous instruire encore plus particulierement, le Pape ne peut sans abus déroger arbitrairement aux Loix, Statuts & Réglemens des Congregations, Corps & Communautés une fois solemnellement établies en France.

Quel avenir, Monseigneur, le Bref ne nous laisse-t'il pas d'ailleurs entrevoir pour nos propres personnes, en commençant par suspendre nos Supérieurs légitimes sans connoissance de cause, sans formalité aucune, malgré le caractere & la dignité dont ils sont revêtus. Ce n'est certainement pas, Monseigneur, que nous entendions nous soustraire à la réformation des abus qu'on croiroit s'être glissés dans notre Congrégation. S'il en est, nos Supérieurs legitimes sont en droit & capables d'y remedier. S'ils ne le faisoient pas, les Règles Canoniques dont V. E. est bien mieux instruite que nous, autorisoient à les en avertir : mais ce n'eût été qu'en conséquence du mépris de ces avertissemens & en suivant les formes prescrites, qu'on pouvoit prononcer la peine de suspense contre eux, après les avoir entendus dans leur défense. Notre attachement à nos Supérieurs légitimes, notre réclamation en faveur des Règles, pourroient-ils être transformés en crime ? & plutôt n'en seroit ce point un, si nous manquions à ces devoirs ?

Nous le dirons à V. E. avec la confiance qu'exigent les témoignages de bonté dont elle nous honore. V. E. veut bien faire l'éloge de notre régularité & de notre fidélité aux devoirs de notre état. Cependant quelle nature de dérèglemens n'annonce pas le Bref par cet appareil de voies extraordinaires, de commissions inusitées, de suspenses des Supérieurs légitimes ? Bien indignes aux yeux de Dieu des graces qu'il nous fait & de celles que nous espérons de lui, par sa miséricorde nous ne sommes pas devenues des objets de scandale dans son Eglise. Mais quelque sensibles que nous devions être à cette éclatante diffamation de notre Congrégation, nous sommes infiniment plus touchées de la crainte de manquer à nos devoirs, & par-là d'offenser Dieu.

Que V. E. veuille bien nous regarder comme des Filles que cette crainte fait agir, & Elle nous trouvera dignes non-seulement de sa compassion, mais, nous osons le dire, de toute sa protection. Nous nous jettons en esprit à ses pieds pour la lui demander : Et pourquoi la demandons-nous, Monseigneur ? Pour qu'il nous soit permis de vivre en paix dans l'observation d'une Règle austere que nous avons embrassée, dans l'obéissance à des Supérieurs légitimes à qui nous l'avons vouée ; pour qu'on ne nous assujettisse pas malgré nous à de nouveaux réglemens que nous n'avons ni prévus ni dû prévoir ; pour qu'on ne nous soumette pas à des Supérieurs différens de ceux que nos Constitutions nous donnent ; enfin pour qu'on ne change pas des conditions, dont les deux Puissances se sont rendues solemnellement garantes & sous la foi desquelles nous avons fait les plus grands sacrifices.

Votre Eminence sentira parfaitement que, retenues par les bornes d'une Lettre, nous ne faisons ici que toucher une petite partie des motifs de notre conduite : Et que de choses dignes de l'attention de V. E. n'aurions-nous pas à ajouter ? Mais nous ne pouvons finir sans faire à V. E. les plus respectueuses & les plus instantes prieres sur un objet des plus interessans & des plus précieux pour nous. Les ordres qui nous ont enlevés notre Reverende Mere Generale, nous pénétrent d'une affliction, que chaque jour ne fait qu'augmenter. Combien ne paroîtra-t'il pas même juste à V. E. qu'une affaire aussi capitale pour notre Congrégation, ne se consomme pas sans la participation de celle qui en est le Chef ? Nous conjurons V. E. avec larmes, de vouloir bien employer son crédit à rendre à des Filles une Mere infiniment chérie. Nous sommes persuadées que la tendresse du cœur de V. E. le portera à approuver la demande que nous en faisons ; & nous nous flatons que ce même cœur l'engagera à nous en obtenir le succès.

Nous sommes avec le plus profond respect,

MONSEIGNEUR,

DE VOTRE EMINENCE,

Les très-humbles &c.

Signé des deux Communautés de Paris toutes entieres le 26. Janvier 1740.

Déclaration présentée à M. l'Archevêque de Paris, les 11. & 12. Décembre 1738. par les Religieuses du Calvaire des deux Maisons du Marais & du Fauxbourg Saint-Germain.

NOUS Superieure Generale, Assistantes de la Congrégation des Religieuses dites du Calvaire, Prieure & Religieuses de la Maison du Calvaire du Marais, formant la Communauté. Quelque pénétrées que nous soyons d'un très-profond respect pour Monseigneur l'Archevêque de Paris, & quoique disposées à lui rendre tout ce que nos Constitutions nous prescrivent de rendre à l'Evêque Diocésain, déclarons que sans préjudicier en rien à la plus parfaite véneration & au plus profond respect dont nous sommes remplies pour notre S. P. le Pape, & pour Sa Majesté, nous ne pouvons recevoir mondit Seigneur l'Archevêque de Paris en la qualité qu'il entend prendre de Commissaire délegué du S. Siége.

Le Bref qui lui donne cette qualité n'est point revêtu de la forme qui seule peut en autoriser la publication & l'exécution dans le Royaume ; il n'est point accompagné de Lettres Patentes enregîtrées au Parlement ; ce qui est néanmoins absolument nécessaire pour qu'un Bref de Rome puisse être executé en France.

De plus ladite qualité de Commissaire Apostolique va à nous donner un Superieur différent de ceux, qui sont établis suivant nos Constitutions

titutions & nos Règles. Ces Constitutions & ces Règles sont autorisées par les deux Puissances ; elles sont confirmées par des Bulles revêtues de Lettres Patentes enregîtrées au Parlement : elles sont notre Loi : nous avons fait vœu de les observer ; & c'est aussi sous la foi de ces Constitutions & de ces Règles que nous nous sommes engagées à la Religion.

C'est-pourquoi & pour autres motifs à déduire en tems & lieu, nous déclarons à Monseigneur l'Archevêque de Paris, que nous nous proposons de faire à Sa Majesté nos très-humbles & très-respectueuses Remontrances sur le contenu en ses ordres à nous signifiés le jour d'hier, & lui exposer l'impuissance où nous sommes de reconnoître mondit Seigneur l'Archevêque de Paris en ladite qualité de Commissaire délégué du S. Siege ; & au cas, ce que nous ne présumons pas, que mondit Seigneur l'Archevêque passât outre au préjudice desdites Remontrances, nous protestons contre tout ce qu'il pourroit faire en la susdite qualité, nous réservant expressément de nous pourvoir, où & en la maniere qu'il conviendra, même d'interjetter appel comme d'abus dudit Bref, relever ledit appel, & en poursuivre le jugement definitif, & faire tous actes, oppositions, protestations que de droit. Fait en notre Maison du Calvaire du Marais le onziéme jour de Décembre mil-sept cent trente-huit.

(Signé pour la Maison du Marais)

Sœur MARGUERITE-FRANÇOISE DE S. AUGUSTIN DE COESQUEN Supérieure Generale.

Sr Suzanne de Saint-Joseph CHEVAIS, Prieure & Assistante.

Sr Elizabeth de Sainte-Monique DE GRENEDAN, Soûprieure.

Sr Louise-Magdeleine de Sainte-Adelaïde DE BEAUVAU, Assistante.

Sr Therese de Saint-Augustin BAUDRAN.

Sr Magdeleine de Sainte-Christine LE GRAND.

Sr Catherine-Angelique de Sainte-Magdeleine LE GRAND, Doyenne.

Sr Charlotte de Sainte-Thaïs DU TILLET.

Sr Marie-Magdeleine de Sainte-Felicité LE ROI.

Sr Marie-Cecile DE LA TOURNELLE.

Sr Anne de Sainte-Marie DE LA BLINIERE.

Sr Hyacinte de Sainte-Darie LE FEVRE, Doyenne.

Sr Marie-Magdeleine de Sainte-Praxede BLONDEAU.

Sr Claude-Marguerite de Sainte-Eulalie LE ROI, Doyenne.

Sr André-Marguerite de Saint-Benoît DE BREVIANDE.

Sr Marianne de Sainte-Thecle LE ROI.

Sr Anne de Saint-Jacques JACQUIN.

Sr Marie-Elizabeth de Saint-Paulin LE PARFAIT.

Sr Marie-Suzanne de Sainte-Leocadie LE ROI.

Sr Renée de Sainte-Elizabeth LE VENEUR.

Sr Therese de Sainte-Athenodore DU SCONVEL.

Sr Marie-Louise-Marguerite de Sainte-Emelie DU VIVIER.

Sr Marguerite-Françoise de Sainte-Febronie DU VIVIER.

Sr Marie-Anne de Sainte Olympiade DE SAINT-VRIAL.

Sr Anne de Saint-Joseph DE PERTUIS.

Sr Marie de Saint-Antoine NERZIC.

Sr Anne de Sainte-Aglaë DE SIMIANE.

Sr Charlotte de Saint-Cyprien DE MONTAIGU.

Sr Eleonor de Saint-Augustin DE GRENEDAN.

Sr Marie de Saint-Paul BAUDIN.

Sr Antoinette de Saint-Pierre POUCHAUT.

Sr Eleonor de Saint - Prosper DE GRENEDAN.

Sr Magdeleine de Saint - Bernard DE JOUVANCOURT.

Sr Françoise de Saint - Leon DE MAILLEBOIS.

Sr Louise de Saint - Irénée DE MAILLEBOIS.

(Signé pour la Maison du Fauxbourg Saint-Germain.)

Sœur Monique de Saint-Bernard DE NOGENT Prieure.

Sr Renée de Sainte-Therese DE LA BLANCHARDIERE, Soûprieure.

Sr Magdeleine de Saint-Maurice GUY.

Sr Agnès de Saint-Alexis GUY, Doyenne.

Sr Marguerite - Eléonor de Saint-Paul BAUDIN.

Sr Marie de Sainte - Flavie HUGUET.

Sr Marguerite de Sainte-Melanie DESBOIS.

Sr Denise de Sainte Julie DOUCET.

Sr Françoise de Saint - Donatien ROBINET.

Sr Marie-Aimée de Saint-Jerôme LE MAITRE.

Sr Marie-Magdeleine de Sainte-Agathe DE MONTENAY.

Sr Françoise de Sainte - Candide COLLIN.

Sr Cecile-Catherine de Saint-Roch FAGART.

Sr Françoise - Auguste de Saint-Jerôme DE FLAHAUT DE LA BILLARDRIE, Doyenne.

Sr Marguerite de Sainte Clotilde LOYSEL.

Sr Angelique de Saint - Armand GARNIER.

Sr Marie-Anne de Sainte Eulalie LANGLOIS.

Sr Marie de Saint-Theophore SUGÉE.

Protestation faite par les deux Maisons du Calvaire de Paris lors de la prétendue Visite du P. Boucher Religieux Bénédictin.

NOUS Souſſignées, Premiere Aſſiſtante de la Congrégation des Religieuſes du Calvaire & Prieure du Monaſtere de ladite Congrégation établi à Paris au Marais, & Religieuſes dudit Monaſtere compoſant la Communauté entiere, déclarons au R. P. Boucher Religieux Bénédictin, que nous n'avons pu apprendre qu'avec la derniere ſurpriſe qu'il s'étoit ingéré de faire les fonctions de Viſiteur de notre Congrégation dans quelques-unes des Maiſons de nos Sœurs de Province. Ledit R. P. Boucher ne peut ignorer l'oppoſition régulierement formée à l'exécution du Bref de N. S. P. le feu Pape Clement XII. en date du 1. Août 1738. par notre Reverende Mere Generale & par les Reverendes Meres Assistantes au nom de la Congrégation entiere : opposition que nous avons avouée par la declaration signée de chacune de nous que nous avons eu l'honneur de remettre à M. l'Archevêque de Paris le 11. Decembre 1738. opposition fondée sur les plus puissans motifs, lesquels subsistent aujourd'hui comme ils subsistoient alors.

Si au mépris d'une pareille opposition subsistante, il n'a pas été possible de mettre légitimement à aucune exécution le susdit Bref de Sa Sainteté, le R. P. Boucher a encore moins pu entreprendre de faire des Visites dans nos Maisons, lui qui n'ayant aucune Mission de nos Superieurs légitimes, ne peut même se dire autorisé par ledit Bref, lequel ne commet dans les deux premieres années que les personnes des seuls Evêques ausquels il est adressé, & ne prétend attribuer aux Prélats délégués la faculté de choisir & nommer un Visiteur, qu'après lesdites deux années expirées, & avec certaines conditions énoncées audit Bref.

Nous ne pouvons donc regarder les susdites demarches du R. P. Boucher, que comme une entreprise contraire à toutes les Loix, & à laquelle nous ne pourrions nous prêter sans une véritable prévarication; puisque ce seroit nous rendre complices d'un mal aussi grand que l'est celui de voir un particulier sans ombre de pouvoir ni de Mission, s'ingerer de faire la Visite d'une Congrégation entiere de Religieuses. Si nous ne pouvons empêcher qu'on ne tente une chose si contraire à toutes les Règles, du moins espérons-nous, avec la grace de Dieu, de n'y prendre jamais aucune part.

C'est-pourquoi, & pour autres raisons à déduire en tems & lieu, persistant dans notre susdite déclaration du 11. Décembre 1738. & la renouvellant en tant que besoin est ou seroit, Nous déclarons de rechef au susdit R. P. Boucher, que nous n'entendons ni ne pouvons le reconnoître en aucune façon pour Visiteur de notre Congrégation, ni en particulier de notre Maison : que Nous nous opposons à ladite qualité & à toute autre qu'il prétendroit prendre à notre égard, ainsi qu'à tous actes de Supériorité, Visite, Inspection & autres qu'il entreprendroit de faire dans notre Congrégation & dans notre Maison ; & protestons contre tout ce que ledit R. P. Boucher a pu ou pourroit faire par la suite, au préjudice de nos susdites déclarations & de notre présente opposition. Et avons donné copie du présent Acte signé de Nous toutes, audit R. P. Boucher. Fait à Paris en notre Monastere du Calvaire du Marais, ce 25. Novembre 1740.

Protestation des Maisons de Provinces contre la prétendue Visite de D. Boucher. *

NOUS Prieure & Religieuses de la Communauté du Calvaire de.... en conséquence de la Déclaration ci-dessus dans laquelle nous persistons, déclarons au R. P. Boucher que quelque considéra-

* Les Maisons où les Evêques Diocésains on été, ont mis à la tête de leur

tion que nous ayons personnellement pour lui, nous ne pouvons en aucune sorte le regarder comme Visiteur de notre Congrégation, ni consentir en façon quelconque qu'il en fasse aucun acte dans notre Maison. Déclarons en outre que nous sommes infiniment surprises de voir ledit R. P. Boucher s'attribuer la qualité de Visiteur de nos Maisons & vouloir procéder à la Visite d'icelles, d'autant plus que ledit R. P. ne peut avoir le moindre titre, quelque légerement coloré qu'il soit, pour prendre ladite qualité & faire ladite Visite; le Bref même de N. S. P. le feu Pape Clement XII. ne lui donnant ni directement, ni indirectement aucun titre pour cela. Laquelle derniere Déclaration ne faisons que par surabondance de droit & sans prétendre déroger en aucune façon à nos précédentes Déclarations, Oppositions, Protestations contre toute exécution du susdit Bref surpris à la Religion de N. S. P. le Pape Clement XII. protestant de nous pourvoir ainsi & quand il appartiendra, contre tout ce que ledit R. P. Boucher pourroit faire au préjudice du présent acte que nous avons signé de notre main. Fait en notre Monastere du Calvaire de .... ce .... 1740. & dont nous avons remis un double au susdit R. P. Boucher aussi signé de notre main à ce qu'il n'en ignorât, lequel s'en est chargé le...

Lettre des Religieuses du Calvaire à son Eminence Monseigneur le Cardinal de Fleury en lui adressant un Mémoire & les Consultations des Avocats, où l'on fait voir les abus & les irrégularités du Bref.

MONSEIGNEUR,

NOUS eûmes l'honneur, il y a plus de deux ans, d'annoncer à Votre Eminence un Mémoire expositif des raisons qui nous empêchent d'acquiescer au Bref surpris au feu Pape contre notre Congrégation. Notre profond respect pour les occupations importantes de V. E. & le desir sincere que nous avons d'être oubliées nous ont fait differer jusqu'ici l'envoi de ce Mémoire. Quelques sensibles que nous soyons aux differens coups qui nous ont été portés, nous avons tenu notre douleur renfermée au-dedans de nous-mêmes. Ni les ordres de faire sortir les Pensionaires, qui recevant dans plusieurs de nos Maisons une éducation dont le Public paroissoit content, fournissoient en même tems à ces Maisons destituées de tout autre secours, une subsistance nécessaire; ni l'exil d'un nombre de Supérieures de nos Monasteres, qui par la sagesse de leur gouvernement faisoient l'édification & l'ornement de la Congrégation; ni la continuité de la détention de notre Reverende Mere Générale, dont l'absence & le triste état remplissent nos cœurs d'amertume; ni une multitude d'autres sujets de peines qui sont venus fondre sur nous dans ces derniers

Protestation la Déclaration du 11. Décembre 1738. qu'elles ont faites à l'Evêque Diocésain, lorsqu'il s'y est présenté.

Celles où les Evêques Diocésains n'ont point été, ont mis à la tête de la Protestation suivante la Déclaration des Maisons de Paris faite à M. l'Archevêque.

tems, n'ont pu nous faire rompre un ſilence qui ſembloit exprimer mieux notre reſpect, & que nous eſpérions par cela même devoir être auſſi intelligible que touchant.

Mais il ne nous eſt plus, Monſeigneur, ni permis, ni poſſible de le garder à la vûe des tentatives que fait un nouveau Tribunal, qui, tirant uniquement du Bref ſa prétendue autorité, eſt par une conſéquence néceſſaire auſſi manifeſtement incompétent que le Bref lui-même eſt abuſif. Si nous perſévérions à nous taire, peut-être attribueroit-on la ruine dont nous nous voyons ſi prochainement menacées, à ce ſilence même qui auroit tenu enſevelies des raiſons auſquelles il eût été impoſſible qu'on réſiſtât. V. E. les trouvera, ces raiſons, dans le Mémoire que nous avons l'honneur de lui envoyer aujourd'hui. L'extrémité où nous ſommes ne nous autoriſe que trop à ſupplier V. E. de vouloir bien s'en faire promptement rendre compte, malgré la multitude des ſoins qui l'occupent. Par la Conſultation qui y eſt jointe, V. E. verra que nos moyens de défenſe ſont ſi frappans, qu'ils ont fait conclure, ſans héſiter, à ce qu'il y a de plus éclairé & de plus conſulté dans le Barreau, que le Bref dont il s'agit n'eſt qu'un tiſſu d'abus. Seroit-ce un crime aux Parties intéreſſées d'en avoir la même idée; & l'ayant, le devoir ne leur fait-il pas une néceſſité de ſuivre la route que les Loix preſcrivent en pareil cas?

Permettez-nous de vous le repréſenter, Monſeigneur; le moindre particulier du Royaume dont un Bref de Rome bleſſe quelque droit médiocre, eſt reçu à s'en plaindre, à s'y oppoſer avec fermeté, à en appeller comme d'abus. Tous les Tribunaux lui ſont ouverts. Loin de lui faire un crime de ſa réſiſtance, on lui ſait en quelque ſorte gré de perpétuer parmi nous cette voie ſalutaire, qui dans les occaſions importantes fait le boulevart de l'Etat & la ſureté de nos Rois. Seroit-il poſſible qu'une Congrégation entiere établie par le concours ſolemnel des deux Puiſſances, compoſée d'un grand nombre de ſujets, regardée par ſes Adverſaires mêmes comme réguliere & édifiante, méritât de reſſentir les effets de toute l'indignation du Roi, parce-qu'elle ne croit pas pouvoir en conſcience acquieſcer à un Bref qui la dépouille de ſes biens les plus précieux, qui renverſe ſes Uſages, ſes Statuts, ſes Loix, ſon Gouvernement; qui la diffame, la détruit & l'anéantit?

Ce Bref nous a été préſenté, il eſt vrai, accompagné des Lettres toujours reſpectables de Sa Majeſté. Nous l'avouons, Monſeigneur, & nous oſons le dire, nous ne ſentons que trop que c'eſt-là toute ſa force. Mais quand le devoir le plus indiſpenſable & tous les ſentimens de notre cœur ne nous obligeroient pas à penſer, qu'en ordonnant l'execution du Bref, Sa Majeſté le ſuppoſe juſte & régulier; l'expérience de ce qui ſe pratique tous les jours ne nous apprendroit-elle pas que le Roi n'entend point par les Lettres, dont il lui plaît de revêtir des Décrets Eccléſiaſtiques, fermer la bouche à ceux qui croiroient être fondés à s'en plaindre? Ce qui vient de ſe paſſer avec un ſi grand éclat dans la Capitale, au ſujet d'un Décret d'une des premieres Puiſſances Eccléſiaſtiques, Décret précédé & ſuivi des marques les plus expreſſes & les plus autentiques de la protection du Roi, fournit une preuve solemnelle, que l'autorité du Prince ne peut être blessée par des réclamations que sa justice & sa bonté croient au-contraire devoir toujours écouter. Et quelle comparaison, Monseigneur, pourroit-on faire du tort dont les opposans au Décret d'union des deux Chapitres de Notre-Dame de Paris & de Saint-Germain-l'Auxerrois vouloient se garentir, avec celui que nous fait le Bref, avec notre ruine entiere qu'il prononce ?

Le Roi ne voulant jamais que la justice & les règles, le Bref pourra-t'il donc recevoir une véritable force des Lettres d'attache, si nous sommes en état de prouver, comme notre Mémoire le prouve en effet, que ce Bref est contraire à toutes règles & à toute justice ? Non, Monseigneur, ce ne sera pas sous le Ministere de Votre Eminence, qu'on se fera un principe de sacrifier à une premiere surprise faite à la Religion du Prince, le repos, la liberté, l'état &, nous pouvons le dire, la vie même d'une multitude d'innocentes victimes, que cette malheureuse affaire fait mourir de douleur à chaque instant. Vous intéressant plus vivement que personne à la gloire de notre Monarque, vous vous opposerez à ce qu'on entreprenne contre son intention, de le faire triompher d'une résistance qui n'a que la crainte de Dieu pour principe. Peutêtre nos ennemis sont-ils peu touchés de pareils motifs & n'entendent-ils pas même ce langage ; mais V. E. revêtue du caractere sacré de l'Episcopat l'entendra, & cela nous suffit. Elle sait combien est cruelle la situation d'ames timorées qui se trouvent entre les disgraces les plus sensibles & leur conscience, entre la crainte d'offenser Dieu & celle de déplaire à leur Prince. Tout le monde convient qu'on peut sans crime croire le Bref qui nous concerne, nul & abusif : mais dès que nous le croyons tel, dès que sur les preuves les plus solides nous en sommes persuadées & convaincues, nous ne pourrions, sans crime, nous conduire comme s'il étoit valable & régulier.

On punit, dit-on, notre desobéissance ? Nous ne doutons point, Monseigneur, que ce ne soit effectivement ce que le Roi entend punir par les ordres séveres & multipliés qui sont surpris contre nous. Mais V. E. voulant bien lui rendre compte des véritables motifs de notre conduite, ainsi qu'ils sont exposés dans notre Mémoire, Sa Majesté verra que c'est l'obéissance & une perseverante fidelité à l'obéissance, qui se trouvent réellement punies dans nos personnes. Le Bref étant nul & dans le fond & dans la forme, il est évident qu'il ne peut avoir la force d'annuller les vœux qui nous attachent à nos Supérieurs, il ne peut nous délier du serment solemnel que nous avons fait de leur obéir : or tant que ce serment & ces vœux subsistent, nous ne pouvons nous départir de l'obéissance envers eux, sans nous rendre coupables de parjure.

Prétendrions-nous par-là nous soustraire, nous & nos Superieurs, à toute autorité, ainsi qu'on nous en a calomnieusement accusées dans des Libelles qu'on ose distribuer publiquement ? A Dieu ne plaise, Monseigneur. Quelque auguste que soit le caractere de nos Supérieurs, nous reconnoissons qu'ils ont aussi leurs Superieurs, par qui ils pourroient même être dépouillés de l'autorité qu'ils ont sur nous. Mais pour la leur ôter, il faut un jugement canonique qui les en prive ;

il faut un corps de délit de leur part, il faut qu'on procede ſuivant les règles preſcrites par l'Egliſe. Puiſque par le Bref on ne ſuit pas cette voie, qui eſt cependant la ſeule par laquelle il fût poſſible de les deſtituer, c'eſt rendre témoignage que leur innocence met dans l'impoſſibilité de la prendre; c'eſt par-conſéquent nous obliger à perſévérer dans l'obeïſſance que nous leur avons vouée.

Et où en ſeroit-on, Monſeigneur, & dans l'Egliſe & dans l'Etat, ſi les inférieurs avoient ſi peu tenu à l'obéïſſance, qu'au premier Décret émané de Rome, quelque informe qu'il pût être, ils ſe fuſſent crus diſpenſés de leurs vœux & relevés de leur ſerment? Mais nous ne devons pas par des réflexions que V. E. prévient, conſumer des momens que nous la ſupplions avec inſtance de vouloir bien employer à lire notre Mémoire. Pleines de confiance dans l'impreſſion qu'il fera ſur l'eſprit de V. E. il ne nous reſte qu'à vous conjurer, Monſeigneur, de la tranſmettre à Sa Majeſté. Si néanmoins, ce que nous ne penſons pas, il pouvoit demeurer encore quelque nuage, après cette lecture, ſur la juſtice de notre cauſe, nous demandons pour unique grace, la liberté de nous défendre dans les Tribunaux ordinaires, telle que l'ont tous les ſujets du Roi. En la demandant, nous ne faiſons que reclamer l'execution de la Loi ſi ſage que le Gouvernement s'eſt fait, de n'accorder de Commiſſions extraordinaires, qu'à la requête & à la priere de toutes les Parties. Ne devons-nous pas eſperer qu'on ne fera point contre une Congrégation nombreuſe, & dans une affaire où il s'agit de ſa perte totale, ce qu'on s'interdit ſi religieuſement dans les affaires d'intérêt du plus ſimple Particulier?

Nous voyons, Monſeigneur, avec peine cette Lettre devenir déja trop longue; la violence de nos maux nous ſervira d'excuſe auprès de V. E. Mais nous croirions manquer à un de nos plus étroits & plus précieux devoirs, ſi nous ne ſaiſiſſions encore cette occaſion de renouveller à V. E. nos plus ardentes prieres & nos ſollicitations les plus preſſantes pour le rappel de notre Reverende Mere Générale. Combien ſa ſituation & la nôtre ne ſont elles pas dignes de votre compaſſion, Monſeigneur? Elle ne peut avoir de nos nouvelles, & nous n'avons des ſiennes que pour apprendre ſes maux & voir augmenter les nôtres. La ſanté de cette reſpectable Mere n'eſt plus qu'un court paſſage d'une maladie à une autre plus conſiderable. Toute conſolation lui eſt rigoureuſement ôtée. Les ſecours extérieurs de la Religion lui ſont refuſés. Son âge, ſes infirmités, ſa naiſſance, ſa vertu, la dignité de ſa place donnoient tout ſujet de compter ſur des ménagemens qu'il ſemble que les perſonnes qui la gardent ſe ſont malheureuſement un devoir de ne point lui accorder. Notre attachement pour elle fait ſon crime: mais ce crime le fait-on ceſſer en la ſeparant de nous? En nous l'enlevant a-t'on pu l'arracher de nos cœurs? Depuis le premier moment de cette ſéparation amere, chaque jour voit augmenter notre vénération, notre amour, notre tendre reconnoiſſance pour une Mere qui ſe ſacrifie pour nous, & pour qui chacune de nous auroit voulu pouvoir ſe ſacrifier. Pardonnez, Monſeigneur, à la vivacité de notre douleur, des expreſſions qu'elle ne nous laiſſe pas la liberté de changer; mais qui ne prendront jamais rien ſur notre profond reſpect.

Nous ſommes, par la grace de Dieu, dans la réſolution ſincere de ne pas ceſſer d'implorer ſa miſéricorde pour ceux qui ont ſurpris à un tel point la Religion de Sa Majeſté & celle de V. E. Mais dans la violente extrémité où ils nous réduiſent, qu'il nous ſoit permis de le dire, à quoi parviendront-ils par les voies de fait qu'ils trouvent moyen d'employer contre nous? Quel avantage tireront-ils de pouſſer à bout de pauvres Filles qui n'ont pour défenſe que leurs larmes & leurs prieres? Celui qui écoute les cris de la veuve & de l'orphelin, ne ſera point inſenſible aux gémiſſemens de ſes Epouſes.

Nous le conjurons de toute l'ardeur de notre cœur, de diſſiper les fâcheuſes impreſſions que nos ennemis ſe ſont efforcés de faire prendre à V. E. contre nous. Un mot de votre part, Monſeigneur, peut remédier à tous nos malheurs. Que notre Reverende Mere Générale nous ſoit rendue; que les choſes reprennent leur cours naturel; qu'il nous ſoit permis de tenir à l'ordinaire notre Chapitre-Général; & V. E. aura la conſolation de voir un calme parfait ſucceder au trouble & à la confuſion introduits par le Bref. Nous devons à la louange de la Grace & à l'édification de l'Egliſe ce temoignage, qu'on ne trouvera rien dans notre Congrégation, qui mérite qu'on la prive des droits dont jouiſſent tranquillement tous les autres Corps du Royaume. Si elle le méritoit, une pareille condamnation ne pourroit être prononcée qu'en obſervant les règles & les formalités preſcrites par toutes les Loix. C'eſt à ce ſecours des Loix, que tous nos deſirs ſe bornent. La juſtice de notre cauſe évidemment démontrée dans le Mémoire que nous avons l'honneur de préſenter à V. E. nous fait prendre avec confiance la liberté d'employer les expreſſions de l'Apôtre, dans une ſituation à peu près ſemblable à la nôtre: Si notre Congrégation a mérité qu'on prononce ſa perte, nous conſentons à la ſubir; mais ſi nous n'avons rien fait qui en ſoit digne, on ne peut nous livrer à nos ennemis. Nous ne demandons que ce qu'on ne refuſe point aux plus grands criminels, la liberté de nous défendre, & la grace d'être jugées ſuivant les Règles & dans les Tribunaux ordinaires. Nous ne pouvons le demander envain ſous un Prince auſſi juſte que Sa Majeſté. Mais V. E. voulant bien nous accorder ſa puiſſante médiation, le ſuccès paſſera nos eſpérances. Nous ne nous ſouviendrons plus de nos allarmes, que pour benir la main qui les aura fait ceſſer, & nous emploierons avec la plus vive reconnoiſſance la paix que V. E. nous aura procurée, à redoubler pour Elle à Dieu, dans un eſprit tranquille, nos vœux & nos prieres.

Nous ſommes avec le plus profond reſpect,

MONSEIGNEUR,

DE VOTRE EMINENCE,

Le 8. Avril 1741. Les trés-humbles &c.

Signé des deux Communautés de Paris toutes entieres.

Acte

Nouvel Acte d'Opposition des Religieuses du Calvaire à toute exécution du Bref de N. S. P. le Pape Clement XII.

L'AN mil sept-cens quarante-un le dix-neuvième jour d'Avril après midy, à la Requête de Très-Reverende Mere Dame Marguerite-Françoise de Saint-Augustin de Coësquen Superieure-Generale de la Congrégation des Religieuses Benedictines Réformées dites du Calvaire, demeurante ordinairement au Monastere du Calvaire du Marais à Paris & de présent en l'Abbaye Royale de Jarci Diocèse de Paris ; & de Très-Reverendes Meres Dame Suzanne de Saint-Joseph Chevais Prieure dudit Monastere du Calvaire du Marais à Paris y demeurante ; Dame Louise-Magdeleine de Sainte-Adélaïde de Beauvau demeurante au même Monastere du Calvaire du Marais ; & Dame Louise de l'Enfant-Jesus Prieure du premier Monastere du Calvaire de Poitiers y demeurante, toutes trois Assistantes de ladite Congrégation des Religieuses du Calvaire, chargées par le devoir de leurs places, & ayant droit par leurs Constitutions d'agir pour & au nom de ladite Congrégation, pour lesquelles domicile est élû en la Maison de Me. Benjamin Caillau Procureur au Parlement à Paris rue des Maçons Paroisse Saint-Severin ; J'ai Nicolas Mechin Huissier-Audiancier tant au Souverain qu'à l'ordinaire de la Chambre des Eaux & Forêts de France au Siége general de la Table de Marbre du Palais à Paris y demeurant rue de la Calandre Paroisse Saint-Germain-le-vieil, soussigné, dit & déclaré à Monseigneur l'Archevêque de Paris en son Palais Archiépiscopal en parlant à son Suisse qui a refusé de dire son nom de ce sommé & interpellé, auquel j'ai payé cinq sols, qu'au moyen de la remise qui avoit été faite à mondit Seigneur Archevêque de Paris des autres parts transcrits lorsqu'il se présenta pour la premiere fois au susdit Monastere du Calvaire du Marais pour executer le Bref énoncé audit acte, lesdites Dames avoient sujet de penser que mondit Seigneur Archevêque de Paris ne passeroit pas outre au préjudice des protestations faites par ledit acte & des motifs invincibles sur lesquels elles sont fondées : que néanmoins elles ont appris que mondit Seigneur Archevêque de Paris s'étoit associé avec Messeigneurs Archevêque de Rouen & Evêque de Saint-Brieux & les Freres Dubié & Boucher Religieux Benedictins pour continuer & consommer l'execution du susdit Bref malgré les abus notoires qui réclament & réclameront toujours contre toute exécution qu'on voudroit lui donner : pourquoi j'ai à mondit Seigneur Archevêque de Paris parlant comme dessus, baillé copie de rechef du susdit acte dûment controllé, & lui ai réitéré en parlant comme dessus, les déclarations & protestations y contenues, dans lesquelles lesdites Dames Générale & Assistantes, pour & au nom de ladite Congrégation, persistent & perséverent, protestant de nouveau de nullité contre tout ce qui pourroit être fait au préjudice desdites déclarations, protestations & réserves, & de se pourvoir ainsi & comme elles aviseront : & ai laissé audit Seigneur Archevêque de

Paris, parlant comme dessus, copie du susdit Acte & du présent, à ce que mondit Seigneur l'Archevêque n'en ignore.

MECHIN.

Controllé à Paris le 21. Avril 1741.

Acte d'opposition de MM. les Evêques de Troyes & d'Auxerre à la Lettre Circulaire des Commissaires-Apostoliques, signifié à M. l'Archevêque de Paris.

L'AN mil sept cens quarante-un le deuxième jour d'Aoust après midi, à la Requête d'Illustrissimes & Reverendissimes Seigneurs Jacques Bénigne Bossuet Evêque de Troyes y demeurant en son Palais Episcopal audit Troyes, & Charles de Thubieres de Levi de Caylus Evêque d'Auxerre y demeurant en son Palais Episcopal audit Auxerre, Supérieurs-Majeurs de la Congrégation des Religieuses Bénédictines Réformées dites du Calvaire, pour lesquels domicile est élû à Paris en la Maison de Me. Michel Bally Procureur au Parlement de Paris, sise rue de Bievre, Paroisse Saint-Etienne du-Mont, exposans que les dix-neuf, vingt-deux & vingt-neuf Avril dernier ils auroient fait signifier à Messeigneurs les Archevêques de Paris & de Rouen, & Evêque de Saint-Brieux un Acte portant que sur ce que lesdits Seigneurs Evêques de Troyes & d'Auxerre Supérieurs-Majeurs de ladite Congrégation du Calvaire auroient appris qu'au mépris de leur caractere & de leur susdite qualité, il auroit été porté par certains Particuliers dans les différens Monasteres de la susdite Congrégation une espece de Lettre Circulaire, par laquelle on faisoit à savoir ausdites Religieuses, qu'elles eussent à s'adresser à Monseigneur l'Archevêque de Paris, à Monseigneur l'Archevêque de Rouen, à Monseigneur l'Evêque de Saint-Brieux, & aux Freres Dubié & Boucher Religieux Bénédictins, pour tout ce qui pourroit concerner le Régime & Gouvernement de la Congrégation desdites Religieuses, & de chaque Maison d'icelle, & les besoins de chacune desdites Religieuses en particulier : ce qui étoit une entreprise manifeste contre l'autorité desdits Seigneurs Evêques Superieurs légitimes de ladite Congrégation ; entreprise à laquelle lesdits Seigneurs ne pouvoient se persuader que les respectables Prélats leurs Confreres susnommés voulussent se prêter, dès qu'ils seroient instruits que lesdits Seigneurs Evêques de Troyes & d'Auxerre n'entendoient point & n'avoient jamais entendu se départir & se démettre de la qualité de Supérieurs-Majeurs de ladite Congrégation, à laquelle qualité ils auroient été canoniquement élûs, & dont ils ne pourroient être dépouillés que pour délit judiciairement prouvé & avéré devant Juge compétent ; ce que n'étoient & ne pouvoient être, suivant toutes les Loix de l'Eglise & de l'Etat, les trois Seigneurs Archevêques & Evêque susnommés, & encore moins les deux susdits Religieux Benedictins : lesdits Seigneurs Evêques de Troyes & d'Auxerre en leur dite qualité de Supérieurs-Majeurs de la Congrégation du Calvaire, étoient opposans & s'opposoient à tout ce qui pourroit avoir été fait ou pourroit se faire par mesdits Seigneurs les Archevêques de Paris & de Rouen & Evêque de Saint-Brieux & Religieux susnommés, ou par telle autre personne que ce pût être, sous quelque prétexte & en quelque qualité que ce fût, au préjudice de la susdite qualité de Supérieurs-Majeurs de ladite Congrégation du Calvaire, dont étoient & sont revêtus lesdits Seigneurs Evêques de Troyes & d'Auxerre, comme étant le tout nul, incompétemment fait & attentatoire à l'autorité légitime desdits Seigneurs Evêques de Troyes & d'Auxerre, lesquels d'abondant déclaroient en tant que besoin étoit ou seroit, ne point entendre par leur susdite opposition directement ni indirectement soumettre au prétendu Tribunal desdits Prélats & Religieux susnommés leurs personnes ni leur susdite qualité de Supérieurs-Majeurs, ni reconnoître en icelui aucun droit de s'immiscer dans ce qui pourroit concerner ladite Congrégation; & ce pour causes & motifs à déduire en tems & lieu & devant Tribunal compétent: protestant lesdits Seigneurs Evêques de Troyes & d'Auxerre de nullité contre tout ce qui pourroit se faire ou avoir été fait au préjudice de leur dite qualité & de leur susdite opposition, & de se pourvoir ainsi & comme ils aviseront. Que néammoins sans avoir égard à la susdite opposition, sans avoir entendu ni demandé d'en entendre les causes & motifs, sans avoir statué en aucune façon sur icelle, (ce qu'effectivement lesdits Prélats & Religieux susnommés n'étoient pas compétens de faire, ainsi qu'ils l'ont eux-mêmes sans doute reconnu,) & sans y avoir fait statuer par aucun Jugement Ecclésiastique quel qu'il soit, lesdits Prélats & le Frere Dubié Religieux Bénédictin ont porté l'entreprise depuis la signification de ladite Opposition, jusqu'à adresser aux différentes Maisons qui composent la susdite Congrégation du Calvaire, un Ecrit qualifié de Mandement en date du trois Juillet de la présente année, par lequel, au mépris du caractere & de la Jurisdiction desdits Seigneurs Evêques de Troyes & d'Auxerre, on enjoint ausdites Religieuses de proceder à leurs Elections sans l'autorité de leurs Supérieurs légitimes & dans une forme contraire aux Constitutions qu'elles se sont solemnellement engagées d'observer, & ont privé de toute voix passive une partie très-considérable & la plus saine de ladite Congrégation, sur l'unique fondement de leur attachement persévérant à leurs Constitutions & à leurs Supérieurs légitimes; que lesdits Seigneurs Evêques de Troyes & d'Auxerre ne pourroient dissimuler cette nouvelle entreprise dans laquelle toutes les Règles Canoniques sont violées, sans manquer à ce qu'ils doivent à ces mêmes Règles, à l'honneur de leur propre caractere, à la Jurisdiction pleine & entiere qu'ils ont sur ladite Congrégation des Religieuses du Calvaire, & surtout à ce qu'ils doivent à cette même Congrégation qui leur est si chere par son édifiante régularité, & dans laquelle on porte le plus grand trouble par une indication d'Elections, qui ne pouvant qu'être absolument nulles & invalides, n'auroient d'autre effet que de mettre en place des Intruses, dont la prétendue autorité étant justement méconnue seroit la source d'une confusion & d'un désordre qui iroit à perdre totalement ladite Congrégation: J'ai Louis-Noël Parquoy Huissier Audiancier ordinaire du Roi en sa Cour des Monnoyes au Palais à Paris y demeurant rue de la grande Truanderie près les deux Boules Paroisse Saint-Eustache, soussigné, ai signifié & déclaré à Monseigneur l'Archevêque de Paris en son Palais Archiépiscopal en parlant à son Suisse qui n'a dit son nom de ce sommé & auquel j'ai payé cinq sols, que lesdits Seigneurs Evêques de Troyes & d'Auxerre pour causes & motifs à déduire en tems & lieu & devant Tribunal compétent, sont Opposans & s'opposent à la prétendue Ordonnance ou Mandement en date du 3. Juillet de la présente année, laquelle paroît signée de Messeigneurs l'Archevêque de Paris, l'Archevêque de Rouen, & l'Evêque de Saint-Brieux & du Frere Dubié, & par eux adressée aux Maisons de la Congrégation du Calvaire, ainsi qu'à toute exécution qu'on voudroit faire de ladite Ordonnance ou Mandement, notamment aux Elections indiquées par icelle, & même à toute Election qui ne se feroit pas sous l'autorité desdits Seigneurs Supérieurs-Majeurs & conformément aux Règles Canoniques & aux dispositions des Constitutions de ladite Congrégation, comme étant ladite Ordonnance ou Mandement nulle & attentatoire à l'autorité légitime desdits Seigneurs Evêques de Troyes & d'Auxerre, & lesdites Elections, si aucunes étoient faites, pareillement nulles & invalides : protestans de nouveau lesdits Seigneurs Evêques de Troyes & d'Auxerre de nullité contre tout ce qui pourroit se faire ou avoir été fait au préjudice de leur susdite qualité & de leur présente Opposition, & de se pourvoir ainsi & comme ils aviseront : réitérant aussi lesdits Seigneurs en tant que besoin est ou seroit la Déclaration par eux précédemment faite qu'ils n'entendent directement ni indirectement soumettre au prétendu Tribunal desdits Prélats & Religieux susnommés leurs personnes ni leur susdite qualité de Supérieurs-Majeurs de la Congrégation du Calvaire, ni reconnoître en icelui aucun droit de s'immiscer dans ce qui peut concerner la susdite Congrégation ; & ai laissé à mondit Seigneur l'Archevêque de Paris copie du présent Exploit en parlant comme dessus.

PARQUOY.

Controllé à Paris le deux Août 1741.

Dénonciation de l'Acte d'Opposition des deux Supérieurs-Majeurs aux Communautés du Calvaire de Paris.

Et ledit jour deux Aoust mil sept-cent quarante-un après midi, à la Requête des susdits Illustrissimes & Révérendissimes Seigneurs Jacques-Bénigne Bossuet Evêque de Troyes y demeurant en son Palais Episcopal audit Troyes, & Charles de Thubieres de Levi de Caylus Evêque d'Auxerre demeurant en son Palais Episcopal audit Auxerre, Supérieurs-Majeurs de la Congrégation des Religieuses Bénédictines Réformées dites du Calvaire, pour lesquels domicile est élû à Paris en la Maison de M. Michel Basly Procureur au Parlement de Paris, sise rue de Bievre Paroisse Saint-Etienne-du-Mont ; J'ay Louis-Noël Parquoy Huissier Audiancier ordinaire du Roi en sa Cour des Monnoyes au Palais à Paris, y demeurant rue de la grande Truanderie

Truanderie, Paroiſſe Saint-Euſtache ſouſſigné, ſignifié, baillé copie de l'Exploit ci-deſſus & des autres parts à Madame la Reverende Mere Generale & à Meſdames les Reverendes Meres Aſſiſtantes de la Congrégation du Calvaire en leur demeure en leur Monaſtere du Calvaire du Marais à Paris, rue Saint-Louis, Paroiſſe Saint-Gervais, parlant à une Tourriere qui n'a voulu dire ſon nom de ce ſommée ſuivant l'ordinaire, à ce que leſdites Dames Generale & Aſſiſtantes n'en puiſſent prétendre cauſe d'ignorance : pourquoi leur ai, parlant comme deſſus, laiſſé copie tant dudit Acte que du préſent Exploit.

PARQUOY.

Controllé à Paris le 2. Aouſt 1741.

Oppoſition d'un grand nombre de Communautés & de Religieuſes du Calvaire à toute Election qui ſe pourroit faire en vertu du Mandement de M. l'Archevêque de Paris & des autres prétendus Commiſſaires.

L'AN mil ſept-cens quarante-un le premier jour d'Août après midy à la Requête de Très-Réverende Mere Dame Marguerite-Françoiſe de Coëſquen de Saint-Auguſtin Superieure-Generale de la Congregation des Religieuſes Benedictines Réformées dites du Calvaire demeurante ordinairement au Monaſtere du Calvaire du Marais à Paris & de preſent en l'Abbaye Royale de Jarcy Diocèſe de Paris, & de Très-Réverendes Meres Dame Suzanne de Saint-Joſeph Chevais Prieure dudit Monaſtere du Calvaire du Marais à Paris y demeurante, Dame Louiſe-Magdeleine de Sainte-Adélaïde de Beauvau demeurante au même Monaſtere du Calvaire du Marais, & Dame Louiſe de l'Enfant-Jeſus Prieure du premier Monaſtere du Calvaire de Poitiers y demeurante, toutes trois Aſſiſtantes de ladite Congrégation du Calvaire, agiſſant pour & au nom de ladite Congrégation, ſuivant qu'elles en ont le droit & qu'elles en ſont chargées par leurs Conſtitutions; & auſſi à la Requête des Dames Prieure & Religieuſes, Couvent & Communauté du Calvaire du Marais à Paris ; des Dames Prieure & Religieuſes, Couvent & Communauté du Calvaire du Fauxbourg Saint-Germain audit Paris ; des Dames Prieure & Religieuſes, Couvent & Communauté du Calvaire d'Orleans ; des Dames Prieure & Religieuſes, Couvent & Communauté du Calvaire de Tours ; des Dames Prieure & Religieuſes, Couvent & Communauté du Calvaire de Saint-Cyr à Rennes ; des Dames Prieure & Religieuſes, Couvent & Communauté du Calvaire de Loudun ; des Dames Prieure & Religieuſes, Couvent & Communauté du Calvaire de Vendôme ; des Dames Soûprieure & Religieuſes, Couvent & Communauté du Calvaire de l'Abbaye de la Sainte-Trinité de Poitiers ; & encore à la Requête de Dame de Sainte-Eudoxie de Baugis Religieuſe du Calvaire de Mayenne y demeurante, de Dame de Sainte-Sophie Bloteau Religieuſe du Calvaire de Nantes y demeurante, de Dame du Saint-Sacrement de Montigni Religieuſe du Calvaire de Quimper y demeurante, de Dame de Saint-Euſebe de Saint-Verguet, de Dame

de Saint-Benoît de Saint Verguet, de Dame de Saint-Prosper Becasse, de Dame de Sainte-Adélaïde Creton, de Dame de Sainte-Helene Padet, lesdites cinq Dames Religieuses du Calvaire de Saint-Malo y demeurantes; de Dame de Sainte-Eulalie de Perret, de Dame de Saint-Odon Socieu, de Dame de Saint-Modeste Cucey, de Dame de Saint-Joseph Grandin, de Dame de Saint-Placide Caillaud, lesdites cinq Dames Religieuses au Calvaire de Machecoul y demeurantes, pour toutes lesquelles Dames & Communautés réquérantes domicile est élû en la Maison de moi Huissier soussigné pour y recevoir tous Actes à ce nécessaires, sur ce que lesdites Dames Generale & Assistantes, les susdites Communautés & les susdites Religieuses ont appris qu'on se disposoit dans quelques-unes des Maisons de ladite Congrégation du Calvaire à procéder à des Elections indiquées par une prétendue Ordonnance ou Mandement en date du trois Juillet dernier signé de Monseigneur l'Archevêque de Paris, de Monseigneur l'Archevêque de Rouen, de Monseigneur l'Evêque de Saint-Brieux & du Frere Dubié Religieux Benedictin, lesquelles Elections ainsi qu'elles sont indiquées par lesdits Seigneurs Prélats & Religieux qui n'ont point droit de ce faire, ne pourroient être que nulles & invalides, attendu qu'elles se feroient sans l'autorité des Supérieurs légitimes de ladite Congrégation, contre les règles canoniques, & dans une forme contraire aux Constitutions de ladite Congregation; Je Julien Richomme Huissier Royal de l'Hôtel & Maison commune de la Ville & Mairie dudit Angers y reçû & au Siége Présidial dudit lieu exploitant par tout le Royaume demeurant rue du Godet Paroisse de la Trinité dudit Angers soussigné, ai signifié & déclaré aux Révérendes Meres Prieure & Religieuses Couvent & Communauté du Calvaire d'Angers en leur domicile audit Couvent, en parlant à la Dame Prieure ainsi qu'elle m'a dit être, que lesdites Dames Generale & Assistantes, Prieures & Communautés & lesdites Dames Religieuses susnommées sont Opposantes & s'opposent pour causes & motifs à déduire en tems & lieu, aux Elections qui seroient faites en conséquence de la prétendue Ordonnance ou Mandement susdaté, & à toute Election qui ne seroit point faite sous l'autorité des Illustrissimes & Révérendissimes Seigneurs Evêques de Troyes & d'Auxerre Supérieurs-Majeurs de la Congrégation du Calvaire, & conformément aux Règles canoniques, & aux dispositions des Constitutions de ladite Congrégation, protestant lesdites Dames & Communautés Réquérantes de nullité contre tout ce qui pourroit avoir été fait ou se faire au préjudice de la présente Opposition, & de se pourvoir ainsi & comme elles aviseront, & ai, parlant comme dessus, laissé copie du présent Acte ausdites Dames Prieure & Religieuses Couvent & Communauté du Calvaire d'Angers à ce qu'elles n'en ignorent aux charges de droit.

RICHOMME.

Controllé à Angers le 1. Août 1741.

Pareilles significations ont été faites aux Monasteres de Chinon le 31. Juillet après midy, de Mayenne le 1. Août avant midy, d'Angers le 1.

Août après midy, de Cucé à Rennes le 2. Août après midy, de Rhedon le 3. Août après midy, du premier Calvaire de Poitiers le 4. Août après midy, de Saint-Malo le 8. Août avant midy, de Machecoul le 8. Août après midy, de Saint-Brieux le 10. Août après midy, de Nantes le 10. Août après midy, de Quimper le 17. Août avant midy, de Morlaix le 18. Août après midy.

Dénonciation de l'Acte d'Opposition des Religieuses à M. l'Archevêque de Paris.

L'AN mil sept-cens quarante-un le vingt-neuvième jour d'Août après midy, à la Requête de Très Reverende Mere Dame Marguerite-Françoise de Coësquen de Saint Augustin Superieure-Generale de la Congrégation des Religieuses Benedictines Réformées dites du Calvaire demeurante ordinairement au Monastere du Calvaire du Marais à Paris, & de présent en l'Abbaye Royale de Jarcy Diocèse de Paris, & de Très-Reverendes Meres Dame Suzanne de Saint-Joseph Chevais Prieure dudit Monastere du Calvaire du Marais à Paris y demeurante, Dame Louise-Magdeleine de Sainte-Adélaïde de Beauvau demeurante au même Monastere du Calvaire du Marais à Paris, & Dame Louise de l'Enfant-Jesus Lallier Prieure du premier Calvaire de Poitiers y demeurante, toutes trois Assistantes de ladite Congrégation du Calvaire, agissantes lesdites Dames pour & au nom de ladite Congrégation, suivant qu'elles en ont le droit & en sont chargées par leurs Constitutions; & aussi à la Requête des Dames Prieure, Religieuses, Couvent & Communauté du Calvaire du Marais à Paris; des Dames Prieure, Religieuses, Couvent & Communauté du Fauxbourg Saint-Germain audit Paris; des Dames Prieure, Religieuses, Couvent & Communauté du Calvaire d'Orléans; des Dames Prieure, Religieuses, Couvent & Communauté du Calvaire de Tours, des Dames Prieure, Religieuses, Couvent & Communauté du Calvaire de Saint-Cyr à Rennes; des Dames Prieure, Religieuses, Couvent & Communauté du Calvaire de Loudun, des Dames Prieure, Religieuses, Couvent & Communauté du Calvaire de Vendôme; des Dames Soûprieure, Religieuses, Couvent & Communauté du Calvaire de l'Abbaye de la Trinité à Poitiers; & encore à la Requête de Dame de Sainte-Eudoxie de Baugis Religieuse du Calvaire de Mayenne y demeurante, de Dame de Sainte-Sophie Bloteau Religieuse du Calvaire de Nantes y demeurante, de Dame du Saint-Sacrement de Montigny Religieuse au Calvaire de Quimper y demeurante, de Dame de Saint-Eusebe de Saint-Verguet, de Dame de Saint-Benoît de Saint-Verguet, de Dame de Saint-Prosper Becasse, de Dame de Sainte-Adélaïde Creton, de Dame de Sainte-Helene Padet, lesdites cinq Dames Religieuses du Calvaire de Saint-Malo, y demeurantes; de Dame de Sainte-Eulalie de Perret, de Dame de Saint-Odon Socieu, de Dame de Saint-Modeste Cucey, de Dame de Saint-Joseph Grandin, de Dame de Saint-Placide Caillaud, lesdites cinq Dames Religieuses au Calvaire de Machecoul y demeurantes; pour toutes lesquelles Dames & Communautés Réquérantes domicile est élû en la Maison de Mᵉ. Benjamin Caillau Procureur au Parlement sise rue des Maçons Paroisse Saint-Severin à Paris ; Je Nicolas Mechin Huissier Audiancier tant au Souverain qu'à l'Ordinaire de la Chambre des Eaux & Forêts de France au Siége général de la Table de Marbre du Palais à Paris y demeurant rue de la Calandre Paroisse Saint-Germain le-vieil soussigné, ai signifié & déclaré à Monseigneur l'Archevêque de Paris en son Palais Archiépiscopal en parlant à son Suisse qui a refusé de dire son nom de ce sommé, interpellé, auquel j'ai payé cinq sols, que quoique lesdites Réquérantes persistent dans toutes les Déclarations, Oppositions, & Protestations tant générales que particulieres par elles ci - devant faites contre toute exécution du Bref en date du premier Août 1738. surpris à la Religion du feu Pape Clement XII. & qu'en conséquence elles soient bien éloignées de reconnoître dans mondit Seigneur l'Archevêque de Paris, ni dans les personnes qu'il lui a plû ou qu'il lui plairoit de s'associer, aucun droit quel qu'il soit, de s'immiscer dans ce qui peut concerner la Congrégation du Calvaire, les Monasteres & les Religieuses d'icelle, lesquelles Congrégation, Monasteres & Religieuses ont pour Superieurs-Majeurs Messeigneurs les Evêques de Troyes & d'Auxerre ; néanmoins le profond respect, dont elles sont pénétrées pour un Prélat d'une aussi grande considération que Monseigneur l'Archevêque de Paris, les détermine à lui donner connoissance de ce qui peut être capable de le porter à se désister de l'entreprise aussi inouie qu'irréguliere, dans laquelle il s'est malheureusement engagé contre ladite Congrégation : que c'est pour cela uniquement & sans déroger en aucune façon aux susdites Déclarations, Oppositions & Protestations, ni reconnoître aucun droit ni qualité, comme vient d'être dit, dans mondit Seigneur l'Archevêque de Paris, que lesdites Réquérantes lui notifient & font à sçavoir que par Exploits des 31. Juillet 1. 2. 3. 4. 8. 10. 17. & 18. Août dernier elles ont fait signifier aux Couvens & Communautés du Calvaire de Chinon, du Calvaire de Mayenne, du Calvaire d'Angers, du Calvaire de Cucé à Rennes, du Calvaire de Rhedon, du premier Calvaire de Poitiers, du Calvaire de Saint-Malo, du Calvaire de Machecoul, du du Calvaire de Saint-Brieux, du Calvaire de Nantes, du Calvaire de Quimper, & du Calvaire de Morlaix, qu'elles dites Réquérantes étoient Opposantes & s'opposoient, pour causes & motifs à déduire en tems & lieu, à toutes Elections qui se feroient ou seroient faites en conséquence d'une prétendue Ordonnance ou Mandement en datte du 3. Juillet dernier, qu'on disoit signé de mondit Seigneur l'Archevêque de Paris, de Monseigneur l'Archevêque de Rouen, de Monseigneur l'Evêque de Saint-Brieux & du Frere Dubié Religieux Benedictin, ainsi qu'à toutes autres Elections qui ne seroient pas faites sous l'autorité des Illustrissimes & Reverendissimes Seigneurs Evêques de Troyes & d'Auxerre Superieurs-Majeurs de la Congrégation du Calvaire, & conformément aux régles canoniques & aux dispositions des Constitutions de ladite Congrégation, avec protestation par lesdites Réquérantes de nullité contre tout ce qui pourroit avoir été fait ou se faire au préjudice de leur Opposition, & de se pourvoir

ainsi

ainsi & comme elles aviseroient : & aussi que par Exploit du 2. Août dernier lesdits Illustrissimes & Reverendissimes Seigneurs Evêques de Troyes & d'Auxerre Superieurs Majeurs de ladite Congrégation ont notifié à ladite Congrégation dans les personnes de la Reverende Mere Superieure-Generale & des Reverendes Meres Assistantes d'icelle, l'Opposition par eux formée à la susdite prétendue Ordonnance du 3. Juillet précédent, ladite opposition signifiée à Monseigneur l'Archevêque de Paris à la Requête desdits deux Seigneurs Superieurs-Majeurs par Exploit du même jour 2. Août : & qu'en outre lesdits Seigneurs Superieurs-Majeurs font expresses inhibitions & défenses sous les peines de droit à toutes les Sœurs de ladite Congrégation de procéder aux Elections indiquées par la susdite prétendue Ordonnance du 3. Juillet & à toutes autres Elections qui ne se feroient pas sous l'autorité desdits Seigneurs Superieurs-Majeurs, & conformément aux Constitutions de ladite Congrégation : Qu'en conséquence de tels Actes il n'a été ni permis ni possible à aucune des Maisons ni à aucune des Religieuses de la Congrégation du Calvaire de procéder ausdites Elections indiquées par la prétendue Ordonnance du 3. Juillet dernier, sans violer toutes les règles, & sans contrevenir ouvertement tant à l'obéissance qu'elles doivent à leurs Superieurs légitimes qu'à toutes les Loix, soit du droit naturel, soit du droit positif, qui ont lieu en matiere d'Election ; que d'ailleurs les formes les plus essentiellement prescrites à ce sujet par les Constitutions particulieres de la Congrégation du Calvaire n'ayant pû & ne pouvant être observées, ne cesseroient de réclamer contre les susdites Elections, dont l'unique fruit, si elles avoient quelque lieu, seroit d'introduire un schisme fatal dans la susdite Congrégation, qui ne pourra jamais reconnoître pour Superieures légitimes des Particulieres élûes par d'autres Particulieres, lesquelles auront procédé ausdites Elections sans l'autorité & contre la défense expresse des Superieurs-Majeurs, ainsi que sans le concours & malgré même l'opposition formelle & juridique d'environ la moitié des Religieuses de ladite Congrégation, ladite moitié ayant pour chefs celles qui le sont de toute la Congrégation entiere : qu'au surplus lesdites Réquérantes n'entendent point ici détailler toutes les causes & moyens d'opposition & toutes les nullités qui s'élèvent contre lesdites Elections, lesquelles causes & moyens & nullités lesdites Dames & Communautés Réquérantes se réservent de proposer devant Tribunal compétent ; & ai, parlant comme dessus, laissé copie du présent Acte à mondit Seigneur l'Archevêque de Paris à ce qu'il n'en ignore.

Signé pour Pouvoir,

Sœur Suzanne de SAINT-JOSEPH premiere Assistante.

Sœur Louise-Madeleine de SAINTE-ADELAÏDE seconde Assistante.

DE PAR LE ROI.

CHERES & bien-amées, Nous avons jugé à propos en mil sept-cens trente-quatre de vous défendre de procéder à l'Election de la Generale, des Assistantes & des autres Supérieures de votre Congrégation, quoique le tems de leur Supériorité fût fini. Depuis cette défense Notre Saint Pere le Pape Clément XII. sur la demande expresse que Nous lui avons faite par notre Ambassadeur, a nommé notre Cousin le Sieur Archevêque de Paris pour prendre connoissance de l'état actuel de votre Congrégation, & pourvoir à l'observation de la Discipline réguliere de concert avec d'autres Prélats Séculiers & des Supérieurs Réguliers qu'il s'est associés de notre agrément. Ces Commissaires Apostoliques nous ont représenté qu'il étoit à propos pour l'utilité de votre Congrégation, de vous permettre de procéder à l'Election d'une nouvelle Generale, de ses Assistantes & des autres Supérieures conformément à vos Constitutions. Nous avons approuvé leur demande ; & pour vous donner des preuves du desir que Nous avons de contribuer au bien de votre Congrégation & d'y rétablir la subordination & la tranquillité, Nous voulons bien par ces Présentes vous permettre de procéder à ces Elections, sous la condition expresse que vous exécuterez fidelement tout ce qui vous sera prescrit par les Commissaires Apostoliques, & spécialement que vous ne pourrez élire pour les Charges de Generale, d'Assistantes & des autres Supérieures, que les Religieuses qui ont donné des preuves d'une soumission entiere & sincere aux Brefs de N. S. P. le Pape Clément XII. & à nos Lettres Patentes, & qui sont disposées à en donner des témoignages autentiques, si les Commissaires Apostoliques jugent à propos de l'exiger. Mais en vous rendant la liberté de procéder à vos Elections dans le tems & de la maniere qui vous sont prescrites par les Commissaires Apostoliques, Nous vous défendons très-expressément de proceder à aucune autre Election, & d'envoyer vos suffrages à d'autres personnes qu'à notre Cousin le Sieur Archevêque de Paris. Nous vous faisons ces défenses expresses sous peine de nullité de toute Election qui ne seroit pas exactement conforme au Mandement des Commissaires Apostoliques, & qui ne pourra avoir aucun effet, sur quelque prétexte que ce puisse être. Les Religieuses qui se sont opposées à l'exécution des Brefs & de nos Lettres Patentes, ne pourront être élues à aucune Supériorité ni Charges, jusqu'à ce que Nous soyons assuré de leur retour à l'obéissance qu'elles doivent au Saint Siege & à Nous. Nous attendons que vous exécuterez nos Ordres avec d'autant plus d'exactitude, qu'ils n'ont d'autre objet que l'avantage de votre Congrégation, sa tranquillité, & la conservation de vos Usages & de vos Privileges. Si n'y faites faute, car tel est notre plaisir. Donné à Versailles le 4. Juillet 1741.

LOUIS.

PHELIPPEAUX.

A nos cheres & bien-amées les Religieuses du Monastere du Calvaire d'Orléans.

Mandement de Monseigneur l'Archevêque de Paris & des autres Commissaires-Apostoliques.

CHARLES-GASPAR-GUILLAUME DE VINTIMILLE DES COMTES DE MARSEILLE DU LUC ARCHEVESQUE DE PARIS, NICOLAS DE SAULX TAVANNES ARCHEVESQUE DE ROUEN, LOUIS-FRANÇOIS DE VIVET DE MONTCLUS EVESQUE DE SAINT-BRIEUX, ET DOM PIERRE DUBIÉ RELIGIEUX BENEDICTIN DE LA CONGRÉGATION DE SAINT-MAUR ASSISTANT-GENERAL D'ICELLE, COMMISSAIRES APOSTOLIQUES DE LA CONGRÉGATION DES RELIGIEUSES APPELLÉES DU CALVAIRE : à la Prieure du Monastere de Saint-Cyr Diocèse de Rennes, ou à celle qui en son absence tient sa place, & aux Religieuses & Communauté dudit Monastere dûment assemblées, SALUT ET BENEDICTION.

C'est avec une vraie consolation, Nos Reverende Mere & cheres Sœurs, que nous avons vu la plus saine & la plus nombreuse partie de votre Congrégation, se soumettre avec empressement aux Brefs Apostoliques de Notre Saint Pere le Pape Clément XII. d'heureuse mémoire du premier Aoust mil sept-cens trente-huit, & aux Lettres d'attache de Sa Majesté qui en ordonnent l'exécution. Notre joie eût été parfaite, si quelques-uns de vos Monasteres, se livrant à des conseils ennemis de toute subordination, n'avoient en même tems donné le triste exemple d'une désobéissance d'autant plus condamnable, qu'elle est entierement contraire à l'esprit de l'état que vous avez embrassé.

Dans ces circonstances Nous nous sommes appliqués à chercher les moyens qui pourroient le plus contribuer au bien de votre Congrégation, à y rétablir la paix, & à ramener à l'obéissance celles d'entre vous qui ont eu le malheur de s'en écarter, & Nous n'en avons pas trouvé de plus propre ni de plus efficace que celui de vous procurer la tenue du Chapitre, dans lequel vous avez coutume de faire l'Election d'une Directrice-Generale & de ses Assistantes.

Vous savez que celles qui ont ci-devant été nommées à ces Charges, les ont exercées au-delà du tems porté par vos Constitutions : & comme la continuation de leur pouvoir n'a été fondée que sur l'ordre par lequel le Roi avoit jugé à propos de suspendre les Elections, Nous avons supplié Sa Majesté de vouloir bien lever ses défenses. Elle s'est portée avec son zèle ordinaire pour le bien de la Religion, à accorder cette grace à nos prieres. Ainsi vous aurez la satisfaction de voir que notre premiere demarche est de vous remettre dans le libre exercice des règles établies par vos Constitutions, pour le choix des Supérieures qui doivent vous gouverner.

A CES CAUSES, vû le Bref de N. S. P. le Pape Clément XII. d'heureuse mémoire en date du premier Aoust 1738. les Lettres d'attache de Sa Majesté du dix Novembre même année, & les Lettres Patentes du même jour, qui établissent une Commission du Conseil pour connoître des oppositions, appellations comme d'abus, & autres affaires ou conteſtations qui pourroient naître à l'occaſion dudit Bref: vû auſſi l'Arrêt du Conſeil du vingt May dernier enregîtré au Greffe de la ſuſdite Commiſſion, par lequel Sa Majeſté ordonne qu'il ſoit procédé par Nous à l'entiere exécution du ſuſdit Bref, nonobſtant tous Actes d'Oppoſition & de Proteſtation; enſemble les Règles & Conſtitutions de votre Congrégation: TOUT CONSIDERÉ, Nous vous enjoignons auſſi-tôt après la réception de notre preſent Mandement, de faire les prieres accoutumées, & de proceder enſuite aux Elections d'une Mere Directrice-Generale & de ſes Aſſiſtantes.

Comme chaque Monaſtere a droit de donner deux ſuffrages, ſavoir l'un par la Mere Prieure, & l'autre par une Mere Eliſante; la Prieure ou celle qui en ſon abſence tient ſa place, donnera ſa voix à l'ordinaire: quant à l'Eliſante, vous en choiſirez une de nouveau ſans avoir égard à la nomination que vous en aviez faite précédemment.

Dès que les Elections auront été faites dans votre Communauté, vous envoierez les Lettres qui les contiendront cachetées à l'adreſſe de M. l'Archevêque de Paris, & vous ne pourrez les adreſſer à d'autres qu'à lui, ni procéder à aucune Election d'une autre maniere que celle ci-deſſus marquée.

Vous ferez enſorte que ces Lettres arrivent à Paris aſſez-tôt pour qu'on puiſſe les ouvrir le premier Septembre prochain, en commençant d'abord par celles qui regardent la Directrice-Generale, & en procédant enſuite à l'ouverture de celles qui concernent ſes Aſſiſtantes.

Les avantages que ces Elections doivent vous procurer, nous ont déterminé à abréger le tems preſcrit par vos Règles, ainſi qu'elles le permettent, s'il eſt beſoin.

Quoique les Communautés qui ont fait des Proteſtations contre les Brefs du Pape, & contre les Lettres d'attache de Sa Majeſté, ou qui y ont formé oppoſition, dûſſent être privées de donner leurs voix dans ces Elections, Nous voulons bien cependant uſer d'indulgence à leur égard & recevoir leurs ſuffrages, perſuadés que cette condeſcendance pourra opérer un retour ſincere de leur part, & que la charité & le zèle qui animeront toute votre conduite, les porteront à rétracter les démarches dans leſquelles elles ſe ſont malheureuſement engagées. Mais en même tems que nous leur permettons de concourir dans les Elections avec les Communautés qui ſont ſoumiſes, notre intention eſt que ni leur choix, ni celui des autres Communautés ne puiſſe tomber ſur aucune des Religieuſes qui auront proteſté contre les ſuſdits Brefs & Lettres d'attache, ou qui y auront formé oppoſition, & qui ne nous auront pas donné des preuves certaines de leur ſoumiſſion & de leur obéiſſance. S'il arrivoit, ce que Nous ne pouvons ni ne devons préſumer, que dans quelques-uns de vos Monaſteres on ſe déterminât en faveur de Religieuſes de ce caractere, Nous vous avertiſſons que leurs voix ne ſeront pas comptées, les déclarant dès-à-préſent nulles, caduques, & de nul effet.

Ne différez donc pas, Nos Reverende Mere & cheres Sœurs, de faire des choix qui ſoient agréables à Dieu, utiles pour vous-mêmes, & honorables pour votre Congrégation; c'eſt le grand objet que vous devez vous propoſer en cette occaſion. Nous allons nous réunir

avec

avec vous pour demander au Pere des lumieres & au Dieu de la paix, qu'il vous accorde la sagesse & le discernement dont vous avez besoin, pour ne donner vos suffrages qu'à des sujets qui fassent régner dans votre Congrégation cet esprit de charité, d'humilité, de simplicité & d'obéissance, qui peut seul rétablir une parfaite tranquillité entre des Epouses de Jesus-Christ, dont le caractere distinctif est de se consacrer à son service au pied de sa Croix, & de s'immoler avec lui sur le Calvaire. Donné à Paris le troisième jour du mois de Juillet mil sept-cens quarante-un.

Signé † CHARLES Archevêque de Paris.

† NICOLAS Archevêque de Rouen.

† L. Fr. Evêque de Saint-Brieux.

FRERE DUBIE' Assistant.

Et plus bas est écrit,

Par Nosseigneurs
LES COMMISSAIRES APOSTOLIQUES.

ARTAUD *avec Paraphe.*

Mandement de MM. les Evêques de Troyes & d'Auxerre, pour défendre aux Religieuses du Calvaire de procéder à aucune Election sans leur autorité.

JACQUES-BENIGNE par la Miséricorde de Dieu Evêque de Troyes, & CHARLES par la Miséricorde de Dieu Evêque d'Auxerre, Supérieurs-Majeurs de la Congrégation des Religieuses Bénédictines Réformées dites du Calvaire : A NOS TRES-CHERES FILLES les Prieure & Religieuses du Calvaire du Marais à Paris, SALUT ET BENEDICTION. La charité de Jesus-Christ nous presse, nos très-cheres Filles, & nous ne saurions refuser aux fâcheuses circonstances où vous vous trouvez, les consolations & les secours que vous attendez de notre Autorité. Il ne nous est pas permis de dissimuler que les droits de Supérieurs-Majeurs de votre Congrégation, qui nous ont été déférés depuis plusieurs années par une Election canonique, sont ouvertement violés en nos personnes. Mais comme Nous ne voulons user de ces droits, que pour maintenir parmi vous la régularité, la paix, le bon ordre qui y ont régné jusqu'à présent; c'est principalement parcequ'on vous trouble dans la possession de ces biens précieux, que Nous réclamons pour ces mêmes droits dont on veut Nous dépouiller sans fondement & sans cause, comme sans ordre & contre toutes les formes canoniques.

Vous n'ignorez pas, nos très-cheres Filles, l'Opposition que Nous avons fait signifier dans le mois d'Avril dernier, aux dernieres démarches des Prélats qui forment le prétendu Tribunal auquel on veut vous assujettir. Une nouvelle entreprise de ces Prélats, par le Mandement en date du trois Juillet de la présente année, qui vous a été présenté de leur part, & par lequel ils prétendent vous prescrire une forme toute nouvelle pour l'élection de vos Supérieures, Nous oblige de recourir à de nouvelles précautions, & d'y faire une seconde Opposition dont Nous avons jugé nécessaire de vous donner connoissance. Vous y verrez sans peine, que la liberté & la canonicité de vos Elections sont absolument renversées par ce Mandement, & que la forme qui y est prescrite est entierement contraire à vos Constitutions & à vos Usages ; & par-conséquent que vous donneriez vous-mêmes les mains à la ruine de votre Congrégation, si vous y déferiez.

Mais en vous défendant, selon le droit que Nous en avons en qualité de vos Supérieurs-Majeurs, d'y avoir aucun égard, Nous vous recommandons dans le Seigneur de conserver pour les Prelats qui vous ont adressé ce Mandement, & pour les Puissances du nom desquelles ils se couvrent, le profond respect qui leur est dû, comme vous l'avez fait jusqu'à présent ; de continuer à vous renfermer religieusement dans les bornes d'une juste & nécessaire défense, & de ne vous écarter en rien des loix de la modestie & de l'humilité qui conviennent à votre Sexe & à votre Profession.

(a) *Philipp. 1. & 2.* C'est-pourquoi, nos très-cheres Filles, (a) *vous qui êtes notre joie & notre consolation* par votre édifiante régularité, *continuez* comme vous avez commencé, *& demeurez fermes dans le Seigneur. Nous prions Evodie, & nous conjurons Syntiche*, c'est-à-dire celles d'entre vous qui ont eu dans cette affaire des vûes différentes d'où s'est formée une division dans votre Congrégation ; Nous les conjurons *de s'unir dans les mêmes sentimens en Notre Seigneur*, pour le maintien & la conservation de vos Droits, de vos Constitutions, & de la forme de vos Elections & de votre Gouvernement ; & Nous offrons nos vœux les

(b) *Ibid. v. 7.* plus ardens, (b) *afin que la paix de Dieu qui surpasse toute pensée, garde vos cœurs & vos esprits en Jesus-Christ.*

A CES CAUSES, le saint Nom de Dieu invoqué, & après avoir pris conseil de personnes sages & habiles, Nous vous défendons sous les peines de droit, de procéder aux Elections indiquées par le susdit Mandement du trois Juillet, & à toutes autres Elections qui ne se feroient pas sous notre Autorité, & en la maniere prescrite par vos Constitutions.

Donné le deuxième jour d'Aoust mil sept-cent quarante & un.

† J. BENIGNE Evêque de Troyes.

† CHARLES Evêque d'Auxerre.

Par Monseigneur,

FLEURY.

Par Monseigneur,

VIDAL.

Lettre de MM. les Evêques de Troyes & d'Auxerre au Roi.

SIRE,

NOUS croirions manquer à une de nos plus étroites obligations, si Votre Majesté ayant paru prendre tant de part à ce qui concerne la Congrégation du Calvaire, nous ne l'instruisions par nous-mêmes des démarches nouvelles que nous venons de faire & que le devoir de notre Ministere nous a rendues indispensables.

La divine Providence nous ayant chargés du gouvernement spirituel de cette Congrégation, il ne nous est pas plus permis d'abandonner cette portion de notre troupeau, que le surplus des ames confiées à nos soins. Notre amour pour la paix, un éloignement peutêtre excessif de toute contestation nous ont fait dissimuler dans les deux premieres années une entreprise qui sembloit devoir se dissiper d'elle-même, tant elle est contraire à toutes les règles. Mais la vivacité avec laquelle on la suit actuellement, & les derniers coups qu'on vient de porter, nous ont obligés à ne plus différer de venir au secours de pieuses Filles, dont il suffit que nous soyons les Pasteurs & les Peres, pour ne pouvoir pas les laisser périr sous nos yeux, sans avoir tout employé pour leur défense.

Mais nous craignons, SIRE, que ces démarches que notre conscience & notre honneur ont exigées de nous, ne soient représentées à Votre Majesté comme contraires au profond respect & à la fidelité inviolable que nous lui devons, & dont il ne nous arrivera jamais de nous écarter. La justice que nous demandons à Votre Majesté, & que nous regarderons comme une grace, c'est qu'elle ne nous condamne pas sans nous entendre, & qu'elle daigne se détourner pendant quelques momens des grandes occupations que la situation présente de l'Europe, & le desir qu'elle a d'y rétablir & affermir la paix, lui donnent, pour écouter deux anciens Evêques de son Royaume qui portent au pied de son Thrône leur propre justification intimement liée avec celle d'une Congrégation de Vierges chrétiennes injustement troublées dans la possession de leur état & des Loix sous lesquelles elles se sont vouées à Dieu.

La Congrégation du Calvaire, SIRE, est l'ouvrage des deux Puissances ; la forme de son gouvernement a été fixée à perpétuité par les Bulles des Papes sur la demande des Parties intéressées appuyée par les Rois vos augustes Ayeuls.

Ces Bulles ont été revêtues de Lettres Patentes dûment enregîtrées au Parlement. Les Evêques dans les Diocèses desquels les Maisons du Calvaire sont situées, y ont librement consenti : & par-là la Jurisdiction ordinaire qui leur appartenoit de droit commun sur ces Maisons, a été transportée aux Supérieurs-Majeurs de la Congrégation. Ces Superieurs choisis dans votre Royaume, & presque toujours dans l'Ordre Episcopal avec le droit de remplacer ceux qui viennent à manquer, sont devenus ainsi les Ordinaires de la Congrégation, sans que les Papes s'y soient réservé ou attribué en aucun point une Jurisdiction immédiate contraire aux Maximes du Royaume & sujette aux plus grands inconvéniens.

Une telle forme de gouvernement, SIRE, mérite d'autant plus la protection de Votre Majesté, qu'elle paroît avoir été tracée sur le modèle des plus anciennes Exemptions; qu'elle s'écarte le moins qu'il est possible des Règles communes; que rien de ce qui est capable de cimenter & d'affermir un Etablissement n'y a manqué, & qu'elle est confirmée par une possession paisible de plus de cent ans. C'est sur la foi de tant d'Actes solemnels, SIRE, que les Religieuses du Calvaire ont renoncé au monde, & ont cherché dans cette Congrégation un azile assuré où elles n'eussent d'autres soins que d'opérer leur salut par l'exacte observation de la Loi de Dieu & de leurs Constitutions. C'est entre les mains de leurs Superieurs & Superieures légitimes qu'elles ont prononcé leurs vœux. C'est à nous & à elles qu'elles ont promis solemnellement une obéissance canonique. C'est enfin, SIRE, (nous le disons avec confiance & pour rendre gloire à l'auteur de tout bien,) c'est sous cette forme de régime, que par la régularité & l'austérité de leur vie, elles ont répandu jusqu'ici la bonne odeur de Jesus-Christ dans les différens Diocèses de votre Royaume où elles sont établies. Ces Religieuses, SIRE, devoient-elles s'attendre qu'on les obligeroit à rompre elles-mêmes les engagemens qu'elles ont contractés avec Dieu à la face des Autels, & qu'on transporteroit à d'autres l'obéissance qu'elles n'ont vouée qu'à leurs Supérieurs légitimes?

Elles vivoient en paix dans l'observation de leur Règle, lorsqu'on surprit en 1734. à la Religion de Votre Majesté des ordres qui leur défendoient de procéder aux Elections qu'elles étoient sur le point de faire. Elles reçurent ces ordres avec un profond respect; elles y ont déféré avec une parfaite soumission, & leurs Elections sont demeurées suspendues jusqu'à présent. C'est une preuve de leur docilité & de leur éloignement de tout esprit de révolte, que nous supplions Votre Majesté de ne pas oublier.

Mais quelle fut leur douleur & notre étonnement à la vûe du Bref de Clément XII. qui cause aujourd'hui un si grand trouble dans cette Congrégation! Par ce Bref le Pape nous suspend provisionellement de nos fonctions de Supérieurs-Majeurs; & cela sans nous avoir préalablement avertis, sans nous reprocher aucune négligence dans l'exercice de nos fonctions, sans alléguer aucun motif qui puisse servir de fondement à cette suspense, sans spécifier aucun abus qui soit à réformer dans cette Congrégation, sans pouvoir même déclarer qu'il y en ait quelqu'un. Le même Bref donne pouvoir à M. l'Archevêque de Paris, & à tels autres Evêques ou Supérieurs Réguliers qu'il voudra s'associer, de nous destituer absolument & sans retour d'une Supériorité qui nous appartient par titre & à vie; de nommer à leur gré d'autres Supérieurs-Majeurs en notre place, une autre Directrice Generale, d'autres Assistantes, d'autres Prieures; de changer le tems & la maniere de faire les Elections; en un mot de substituer une nouvelle forme de gouvernement à l'ancienne, & de faire dans les Constitutions mêmes tels changemens qu'ils jugeront à propos: le tout nonobstant oppositions ou appellations quelconques.

Il étoit difficile, SIRE, de réunir dans un Bref des abus plus multipliés & plus intolérables. Nous ne nous arrêterons pas à les relever ici en détail pour ne pas abuser de la patience de Votre Majesté ; ils l'ont été dans un Mémoire imprimé, qui mérite assurément l'attention du Conseil de Votre Majesté, & qui justifie d'avance les démarches que nous avons été obligés de faire.

Nous nous contenterons de faire observer à Votre Majesté, que s'il s'étoit en effet glissé quelques abus dans la Congrégation du Calvaire dont le Pape eût été informé, l'esprit de l'Evangile & la disposition des saints Canons demandoient que Sa Sainteté nous en donnât connoissance, & nous avertît d'y remédier. Nous aurions reçu, SIRE, cet avertissement avec tout le respect qui est dû au Successeur de S. Pierre, & nous aurions fait nos diligences & employé avec zèle toute l'autorité que le titre de Supérieurs-Majeurs nous donne, à seconder les pieuses intentions de Sa Sainteté pour la réformation des abus. De plus, SIRE, en cas de défaut ou de délit de notre part, l'Eglise a dans les loix de sa Discipline, des moyens efficaces pour suppléer à la négligence des Supérieurs, & pour punir les délits dont ils seroient juridiquement convaincus ; & nous ne prétendons en aucune maniere nous soustraire à la justice de ces Loix.

Mais ici toutes les Règles sont ouvertement violées. Le Pape s'attribue à lui-même, & il prétend donner à ses Commissaires un pouvoir absolu & arbitraire sur une Congrégation qui n'est pas immédiatement soumise à sa Jurisdiction ; & il en agit ainsi au mépris de deux Evêques de Votre Royaume, qui en ont été canoniquement élûs Supérieurs-Majeurs & Ordinaires, & qui n'entendent point se départir de cette qualité, ni de l'exercice des fonctions qui y sont attachées.

C'est une maxime constante, SIRE, dans votre Royaume, que le Pape n'a point de Jurisdiction immédiate sur les personnes soumises aux Ordinaires des lieux ; & nous sommes bien assurés que Votre Majesté ne nous refuseroit pas sa protection contre les entreprises de la Cour de Rome, si elle vouloit exercer cette Jurisdiction dans nos Diocèses. Que Votre Majesté daigne faire attention que nous sommes les Supérieurs Ordinaires des Religieuses du Calvaire, selon les Bulles mêmes de l'établissement de cette Congrégation ; qu'aucune des formalités requises pour nous assurer cette qualité & les droits qui y sont attachés, n'a été omise, & qu'une possession de plus de cent ans nous l'a confirmée. Votre Majesté reconnoîtra aisément que le Pape n'a pas droit de nous troubler dans l'exercice de cette Jurisdiction ordinaire & immédiate, ni de se l'attribuer à lui-même ou à ses Commissaires délégués, & que par-conséquent le Bref par lequel il l'entreprend, est manifestement abusif.

On ne doit pas être surpris après cela, SIRE, que les Promoteurs de ce Bref ayent détourné Votre Majesté de l'envoyer au Parlement pour être enregîtré, & qu'ils l'ayent dérobé aux lumieres & à l'équité de cette auguste Compagnie. Ils ont compris qu'il ne pourroit soutenir un si grand jour, que les abus dont il est rempli y seroient infailliblement apperçus, & que le Parlement ne se prêteroit jamais à la publication & à l'exécution d'un Bref aussi contraire aux Maximes du Royaume, & aux titres d'Etablissement de la Congrégation du Calvaire que cette Cour a elle-même enregîtrés.

Mais il n'en est devenu par-là que plus suspect, & les Religieuses n'en ont été que mieux fondées à s'y opposer. Votre Majesté n'ignore pas que cette Opposition juridique a été faite par la Supérieure Genérale & ses Assistantes, par beaucoup de Prieures de différentes Maisons, & par près de la moitié des Religieuses de la Congrégation, & qu'elles y persistent. Une telle Opposition devroit être plus que suffisante pour arrêter les Commissaires. Mais loin d'y avoir l'égard que toutes les Loix demandent, on a fait un crime aux Opposantes de ce qu'elles réclament pour le maintien de leur Etat, de leurs Constitutions, & de la forme de leur Gouvernement; & ce qui met le comble à leur affliction, on a entrepris de les noircir aux yeux de Votre Majesté, & d'en arracher des ordres rigoureux qui ont enlevé à toute la Congrégation une Mere encore plus précieuse & plus respectable par ses vertus que par sa naissance, & à plusieurs Maisons les Prieures qui les gouvernoient avec sagesse & avec édification.

Enfin, SIRE, quoique l'Opposition juridique des Religieuses n'ait point été jugée suivant les Loix de l'Eglise, un nouveau Tribunal composé de M. l'Archevêque de Paris, de deux autres Prélats, & de deux Religieux qu'il s'est associés, s'attribue le droit de gouverner à son gré une Congrégation qui nous est immédiatement soumise, d'y introduire une forme d'Elections jusqu'ici inconnue, & de nous dépouiller nous-mêmes d'une Supériorité qui nous appartient par des Titres incontestables. Nous étoit-il permis, SIRE, dans ces circonstances, de demeurer dans l'inaction, & de voir tranquillement un Troupeau qui doit nous être si cher, passer entre les mains de Pasteurs étrangers? Et pouvions-nous oublier les engagemens que nous avons pris en acceptant la Supériorité de cette Congrégation, de ne point l'abandonner dans le besoin, & de la protéger de tout notre pouvoir?

C'est pour remplir cette obligation, SIRE, qu'aussitôt que nous avons été informés d'une espèce de Lettre Circulaire de ce nouveau Tribunal, tendante à s'assujettir la Congrégation du Calvaire & à la soustraire à notre autorité, nous n'avons pas crû pouvoir nous dispenser de nous opposer suivant la forme de droit à tout ce qui auroit pû être fait ou pourroit se faire par les Commissaires au préjudice de notre qualité & de nos droits de Supérieurs-Majeurs & ordinaires.

Il est incontestable, SIRE, que cette opposition dûment signifiée rend absolument nul & de nul effet, tout ce que le Tribunal érigé par M. l'Archevêque de Paris pourroit entreprendre à notre préjudice, jusqu'à ce qu'elle ait été jugée par des Juges compétens. Il n'est pas moins certain que ce Tribunal, qui n'a pour fondement qu'un Bref abusif, & dont nous contestons la compétence, n'en pouvoit pas connoître. Les Commissaires eux-mêmes l'ont reconnu, puisque n'osant prononcer sur notre Opposition, ils l'ont portée au Conseil de Votre Majesté.

Mais qu'il nous soit permis, SIRE, de représenter à Votre Majesté avec cette liberté respectueuse qui convient à des Evêques, &

qui ne sauroit déplaire à un Roi qui se glorifie du titre de Fils aîné de l'Eglise, que l'Arrêt de son Conseil sur cette affaire ne peut être regardé que comme un effet de la surprise qui a été faite à la Religion de Votre Majesté. Son respect si connu pour l'Eglise sa Mere & pour ses saintes Loix, ne lui auroit jamais permis, si Elle avoit été bien informée, de prendre connoissance Elle-même de notre Opposition, ni de la faire juger par un Tribunal laïque. Cette Opposition a pour objet une affaire toute spirituelle & de Discipline purement ecclésiastique : elle est par-conséquent essentiellement du ressort de la Puissance Ecclésiastique.

Le pouvoir des Rois, SIRE, est grand, il est souverain, il est indépendant de toute autre Puissance que de celle de Dieu, dans les choses temporelles. Nous reconnoissons avec joie cette indépendance, & nous avons donné dans l'occasion des preuves éclatantes de notre zèle pour sa défense. Mais ce même pouvoir dans les choses spirituelles, se borne à protéger l'Eglise, à maintenir l'autorité des SS. Canons, à conserver à leurs Sujets les droits spirituels qui leur sont légitimément acquis, & à faire exécuter les Jugemens régulierement rendus par les Juges Ecclésiastiques, sans les prévenir. *Les choses divines*, disoit S. Ambroise, *ne sont pas soumises à la Puissance Impériale. Nous rendons à César ce qui est à César, & à Dieu ce qui est à Dieu. Le tribut est à César, & nous ne le refusons pas ; l'Eglise est à Dieu, & elle ne doit point être assujettie à César. Personne même ne peut nier qu'en parlant ainsi, nous ne rendions à l'Empereur l'honneur qui lui est dû. Car quoi de plus honorable pour l'Empereur que le titre de Fils de l'Eglise?*

S. Ambr. Ep. 20. & serm. de Basil. non tradendis.

Nous ne pouvons donc, SIRE, nous dispenser de nous plaindre à Votre Majesté même des Prélats Commissaires, & de leur faire un juste reproche d'avoir porté à des Juges Séculiers une affaire qui ne pouvoit être jugée que par un Tribunal Eccésiastique ; d'avoir engagé Votre Majesté à passer les bornes de son autorité, en déclarant nulle une Opposition formée dans une cause spirituelle par deux Evêques, sans même les entendre ; à accorder sa protection Royale à un Bref abusif, & à favoriser dans son Royaume un exercice de pouvoir arbitraire & de jurisdiction immédiate de la part de la Cour de Rome.

L'incompatibilité des fonctions des Commissaires avec celles des Superieurs ordinaires est selon l'Arrêt du Conseil de Votre Majesté, l'unique motif pour lequel le Bref a suspendu l'exercice de notre autorité sur le Calvaire. Cependant, SIRE, ces deux sortes de fonctions ne sont point incompatibles par elles-mêmes ; & si on eût été dans le cas de demander au Pape des Commissaires pour les Religieuses du Calvaire, & que le Pape eût été en droit d'en donner, n'auroit-on pas pû leur en attribuer qui fussent compatibles avec les nôtres, au-lieu de commencer par suspendre l'exercice de notre autorité ordinaire, sous prétexte d'incompatibilité?

Le Bref ne se borne pas à suspendre nos fonctions pendant l'espace de quatre années. Le pouvoir qu'il attribue aux Commissaires est sans bornes : il va jusqu'à les rendre maîtres de nous destituer totalement, & même sans nous communiquer les griefs qu'ils peuvent avoir contre nous, & sans nous entendre. Aurions-nous pû, SIRE, sans manquer à ce que nous devons à Dieu, à l'Eglise, à l'Etat & à nous-mêmes, nous dispenser de nous opposer dans la forme juridique à un Bref qui tend visiblement à nous enlever contre toutes les formes un titre dont nous ne pouvons être privés que pour délits judiciairement prouvés & constatés devant Juges compétens : qualité que n'ont pas & ne peuvent avoir, suivant les Loix de l'Eglise & de l'Etat, les trois Prélats & les deux Religieux qui composent la Commission ?

Mais il n'est question d'aucun délit de notre part. Votre Majesté elle-même a la bonté de déclarer que ce n'est pour aucune raison personnelle, que notre pouvoir de Supérieurs-Majeurs est suspendu. Qu'il est consolant, SIRE, qu'il est honorable pour nous, ce témoignage que Votre Majesté veut bien nous rendre, qu'il est digne des plus vifs sentimens de notre reconnoissance ! Ce n'est donc pas pour avoir fomenté ou toleré des abus & des desordres dans la Congrégation du Calvaire ; ce n'est pas pour avoir négligé de remplir les fonctions & les devoirs de Supérieurs-Majeurs ; ce n'est en un mot pour aucune raison personelle, que le Bref nous suspend, & qu'il donne aux Commissaires le pouvoir de nous destituer. C'est uniquement parceque le Pape Clément XII. l'a voulu ainsi, ou plutôt parceque les Promoteurs de cette affaire, & les ennemis du Calvaire lui ont arraché par leurs importunités ce Bref abusif.

Ce caractere, SIRE, de droiture & d'équité que nous éprouvons pour nous-mêmes, éclate encore dans la justice que Votre Majesté veut bien rendre à la Congrégation du Calvaire, en déclarant qu'elle est édifiante par sa régularité. Que ceux qui n'aiment pas cette Congrégation, & qui semblent avoir juré sa perte, l'entendent ; c'est Votre Majesté elle-même qui atteste son édifiante régularité. Mais qui ne demandera pas ici quelle nécessité pouvoit-il y avoir que le Pape donnât un Bref contre cette Congrégation ? Et comment peut-on faire un crime à une portion si considérable des Religieuses dont elle est composée, de ne pouvoir se soumettre à ce Bref qui leur enlève leurs Supérieurs légitimes sans aucune raison personnelle de leur part, qui donne atteinte à leurs Constitutions & à leurs Usages ; qui change la forme de leur Gouvernement & de leurs Elections ? Que si on veut que ce soit là leur crime, n'étoit-il pas beaucoup plus à souhaiter qu'on ne les mît pas dans l'occasion de le commettre, & qu'on les laissât continuer en paix d'édifier l'Eglise par une régularité reconnue ? Ce Bref n'est-il donc venu que pour faire des coupables, & pour troubler & diviser une Congrégation, qui jusqu'à son arrivée étoit paisible & édifiante par sa régularité ?

Il est bien étonnant, SIRE, que tandis qu'il y a tant d'abus & de desordres qui demeurent impunis, & dont la réformation seroit plus de la compétence de Rome, le Bref attaque une Congrégation de Vierges chrétiennes à qui on ne reproche rien, & dont on ne peut pas nier que la vie ne soit très-austere, très-réguliere, très-édifiante ; & que sous prétexte d'y réformer les abus, en cas qu'il y en ait, *si qui sint*, car on n'ose pas dire positivement qu'il y en a, il érige un Tribunal qui tend à tout bouleverser dans cette Congrégation. Mais il n'est pas moins étrange que les Commissaires soient si peu touchés de ces de ces considérations, & qu'ils ne soient point arrêtés dans l'exécution du Bref par les oppositions les plus juridiques, les plus persévérantes, & les mieux fondées. Ils viennent de donner des preuves de leurs dispositions à cet égard, par le Mandement qu'ils ont envoyé à toutes les Maisons de la Congrégation, pour leur enjoindre de procéder d'une maniere qui est tout-à-fait irréguliere à l'élection d'une Directrice - Generale & de ses Assistantes. Nous supplions très-humblement Votre Majesté, de donner encore un moment d'attention aux excès de ce Mandement, & aux suites déplorables qu'il ne pourroit manquer d'avoir, s'il étoit exécuté.

Ce Mandement étant donné sans pouvoir légitime, & au préjudice de l'autorité des Supérieurs ordinaires, & de leur Opposition juridique qui n'a été jugée par aucun Tribunal Ecclésiastique, tout ce qui pourroit être fait en conséquence seroit nul de droit. De-là, SIRE, quel trouble & quelle confusion dans la Congrégation du Calvaire ? On ne peut y penser sans frémir ; & c'est cependant tout ce que peut produire l'élection d'une Directrice-Generale & de ses Assistantes, qui auroit pour règle non la forme prescrite par les Constitutions, mais la volonté arbitraire des Commissaires énoncée dans ce Mandement : élection qui se feroit sans la participation & le concours nécessaire des Supérieurs-Majeurs & des Supérieures-Generales du dedans : élection dans laquelle un nombre de Prieures exilées seroient privées de voix passive & active, & le pouvoir d'élire qui leur appartient de droit seroit transporté aux Souprieures ou à d'autres qui tiennent leur place, ce qui ne s'est jamais pratiqué même dans le cas de décès des Prieures : élection si peu libre, que la moitié des Religieuses qui par leur ancienneté ont droit d'être élûes aux Charges, & qui sont le plus en état de les bien remplir, seroient, à peine de nullité, excluës de voix passive : élection à laquelle les Commissaires ne peuvent pas ignorer que près de la moitié des Maisons & la plus saine partie de la Congrégation ne prendroient aucune part, ou plutôt contre laquelle ils savent parfaitement qu'un nombre très-considérable de Religieuses ne cesse de réclamer : élection pour laquelle les suffrages seroient envoyés, non aux Supérieurs légitimes, ni au Conseil & au Chapitre General de la Congrégation, comme les Constitutions l'exigent, mais à M. l'Archevêque de Paris, chez qui sans doute s'en feroit l'ouverture, & où le secret si essentiel dans ces sortes d'Elections, si étroitement recommandé & si religieusement observé jusqu'ici dans les Chapitres Generaux de la Congrégation, ne pourroit guéres manquer d'être violé : élection enfin nulle, abusive, & de nul effet, & que près de la moitié de la Congrégation regarderoit comme telle.

Que ne doit on pas craindre d'un Tribunal dont les premieres démarches annoncent un tel renversement ? Pour nous, SIRE, nous ne pouvons oublier que nous sommes les Superieurs légitimes, les Pasteurs & les Peres de la Congrégation du Calvaire. Comme Evêques nous tenons notre Jurisdiction de Jesus-Christ, & de l'Eglise la portion des Fidèles sur lesquels nous devons l'exercer ; & c'est l'Eglise, c'est-à-dire le Pape & les Evêques Diocésains du consentement tacite de l'Eglise universelle, & avec le concours & l'approbation expresse des Rois vos augustes Ayeuls, qui nous a confié le soin spirituel de ces Religieuses, & qui nous a établis leurs Pasteurs ordinaires. Nous avons à en rendre compte à Jesus-Christ le Prince des Pasteurs & à l'Eglise même : & comment pourrions-nous nous justifier devant l'un & l'autre, si nous ne faisions pas tout ce qui dépend de nous pour leur défense, & si nous négligions d'employer toute l'autorité qui nous est confiée & toutes les voyes de droit, pour empêcher qu'une Congrégation qui nous est si prétieuse ne soit déchirée par une division & un schisme que les SS. Docteurs de l'Eglise nous ont appris à craindre comme le plus grand des maux ?

Parmi ces voyes de droit, SIRE, nous n'en avons point trouvé de plus réguliere & de plus Episcopale, après avoir fait signifier notre seconde Opposition, que celle d'un Mandement sage & moderé, par lequel en vertu de l'autorité que nous avons sur les Religieuses du Calvaire, nous leur défendons d'avoir égard à celui des Commissaires, donné contre toutes les règles. Nous esperons, SIRE, que votre Majesté sera satisfaite du compte que nous avons l'honneur de lui rendre de notre conduite, & des raisons essentielles sur lesquelles elle est fondée, & que les impressions qu'on auroit pû lui donner contre nous, s'effaceront à la lumiere de tout ce que nous venons de lui représenter.

Mais comme la justification des Religieuses du Calvaire est inséparable de la nôtre, souffrez, SIRE, que nous implorions pour ces chastes Epouses de Jesus-Christ comme pour nous, la protection puissante de Votre Majesté. Nous ne craignons pas d'assurer qu'elles en sont dignes par le profond respect dont elles sont pénétrées pour votre Personne sacrée, par les prieres qu'elles ne cessent d'offrir à Dieu pour Votre Majesté & qui peuvent lui être d'un si grand secours, & par les témoignages que Votre Majesté a bien voulu leur rendre qu'elles sont édifiantes par leur régularité. Cet éloge seul leur tiendra lieu de toute recommandation auprès d'un Prince qui aime ses Sujets, qui en est le Pere, & qui a appris du plus sage des Rois, *que la miséricorde & la vérité gardent le Roi, & que la clémence est l'affermissement de son Thrône.*

Nous sommes avec le plus profond respect,

SIRE,

DE VOTRE MAJESTÉ,

Les &c. ... Evêque de Troyes

Ce 11. *Aoust* 1741.

... Evêque d'Auxerre.

Les Pieces suivantes ont été signifiées au Calvaire du Marais le 31. Août 1741.

LOUIS par la Grace de Dieu Roi de France & de Navarre, à nos amés & feaux les Sieurs Abbé Bignon, de Machault, de Gaumont, de Fortia, Chauvelin & d'Argenson Conseillers en notre Conseil d'Etat, & les Sieurs de Caumartin, de la Chateigneraye & de Lucé Maîtres des Requêtes ordinaires de notre Hôtel, SALUT. L'attention que Nous donnons au maintien de la discipline reguliere & à la conservation de la paix & de la tranquillité dans les Maisons Religieuses de notre Royaume, Nous a engagé à representer à N. S. P. le Pape qu'il étoit important d'y pourvoir par rapport à la Congregation du Calvaire soumise immédiatement au Saint-Siege *, qui est établie dans notre Royaume; & sur les instances que Nous avons faites à Sa Sainteté dans cette vûe, Elle Nous auroit envoyé ses Lettres en forme de Brefs donnés à Rome le 1. Août 1738. par lesquelles voulant pourvoir au bien commun de ladite Congrégation, Sa Sainteté auroit établi & délégué notre très-cher & bien amé Cousin le Sieur Archevêque de Paris Visiteur-Apostolique pendant le tems & espace de quatre années pour faire la Visite des Monasteres de cette Congrégation qui sont établis dans notre bonne Ville de Paris, pour se faire représenter les Constitutions, examiner de quelle maniere elles y sont observées, statuer & ordonner ce qu'il jugera nécessaire pour réformer les abus, s'il s'y en étoit glissé quelques-uns, & en éloigner tout ce qui pourroit y troubler la paix & la tranquillité: N. S. P. le Pape ayant fait expédier en même-tems d'autres Brefs adressés au Sieur Archevêque de Tours, & aux Sieurs Evêques d'Orleans, de Blois, d'Angers, de Poitiers, de Nantes, de Treguier, de Saint-Brieux, du Mans, de Rennes, de Quimper, de Vannes & de Saint-Malo, dans les Diocèses desquels il y a des Monasteres de la même Congregation, par lesquels Sa Sainteté les établit aussi Visiteurs-Apostoliques de ces Monasteres pendant le tems de deux années pour y remplir les fonctions ci-dessus marquées, voulant que durant le cours de la Commission adressée à notre Cousin le Sieur Archevêque de Paris, toute Superiorité, autorité & administration des Superieurs-Majeurs & du Visiteur-General de ladite Congregation, soient & demeurent suspendues, comme étant incompatibles avec l'exercice du pouvoir accordé aux Visiteurs-Apostoliques; que les Evêques qui pendant le tems de deux ans auroient fait les Visites particulieres des Monasteres de leurs Diocèses, envoyeroient à notre Cousin le Sieur Archevêque de Paris leurs Actes de Visites, en lui faisant part de tout ce qu'ils auroient fait, ou qu'ils estimeroient qu'il y auroit lieu de régler pour l'avenir; après quoi notredit Cousin le Sieur Archevêque de Paris s'associeroit tels Evêques & tels Superieurs Reguliers qu'il jugeroit à propos & qu'il sauroit nous être agreables, avec faculté d'en-

* Faux exposé fait au Roy, la Congrégation du Calvaire n'est point *immédiatement soumise au Saint-Siége*. Voyez l'excellent Mémoire de ces Religieuses.

ſubroger d'autres à ceux qui pourroient venir à deceder pendant le cours de la Commiſſion, pour être par eux conjointement reglé & ſtatué tout ce qui leur paroîtroit pouvoir contribuer à l'utilité commune de ladite Congregation & à l'obſervation de la diſcipline reguliere, avec pouvoir même de deſtituer leurs Superieurs - Majeurs & le Viſiteur-General, en cas qu'il y ait lieu de le faire, & d'en établir d'autres à leur place; comme auſſi de choiſir & nommer tant la Superieure-Generale de ladite Congregation que les Superieures des Monaſteres particuliers, & de regler le tems, la forme & la maniere d'y pourvoir à l'avenir, le tout ainſi qu'il eſt plus au long porté par leſdits Brefs : ſur quoi ayant fait examiner leſdits Brefs en notre Conſeil, & ayant reconnu qu'ils ne contiennent rien de contraire aux droits de notre Couronne, aux Maximes de la France & aux Libertés de l'Egliſe Gallicane, toute la connoiſſance de cauſe étant reſervée aux Evêques de notre Royaume, & la ſuſpenſion proviſoire du pouvoir des Superieurs - Majeurs & du Viſiteur-General ne devant avoir lieu qu'à cauſe de l'impoſſibilité de concilier l'uſage de leur autorité avec l'exercice du pouvoir attribué aux Commiſſaires-Apoſtoliques pendant qu'il ſubſiſtera : nous avons fait expedier nos Lettres d'attache tant ſur le Bref adreſſé à notre Couſin le Sieur Archevêque de Paris, que ſur les Brefs adreſſés aux autres Archevêques & Evêques dans les Diocèſes deſquels il a été établi des Monaſteres de ladite Congregation, pour les autoriſer à proceder ainſi qu'il appartiendra en execution deſdits Brefs. Il ne nous reſte plus dans la reſolution que nous avons priſe de concourir avec le S. Siege à retablir ou à affermir le bon ordre & la paix dans cette Congregation, que d'expliquer nos intentions ſur le choix des Juges auxquels nous attribuerons la connoiſſance des Appellations comme d'abus, ſi aucunes ſont interjettées, & des autres demandes ou conteſtations qui pourroient être formées à l'occaſion deſdits Brefs, & de ce qui auroit été fait & ordonné en conſéquence. A CES CAUSES & autres à ce Nous mouvans, Nous avons ordonné, & par ces Préſentes ſignées de notre main, ordonnons, voulons & Nous plaît que leſdits Brefs de Notre Saint Pere le Pape Clément XII. adreſſés tant à notre Couſin le Sieur Archevêque de Paris, qu'au Sieur Archevêque de Tours, & aux Sieurs Evêques d'Orléans, de Blois, d'Angers, de Poitiers, de Nantes, de Tréguier, de Saint-Brieux, du Mans, de Rennes, de Quimper, de Vannes & de Saint-Malo ſoient exécutés en la forme & pour le tems porté par leſdits Brefs, & que toutes les Ordonnances ou Réglemens généraux ou particuliers, proviſoires ou définitifs qui auront été donnés ou faits par leſdits Sieurs Archevêques & Evêques, chacun ſelon le pouvoir qui lui eſt attribué en qualité de Commiſſaire & Viſiteur Apoſtolique, ſoient exécutés, nonobſtant toutes oppoſitions ou appellations quelconques, même comme d'abus, la connoiſſance deſquelles Nous avons retenue & reſervée à notre Perſonne, & icelle interdite à toutes nos Cours de Parlemens, Grand-Conſeil, & autres nos Juges & Officiers, pour raiſon deſquelles oppoſitions ou appellations qui pourroient ſurvenir, voulant en procurer l'expédition la plus prompte & la moins onereuſe aux parties intéreſſées,

téressées, Nous avons jugé à propos de vous en attribuer la connoissance, vous commettant & députant à cet effet par ces Présentes, pour statuer ainsi qu'il appartiendra, au nombre de cinq au-moins, sur lesdites oppositions, appellations comme d'abus, demandes & contestations, après néanmoins qu'elles auront été communiquées au Sieur Maboul Maître des Requêtes ordinaire de notre Hôtel, que Nous avons commis & établissons par ces Présentes Procureur-Général en ladite Commission, pour y donner ses conclusions avec pouvoir de faire d'office par devant vous telles réquisitions qu'il jugera à propos pour l'exécution desdits Brefs, pour le maintien du bon ordre & de la Discipline, vous attribuant pour raison de ce que dessus toute Cour, Jurisdiction & connoissance privativement à tous autres Juges, ainsi qu'il est dit ci-dessus: n'entendons néanmoins que les Réglemens définitifs & généraux qui pourront être faits en conséquence desdits Brefs, puissent être exécutés que par provision, si ce n'est après avoir été revêtus des Lettres Patentes que Nous ferons expédier à cet effet. Car tel est notre plaisir. Donné à Fontainebleau le dix jour de Novembre l'An de Grace 1738. & de notre Règne le vingt-quatrième.

Signé LOUIS.

Et plus bas,

PAR LE ROI.

Signé PHELIPPEAUX.

Et ensuite est écrit:

Les présentes Lettres Patentes ont été enregîtrées au Greffe de la Commission par moi Greffier d'icelle, ce requerant le Procureur-Général de Sa Majesté en ladite Commission, en conséquence de l'Ordonnance de MM. les Commissaires y dénommés de cejourd'hui 23 Mars 1739. *Signé* DE CHATEAUVIEUX.

LES Commissaires-Généraux du Conseil députés par Sa Majesté par Lettres Patentes du 10. Novembre 1738. & par l'Arrêt du Conseil du 20. Mai 1741. pour juger en dernier ressort les contestations concernans les Réglemens qui seroient faits pour la Congrégation du Calvaire, & les oppositions, appellations comme d'abus, & autres affaires où contestations qui pourroient naître à l'occasion des Brefs du Pape Clément XII. du 1. Aoust 1738. & Lettres d'Attache expédiées sur lesdits Brefs:

Sur la Requête à Nous présentée par le Procureur-Général du Roi en notre Commission, contenant que par des Lettres Apostoliques en forme de Bref du prémier du Mois d'Aoust 1738. le Pape Clément XII. auroit, sur l'instance du Roi, nommé & député le Sieur Archevêque de Paris Visiteur & Commissaire Apostolique des Monasteres des Religieuses de la Congregation du Calvaire avec pouvoir de s'associer d'autres Evêques & des Prelats Reguliers pour faire & statuer ce qui seroit estimé le plus convenable pour l'utilité de ladite Congregation & le maintien de la discipline reguliere, voulant que le pouvoir des Supérieurs Ordinaires & Majeurs de cette Congrégation demeurât suspendu pendant la durée de ladite Commission, comme étant incompatible avec l'exercice des fonctions des Commissaires délégués par le Saint Siege : qu'outre ce premier Bref le même Pape en auroit ajouté d'autres adressés aux Evêques du Royaume, qui avoient dans leurs Diocèses des Monasteres de la Congrégation du Calvaire, portant pouvoir ausdits Prélats d'en faire la Visite dont ils envoyeroient les Procès-verbaux audit Sieur Archevêque de Paris, avec leurs avis sur les reglemens qu'ils y estimeroient devoir être faits en conséquence. Que sur tous ces differens Brefs le Roi auroit fait expedier des Lettres d'attache particulieres adressées à chaque Prélat, & donné ensuite des Lettres Patentes le 10. Novembre 1738. portant établissement de notre Commission où elles ont été enregîtrées, par lesquelles Sa Majesté auroit ordonné l'exécution desdits Brefs : qu'en conséquence le Sieur Archevêque de Paris se seroit associé, de l'agrément de Sa Majesté, le Sieur Archevêque de Rouen, le Sieur Evêque de Saint-Brieux, Pierre Dubiez Religieux Benedictin de la Congregation de Saint-Maur & Pierre Boucher Religieux de la même Congregation : que cependant il auroit été signifié soit à la Requête des Sieurs Evêques de Troyes & d'Auxerre Superieurs de ladite Congrégation du Calvaire, soit au nom de la Supérieure-Generale & des trois Assistantes de ladite Congrégation, des Actes d'opposition & de protestation contre tout ce qui se feroit sur le fondement desdits Brefs émanés du Saint Siege ; mais que Sa Majesté par un Arrêt de son Conseil auroit déclaré lesdits Actes d'opposition & de protestation nuls & de nul effet, & auroit ordonné qu'il seroit procédé par le Sieur Archevêque de Paris, avec les Sieurs Archevêque de Rouen & Evêque de Saint-Brieux, & les deux Supérieurs Réguliers que ledit Sieur Archevêque de Paris s'est associé de l'agrément de Sa Majesté, à l'entiere exécution du Bref adressé audit Sieur Archevêque, & des Lettres d'attache expédiées sur ledit Bref : que depuis il a été adressé aux Religieuses de chaque Monastere de ladite Congrégation du Calvaire, un Mandement du trois Juillet de la présente année desdits Sieurs Commissaires Apostoliques, à l'effet d'être procedé suivant les Constitutions de ladite Congrégation, à l'Election d'une Mere Directrice-Generale & de ses Assistantes ; mais qu'il est tombé entre les mains du Procureur-General un Ecrit en forme de Mandement datté du 2. Aoust 1741. & signé Bénigne Evêque de Troyes, & Charles Evêque d'Auxerre, par lequel ces Prélats, en qualité de Supérieurs-Majeurs de la Congrégation des Religieuses du Calvaire, défendent aux Religieuses de procéder aux Elections indiquées par le Mandement des Commissaires Apostoliques du trois Juillet précédent, & à toutes autres Elections qui ne seroient pas faites sous l'Autorité desdits Supérieurs, en la maniere prescrite par les Constitutions de ladite Congrégation. Que l'abus de ce Mandement est si sensible, qu'il n'a pas besoin d'être expliqué, puisqu'on y entreprend d'empêcher l'exécution d'un Bref du Pape revêtu de l'autorité du Roi *

* Nota que lorsque M. Maboul tenoit ce discours, le Bref n'étoit encore enregîtré nulle part. Voyez les réflexions que contiennent à ce sujet les NN. Ecclés. dans l'extrait qu'elles ont donné de ce Requisitoire de M. le Procureur-Général de la Commission.

& d'un Mandement donné en conséquence par les Commissaires Apostoliques, dont l'unique objet est de faire procéder à une Election canonique, dans les formes établies par les Constitutions de la Congrégation du Calvaire ; qu'ainsi le Mandement des Sieurs Evêques de Troyes & d'Auxerre étant également contraire aux droits des deux Puissances qui ont concouru en cette occasion, le Procureur-General est obligé de se pourvoir, & pour justifier de ce que dessus, il joindra les Lettres Patentes du dix Novembre 1738. enregîtrées le 23. Mars 1739. † L'Arrêt du Conseil du 20. Mai 1741. enregîtré le quatre Juin suivant signifié aux Sieurs Evêques de Troyes & d'Auxerre, à la Supérieure de la Congrégation du Calvaire & à ses Assistantes le 28. dudit mois de Juin, le Mandement du Sieur Archevêque de Paris & autres Commissaires Apostoliques du trois Juillet dernier, & le Mandement signé des Sieurs Evêques de Troyes & d'Auxerre du 2. du présent mois d'Aoust. A CES CAUSES requeroit le Procureur-General qu'il Nous plût le recevoir Appellant comme d'abus du Mandement du 2. Aoust 1741. signé des Sieurs Evêques de Troyes & d'Auxerre, faisant droit sur son Appel déclarer y avoir abus dans ledit Mandement, & où Nous ferions difficulté de statuer définitivement sur lesdites Conclusions, faire dès à présent défenses d'exécuter ledit Mandement des Sieurs Evêques de Troyes & d'Auxerre, & de traverser ou empêcher directement ni indirectement l'exécution du Mandement desdits Sieurs Commissaires Apostoliques du trois Juillet dernier. Vû ladite Requête signée MABOUL, ensemble les piéces y énoncées & jointes ; oui le rapport du Sieur de Saint-Contest de la Chateigneraye Chevalier Conseiller du Roi en ses Conseils, Maître des Requêtes ordinaire de son Hôtel, Commissaire à ce député l'un de Nous, & tout considéré : NOUS Commissaires-Generaux susdits en vertu du pouvoir à Nous donné par Sa Majesté avons reçu & recevons le Procureur-General Appellant comme d'abus du Mandement des Sieurs Evêques de Troyes & d'Auxerre du 2. du présent mois d'Aoust, & avant faire droit sur ledit Appel, ordonnons que la Requête leur sera communiquée pour y fournir des Réponses dans les délais du Réglement : pour ce fait ou faute de ce faire dans ledit délai, être par Nous statué ce qu'il appartiendra. Faisons cependant défenses d'executer ledit Mandement, & d'empêcher ou traverser directement ni indirectement l'exécution du Mandement des Sieurs Commissaires Apostoliques du trois Juillet dernier. Fait en l'Assemblée desdits Sieurs Commissaires-Generaux tenue à Paris le 31. jour d'Aoust 1741. Collationné signé, DE CHATEAUVIEUX.

† Le Bref de Clément XII. du 1. Août 1738. enregîtré le 30. du présent mois. *

Signifié le même jour au Calvaire du Marais à Paris par Exploit de DE BRYE Huissier du Conseil.

* Cette date (*enregîtré le 30. du présent mois*) est une fausseté notoire. L'enregistrement du Bref en la Commission n'a été fait ni ordonné que le 31. c'est-à-dire que le même jour du présent Arrêt. On en prend à témoin avec confiance MM. les Commissaires eux-mêmes. Nota que ce qui est dans notre Imprimé par renvoi à la marge y est de même dans la signification faite au Calvaire du Marais. Les personnes attentives sentiront toute l'importance de cette observation.

www.ingramcontent.com/pod-product-compliance
Ingram Content Group UK Ltd.
Pitfield, Milton Keynes, MK11 3LW, UK
UKHW021040230726
13926UKWH00004B/1568